剑钧 著

巴黎背影

中国文史出版社

图书在版编目（ＣＩＰ）数据

巴黎背影 / 剑钧著. -- 北京 ：中国文史出版社，
2020.4

（实力榜·中国当代作家长篇小说文库）

ISBN 978-7-5205-2005-8

Ⅰ．①巴… Ⅱ．①剑… Ⅲ．①长篇小说－中国－当代
Ⅳ．①I247.5

中国版本图书馆 CIP 数据核字(2020)第 067243 号

责任编辑：全秋生

出版发行：中国文史出版社
地　　址：北京市海淀区西八里庄路 69 号　　邮编：100142
电　　话：010－81136602　　81136603　　81136606 （发行部）
传　　真：010－81136655
印　　装：北京温林源印刷有限公司
经　　销：全国新华书店
开　　本：787×1092　　1/16
印　　张：15.25　　字数：240 千字
版　　次：2021 年 1 月北京第 1 版
印　　次：2021 年 1 月第 1 次印刷
定　　价：49.80 元

目　录
CONTENTS

1

5

A 草原：我的故事

1

有人说，恋爱是一种病，得了便会丧失理智，恍恍惚惚，会做出许多匪夷所思的事儿来。我最近像传染了这种病，引得一向对我了如指掌的好友枫一跳下那辆黑色"现代"便用另类眼神说，你没事儿吧？

我故作几分阴郁状告诉枫，我来事了。枫笑得前仰后合，说他老婆每月也会对他这样说的。我大骂道，你这是对我的极端污蔑，我一个大男人，怎会来那种事儿！

我这位好友最近正琢磨和云闹离婚呢。他以过来人身份"谆谆"教诲我："闹病可千万别闹相思病；万一闹了相思病，也千万别闹结婚；万一结了婚，也千万别闹离婚，离婚他妈的太麻烦！"

我说："你小子真不愧学哲学的，连说这事儿，也来个三段式，还万一、千万什么的。这说法很荒谬，我心情好着呢。"

他说："这么说，你终于谈恋爱了？哎，你千万不要瞧不起哲学。人类的发展，绝对离不开哲学的，中国科学界之所以迟迟难出诺贝尔奖获得者，就是搞科研的人缺乏对待科学理性的哲学思维。"

我说："鄙人孤陋寡闻，不大明白，反正我知道现今大学哲学系，本科毕业生是难找工作的，亏得你和你老婆都读到了硕士。"

他说："唉，这就是这个时代的悲哀啊。"

我便跟他聊起了哲学。

我说："我是学中文的，又生活在科尔沁草原，我知道文学语言可把草原描绘得很美，甚至唯美得一塌糊涂。古人云：天苍苍，野茫茫，风吹草低见牛羊。你看多么美，多么有意境。你是学哲学的，你用哲学语言对科尔沁草原说说看，可想而知该会多么枯燥，多么贫乏，这些你想过吗？"

枫笑了笑说："哲学语言中的草原也应当很美的。文学的语言可以将草原描述得大气磅礴，如梦如幻；哲学的语言可以将草原描述得深沉幽远，发人深省。"

我说："没感觉，你就忽悠吧。"

他说："怎么，瞧不起人？说起来，我也有科尔沁草原情结的。我爸当年从长春来过这里，后来又留在一个旗当了革委会副主任，我还在这里上过两年幼儿园呢。真的！"

我说："言归正传，说说看。"

他笑着说："我可以说说看，但有个条件，要身临其境。当年上幼儿园，我就会背一句'你要是想知道梨子的滋味，就得亲口尝一尝'。后来还自作聪明演绎为：'你要想知道奶豆腐的滋味，就得亲口尝一尝。'即使今天我也觉得这话挺靠谱的，因为草原上的奶豆腐要远远多于梨子。"

我也笑了："亏你还学哲学呢，连理论简单性原则的哲学意义都搞不懂，想去草原玩就直说呗，还犯得上绕那么大弯子？"

枫嘴上说我"班门弄斧"，可还是绕个大弯子将"现代"开出了大学校园。不想，我在大门口却让戴耳麦的朋朋撞个正着儿。朋朋挡在了路中央，我只好下车，又怕她赖着跟了去，便谎称去会个外地来的同学。朋朋歪着头看了看枫，不好意思说什么了，将耳麦摘下来，悄悄对我挤了下眼，说："哎，那本《乌拉尼亚》，学生看完了，本想去您那儿还书的。"

《乌拉尼亚》是法国当代新寓言派代表作家、诺贝尔文学奖得主勒克莱齐奥的力作，讲述的是一位法国地理学家在墨西哥意外发现了乌托邦式的理想王国。写了人以自然天地为依托，顺天地而生，一切都回到人的灵性尚未被物质与文明玷污的混沌之初的故事。我刚网购到手，还没顾上看就让她"顺手牵羊"了。

我侧目看到枫异样的目光，就慌忙摆手说："改日，改日吧。"

枫等我上了车，洞察秋毫地诡笑说："一双迷人的杏仁眼，还媚力四射放电，你还别说，挺煽情的，敢情你就是她给闹的？"

我火了，大声吼："别胡说八道，乌鸦嘴！"

枫嬉笑说："师生恋，挺时髦的嘛。"

我心烦意乱地说："你这是胡扯到爪哇国了，太不着边际。她是我的外国文学课代表，怎么会呢？我们做人都清清白白的啊。"

枫说："还我们，看看，露馅了吧，此地无银三百两，听你的话弦外有音啊！"

枫的话不光激怒了我，还提醒了我。我当下就提议去八十公里之外的珠日河草原，那是个有故事的地方，到了那里，我也可套用徐志摩的诗了：悄悄的我走了，正如我悄悄的来；我挥一挥衣袖，不带走一片云彩。

枫这个傻乎乎的燕雀，居然不知鄙人的"鸿鹄之志"，还不以为然地说："无所谓呀，我最喜欢绿色，只要叫草原就成啊。"

他哪里知道，我是项庄舞剑，意在沛公。车近珠日河，我的心在幸福地跳，一想到就要见到我心爱的女神了，就禁不住吟起了我在《欧洲文学史·华人作家》讲座上堂而皇之朗诵过的一首诗《从梦中，跑回我的草原故乡》：

枕着塞纳河的波涛，

吻着科尔沁的草浪，

一个倚在蒙古包的幽灵，

一个驮在马背上的想象，

3

让一个喝着奶茶长大的女孩儿，

从梦中，跑回我的草原故乡……

枫笑着说："哎，这是哪儿到哪儿呀，怎么把塞纳河与科尔沁扯到一块了？怕我不知你是教外国文学的不成？"

我不屑地说："看看，外行了不是！告诉你，这是二十世纪四十年代，蒙古族旅法女诗人蓝萌萌在巴黎的大作，是不是很有味儿？她当年蜚声海外，名噪一时的。"

枫点点头说："不错，挺有浪漫情怀的耶。哎，可我怎没听说过，蓝萌萌何许人也？"

我笑了，说："这就是学哲学和学文学的区别啰。不知有汉，安知魏晋？"

枫说："你就别扯景了，我的大作家，算我无知行了吧？"

我说："岂敢，我的大哲学家，你会不虚此行的，一会儿我让你见证一个温馨而浪漫的瞬间。"

枫是个机灵鬼，恍然大悟地一拍方向盘，说："原来你小子想拿我当电灯泡，去约会女朋友呀，我上当了，上大当了！"

我说："没错，我要用铁的事实击碎你对我的偏见，爱情一旦来了，沙尘暴都挡不住！"

枫说："也好，我倒要看看，何等颜值的女孩儿把你迷得找不到北了！"

珠日河说是草原，其实不过是一个充满人工雕琢的旅游区，近年来，一年一度的哲里木赛马节都在那里举办，原本一个水草丰美的地方，如今却变成另一番模样。如今珠日河牧场一到夏天，就车轧人踏，再加人工雕琢，现代气息倒浓了，草原也给糟蹋得不成样子了。每次陪外地客人来，我都莫名伤感，望着路边新垦出大片玉米地和高粱地，我在慨叹：天啊，这还叫草原吗？

我不禁想起十多年前的一个夏日，当珠日河还酣睡在白蒙蒙的晨雾中，我和大二几个采风的文学青年搭上道尔吉大叔的勒勒车来到草原深处。头天晚上，我们在蒙古包领教了蚊虫的厉害，浑身上下让充满野性的家伙叮了好多红肿得透亮的大包，那些前赴后继的生灵，嗡嗡着像隐形战斗机般地轮番进攻人类，可谓视死如归，逼得我们天不亮便跑到蒙古包外拢艾蒿熏起蚊子来。夜色笼罩着缕缕腾越的黑烟和十分呛人的蒿子气味，迎合着纷飞跳跃的火星，我们就像堂吉诃德似的在与风车大战。这一闹腾，搅得道尔吉大叔一家也没能睡好觉，那个穿蒙古袍的小女孩儿也爬起来，帮我们往火里添艾蒿，火光中，小脸蛋给熏得黑黑的。

那辆走起来吱吱嘎嘎的勒勒车压在尺把长的青草上，碾碎了无数栖息在草叶上的露珠。前面的草梢摇曳着，叶子在晨风中翻动着，星光点点的草原小花，红黄蓝绿，色彩纷呈，装点着这条草原深处的无名小路。微风袭来，纤纤如织的绿野飘散着迷人的温馨，萦绕蒙古包的缕缕炊烟游向梦幻般的蓝天。道尔吉大叔挥着长鞭哼起蒙古长调，听得我如痴如醉，那种感觉绕梁三日，爽极了。

今天，枫一路也很兴奋，好像找到了儿时的感觉。枫站在绿草地，沉吟片刻，居然甩出一句不凡的哲学语言："珠日河草原，你在宇宙间只是一粒绿色的尘埃。在我眼里，你只是一页精神原始的、没有意识的诗行，否则，你会哭泣的。"

我闻之大惊失色，说："这哪是哲学语言啊，简直就是优美的诗句呀！"

他笑了，说："怎么样，是不是相当深沉幽远，相当发人深省啊？告诉你吧，这前一句是我的杜撰，这后一句嘛，可是演绎德国大哲学家谢林的名言啊。"

"哥们儿，够味！"我不禁对这位结识不算久的好友刮目相看了。

从珠日河往回赶的时候，我让枫绕道陪我去十几公里之外的乌兰哈达苏木，说带他去看个人。他敏感地用很哲学的目光盯着我说："存在决定意识，莫非你真看上草原女孩儿了？"

我没直接回答他，而是望着远方，自恋地说："她就是我不曾带走的那片云彩。哎，还记得我讲道尔吉大叔的勒勒车吧？那天车上坐的除了我们几个外，还有她，可那时她只有十一二岁，穿着蒙古袍，戴着红领巾。"

枫仿佛看到外星人似的，瞪大眼睛说："好小子，蓄谋已久呀！人家那么大点，你就惦念上了？"

我不高兴地说："她那会儿脏兮兮的，像从草丛里蹿出来的一头幼小灰狐狸，还淌清鼻涕呢。我哪想那么远。这叫缘分，要是来了，白毛风都挡不住的，你懂不懂啊？"

枫猛地将车刹住，说："你没病吧？一个大学老师，迷上个牧区女孩儿，莫非她是贵妃出浴、昭君再世了不成？罢，我可不想看到一场爱情悲剧在科尔沁草原悲情上演，我劝你还是饶了那个可怜的女孩子吧！"

我霍地跳下车，指着他的鼻子骂道："滚吧，我不坐你的破车！让你那门当户对的狗屁哲学见鬼去吧！我失去的只是爱情的锁链，得到的却是整个爱情世界！"

枫被我一番臭骂搞愣了，将头探出车窗，足足瞄我好一会儿，无可奈何地摇摇头："哎，你是不是马克思的书看得太多了，好，我服了你了，就屈尊陪你去找你的朱丽叶吧。"

我有些洋洋得意，又上了他的车，挨在他身旁还不领情地数落说："哲学家，不要诅咒我好不好，罗密欧的爱情是悲剧，可我的爱情鸟是不会从草原飞走的。你不知道她在我心目中该有多么圣洁，多么美丽，她就像在晨露中绽放的一朵萨日朗，就像在天边飘逸的一片祥云。"

我说这话的时候飘飘然，脸上溢出无比幸福的色彩。

枫老成地说："是啊，谁都有爱情燃烧的岁月，可以理解，可以理解。不过，我的情窦初绽比你要早得多啊，现在又如何？你别看岁数一大把了，在爱情上还嫩了点，等有了空，我手把手教你好了。"

我不屑地说："你指的是和云的爱情吗？过眼烟云而已，你也太好为人师了吧！"

黑色"现代"驶到临近苏木的三岔口，路边有个飘挂无数小彩旗的敖包。我连忙叫停。枫把着方向盘挺不情愿的样子说："又发什么神经？"

我推开车门，话也没说，便朝敖包跑过去。我见一个穿黑色蒙古袍的老奶奶正领着一个六七岁的小女孩儿在敖包前祈祷呢，她抱起女孩，口里念念有词地将一瓶蒙古王酒洒到敖包上。

用石头堆起的敖包像座圆形石塔，顶端竖起一根长长的木杆，上面插着五色绸条、经幡和弓箭等物。似乎刚刚举办完祭祀敖包的仪式，路边高坡的敖包上还插满翠绿的松枝柏枝和艳丽花束。石堆上散落着祭祀后丢弃的空酒瓶，空气中挥发着酒与肉的气味，周边草地一片狼藉。

枫从后面跟过来，站我身后，不无遗憾地说："可惜迟了一步，没赶上祭祀场面。"

我数落他说："你不说我发神经吗？怎么也想起后悔了？"

枫看了一眼踩踏之后乱蓬蓬的草地，说："看样子场面很壮观的，哎，是不是还有喇嘛诵经啊？"

我自作聪明地说："那是当然了，敖包祭祀是草原最盛大的活动了，听我姥姥说，当年祭祀敖包，要设祭坛，行人路过要下马，还要剪下马鬃马尾系在敖包上。所有的人都要携带哈达及整只羊肉、奶酒、奶食等祭品，汇集这儿，先献哈达和供祭品，再由喇嘛诵经祈祷，大家跪拜祈福，往敖包上添加石块或以柳条进行修补。祭祀礼仪大致有血祭、酒祭、火祭、玉祭四种。仪式完毕之后，人们围着敖包顺时针转三圈，许下自己的心愿。"

枫不以为然地说："又是听你姥姥说，我看你也不比我明白多少嘛，与其听你这个传声筒学舌，还不如问问那位老人家呢。"

我讥讽他说："你会蒙语吗？牧区老奶奶是听不懂汉话的。你要问，还不得我来做翻译？这难道就不是传声筒了吗？"

枫泄气地说："那就不问了，我不会看你眼色行事的！"

我没心思和枫贫嘴，把目光投向耄耋之年的老奶奶。那是一位骨瘦嶙峋的老人家，脸上的皱纹纵横交错，犹如远远望去，那勒勒车碾出一条条杂乱的车辙。不过，老人皮肤还是白皙的，气质也不错，一看就知年轻时是个长相出众的女人。这让我想起十多年前过世的姥姥。姥姥是一个在牧区活了一辈子的蒙古女人，她留恋绿色的大草原，对城里的生活有天然排斥的心态，每次母亲将她接进城，不出半个月，她便吵着回草原，拎包就去汽车站，拦都拦不住。

　　我记忆中，姥姥脸上的皱纹就像这位老奶奶，密得像是蒙古包顶部编织出的细细纹路；姥姥羸弱的身板，就像这位老奶奶，瘦得像是秋后的蒿草。我小的时候，她每次来 T 市，都给我带来好多晒得像石头那般坚硬的奶豆腐，让我艰难地啃上好多天，久而久之，把我的一颗门牙都啃出个小豁。姥姥对敖包有种虔诚的敬畏，生前每年都前去顶礼膜拜。我虽说没亲眼见过那场面，可今天在老奶奶身上，我找到了那种宗教味道的感觉。

　　老奶奶神色凝重地将捡来的小石头摆上敖包，双手合十，默默地祈祷着，那袭黑色的蒙古袍裹着那羸弱的身躯。那个小女孩也学着老人的样子将小手合了起来，洋溢一脸童真。她们是那般虔诚，以至没发现我和枫就站在她们背后。我的心灵受到了极大震撼，如此虔诚，我们这一代人是难以做到的。我在想她在祈祷什么？大概在为后辈祈祷幸福和吉祥吧。于是，我便想到了她，我心中的至爱萨日娜。我要像老人家那样虔诚地为她祈祷，也为我们的爱情祝福。

　　枫傻愣愣地看着我双目紧闭、双手合十的样子，凑到我耳边说："哎，干吗呢？是不是在为你的朱丽叶祈祷啊？"

　　我心无旁骛，没工夫理睬他。

　　他忍不住了，大声喝道："跟你说话呢！你聋了？"

　　我依旧没理睬他。谁想老奶奶不高兴了，回过身来，用汉语说："吃未熟的肉，有害于肚；说无用的话，有损于己。"老人家又对身边女孩儿说，"乌兰，跟太奶到那边去。"

　　那个叫乌兰的小女孩儿仰着脸说："太奶，那个叔叔没礼貌，是不？"

　　枫惊得吐了下舌头，悄声嘀咕："你不是说她不懂汉语吗？自作聪明，真是的！"

我坚持把最后心愿许完，才慢慢睁开眼睛，说："我也送你句蒙古格言吧，'腿能到之处才可以去，话能说之处才可以说'。"

枫惊愕地说："哎，这都是哲学语言啊，等等，我一定要记下来。"

他说着掏出手机，操纵着按键，将这两句话输入到记事本上。等我随着老奶奶围着敖包绕了三圈后，枫都回车里去了。他将头探出车窗，冲我摆摆手，改用英语说："哎，跟老太太说声，坐我们车一道走吧。"

谁料老奶奶居然听懂了，朝那边笑了笑，说："谢谢，我走惯了，享受不了那个待遇。"

我和枫都瞠目结舌了，相互对视，不知说什么好了。枫尴尬地跳下车，说："对不起，老人家，我没别的意思。"

老人自言自语地说："城里人说话就是客气。"

我凝视着老奶奶，在揣测着她的身世，在这闭塞的草原，居然还有懂英语的老奶奶，太不可思议了。就在我和枫转身的时候，又听老人用蒙语喃喃地说："我的敖包是用诗来堆砌的，我的诗是马背上驮过来的，它像是蒙古包的缕缕炊烟，在我梦的蓝天上飘荡而逝。"

我被这诗的语言打动了，太奇妙了！我又想到讲坛上朗诵过蓝萌萌那首诗的结尾两句："我想，如果有一天我回到了故土，我会把梦放在我祭奠的敖包旁……"这与老人的话有异曲同工之妙，我忍不住好奇地问了句："老奶奶，您老是诗人吧？"

老人一怔，眼里放射出一丝光亮，但随即便暗淡了。"诗人？"她摇了摇头，用手抚摸着小乌兰的额头，嘟囔着说，"我是生活在蒙古包里的老太太，哪懂什么诗人不诗人的。"

我不禁想起在伪满时念过国高又眷恋草原的姥姥，忍不住说了句："老奶奶，我看您像我姥姥。"

在去乌兰哈达的路上，枫大发感慨："科尔沁的女人好生了得，连年逾耄耋的老奶奶都这般有学问，这般有风度，看得出她年轻时还是个美女呢。"

我得意地说:"你要知道这里可是诞生清代国母孝庄文皇后的地方,自大清开国以来,都是爱新觉罗的男人打天下,科尔沁的女人统治后宫。科尔沁先后出了三个皇后和三个皇妃,清王朝下嫁科尔沁的公主也不在少数,老人家说不定还沾点皇亲国戚的遗风呢。"

枫大梦初醒的样子说:"怪不得你对科尔沁的女孩儿情有独钟呢,敢情这样,走在草原上,说不定就会碰到一个没落的草原贵族呢。对了,我看老奶奶就有点像。"

我听着不顺耳,反感地说:"你别嘲讽人好不好,说我有帝王情结?笑话,我是真心爱她的。"

"真心?"枫狡黠地笑了笑,"你也太多情了吧,不愧是作家。"

啰唆了这么半天,我是不是该向读者"隆重"推出自己了?鄙人霍日查。我是地地道道的科尔沁蒙古人,曾蓄着长发飘飘然,后在系主任坚持不懈的劝诫下,剪成了这种随便梳理的自由式,自认为还算一个有品位的青年作家。我大学毕业后便留校在中文系教授欧洲文学,我一向把教书当作职业,把写作当作事业。所以有段时间才不安分地想辞去公职,并放弃最初的写诗,转而写小说,意在写出一部类似《安娜·卡列尼娜》那样的扛鼎之作,却每每不能如愿。我冥思苦想,哀于没有历练过那种"你若不离不弃,我必生死相依"的凄美恋情。

在郁郁寡欢之时,天上掉下个林妹妹,我那趋之若渴的爱情居然不期而至,自以为那个草原的美少女爱上了我,其实也不过是一次爱情发烧而产生的幻觉。我却受宠若惊,认为是天意的缘分。我对着草原山呼万岁,竟轻狂地以为:爱情的春天来了,创作的春天还会远吗?

我错了,且大错而特错了一回,呕心沥血写出的自认为浸着草浆或草汁的草原爱情小说依然屡屡让出版社退稿,至今只出版过一部诗集、两部中短篇小说集,尽管有部小说的市场反响还不错,但与我的期望值还相差甚远。我陷入了深深的郁闷之中。

枫在我的央求下，看过我写的玩意儿，怪我缺乏草原原汁原味的生活，略带奶茶味的恋情写得还不够癫狂，不够过瘾，让我不妨写写身边的事儿，触摸触摸内心深处的情感，还说："不相信你一个堂堂的高校老师，阅人无数，教过的女学生堆里就没一个让你动心的美眉。"

枫的话没错儿，当下高校流行师生恋，在我所在大学也时有耳闻，况且，本人也受过那般诱惑，不过我不感兴趣。其实，我不是坐怀不乱的柳下惠，说兔子不吃窝边草，也不过是句托词，实在是视野范围还没出现让我心旌荡漾的校园女孩儿。否则，我也会像俄国诗人普希金一样，在圣彼得堡涅瓦大街的沃尔夫别兰热甜食店喝完咖啡之后，再走到小黑河边，毫不犹豫地掏出手枪与情敌决斗的。如果允许移植的话，沃尔夫别兰热甜食店可以替换为罕山奶茶馆，手枪可以替换作蒙古刀。

若换成萨日娜，我绝对做得到！

2

枫的那辆黑色"现代"顺着凹凸不平的草原小路颠簸着，颠得他直心疼爱车，他半真半假地抱怨："早知这破路，就不跟你来了。"

我却自鸣得意地说："何以见得？"

他无精打采地嘀咕："只为验证一句话，我就傻乎乎地跟你跑这么远，你说我图个啥？真是亏大发了，苦了我这辆新买不久的'现代'坐骑了。"

我不以为然地说："哎，哲学家，别不识好歹了。你看啊，我们就像草原上那群舒心自在的牛羊，无忧无虑地分享着大草原带来的蓝天、阳光、白云和绿草。举头望望蔚蓝色的天空，低头品味碧绿的青草。多么轻松，多么自在，多么惬意呀。你不是有烦恼吗？这里长得可都是忘忧草。多值啊，超值啊！"

枫把着方向盘，将目光移向远方，若有所思地说："不知道这忘忧草嚼到嘴里是什么滋味？"

我说："下车试一试嘛，你说过的，想知道梨子的滋味就得亲口去尝一尝，这可是哲学思想啊。"

枫笑了，说："你这不是拿我开涮吗？吃的是草，挤的是奶，那是你们文学家的事情。"

我说："那你们哲学家呢，当文学家在吃草的时候，你们坐在高高的山峰上，仰望着宇宙的星云变幻，凝视着草原蠕动的生灵，思索着物质不灭的定律，将整个世界统统都放在你们的视野中。"

他忍俊不禁地说："如此说来，哲学家都是领袖式的人物，文学家都是默默无闻的耕耘者了。"

我们只顾信口开河扯淡了，不小心把车开进让绿草给遮掩了的小水坑，车子猛地颠了一下，溅了挡风玻璃一片泥点。我俩的脑袋都撞到车子顶棚上。枫龇牙咧嘴地揉了一下头，很哲学地说了一句："人在生存的每一瞬间，都是在必然性掌握之中的被动工具。"

枫的"出身"比我好，是吉林大学哲学系的硕士，毕业后与大学同窗的妻子云双双去了北方省城社科院工作。哲学的思维并没让他在爱情上游刃有余，相反，他与云的矛盾却由于哲学观点的尖锐对立而锋芒毕露，难以化解了。同样学哲学的妻子同样用哲学这把利剑来与丈夫对阵叫板。别看枫在我面前诗情画意，风流倜傥，可在伶牙俐齿的云面前，往往草草几个回合便败下阵来。

在暮春的日子里，枫郁闷地跑到科尔沁草原旅游。我们偶然间结识了。于是，他便开始用哲学的语言向我倾诉内心的痛楚。我不大懂哲学，可我会用大草原的宽广胸怀来包容他，来安慰他，使他迷恋上这一眼望不到边的科尔沁草原。

枫常在节假日开车穿梭于省城与科尔沁草原之间散心。久而久之，我们成了无话不聊的知己好友。我是个草原上的城里人，生存在城市却酷爱草原。每逢春暖花开的季节，我都跑到大草原踏青，顺便还"勾引"那些单纯而可爱的蒙古族女孩儿，所以有人说我是采花大盗。枫却不这样看，他为我辩解说："选择爱情是未婚男人神圣的权利。现代文明的城市男人吐着雄性的信息，诱惑着身在边远并相对封闭的草原女人，这是进步的标志。"

我讥讽他："这和你的枫记三段式有矛盾吧？"

他拍下我的肩，诡秘地说："婚可以不结，情欲总还是要有的。"

雨刷借着喷出的细微水注，机械地在车窗前摆动着，刮着车窗的泥点，前方隐隐可见繁星散落似的白色蒙古包。

我心里一热，提醒他："哎，过了那片牧铺，就上柏油路了，往西走不远，就是乌兰哈达苏木了。"

枫侧目扫我一眼，不屑地说："哎，不要给我打哑谜呀，草原女孩儿到底吃哪碗饭的？该不是齐豫所唱的牧羊女吧？"

我不高兴地说："牧羊女又能怎样！哎，你这人怎么这般俗呢？是俗不可耐的那种！"

枫有些无辜地说："我又没说什么嘛，你急哪门子呀？"

他看我像生气了，又顺着我说："其实牧羊女也没什么，想想看，迎着晨风，赶着云朵般的羊群，穿着艳丽的蒙古袍，飘逸在绿毯般的草原上，哇，该有多么浪漫，多么滋润啊！哎，我要离了，帮我介绍个牧羊女好了。咱们一道隐居大草原深处，依偎着蓝天白云，想必也是不错的选择呢。"

我憋不住笑了，说："这还差不多，卑贱者最聪明，高贵者最愚蠢。如果云坚持不离的话，你还可以买顶蒙古包，安上一个家，再包一个'二奶'。"

我俩都哈哈大笑起来。和枫在一起，我有种说不出的轻松，若对着大学讲堂，我还要故作高深状，万万不敢这般大放厥词的。

说话间，枫的手机响了，听口气像单位头儿打来的，问他在哪儿？枫看我一眼，转过身，低下头，做出一本正经的样子说："领导，我在科尔沁草原搞社会调查呢。"

我憋不住捂着嘴笑了，心说："这小子也不傻呀，还挺会装孙子的。"

对方电话里喝道:"跑出这么远也不打声招呼,连你爱人都不知道你的去处,太没组织纪律了吧!本想让你跟我去深圳开个学术研讨会,这回甭想了,我让云去了。"

枫收起他那款苹果手机,悻悻地说:"副院长大老远打来的。他对云倒很关照,可云却没看上他。"

我看似无意地说:"那个副院长大人一定是搞市场经济学研究的,懂得女人的价值。"

我见过云,是个风韵犹存的美少妇。结婚快七年了,她对枫是恨其无为,怒其不争,却并不真想和他离婚。我百般感叹地对他说过:"男人啊,最大的悲哀是老婆比自己强。"

他反驳道:"不,男人最大的悲哀是用哲学的思维来对待爱情,对待女人。现在,连我他妈的都不知我是谁了。"

我没工夫和他理论,一想到就要见到萨日娜了,整个身心都沉浸在无以言表的亢奋之中。这些天来,我几乎每天都在给她狂发微信,搜肠刮肚地倾吐我对她的爱意。尽管她从没回复我,我仍然愚公移山般地发信不止。我想精诚所至,金石为开。雨果当年追求阿黛尔也不过如此吧。我甚至一度产生了幻觉,只要手机提示音一响,我就神经质地以为是萨日娜回微信了呢,忙着去接,每次都令我大失所望。我把这都归结为草原美少女的矜持,甚至将其作为一种爱情考验,以"好事多磨"来宽慰自己。

"哎,你猜我现在想什么呢?"枫把着方向盘,瞅了我一眼,说,"我在想你梦中的情人长得有多漂亮?是像章子怡,还是像周冬雨?搞得你一天到晚神魂颠倒的。哎,以后你不许重色轻友啊。"

我瞥他一眼,说:"记得你说过,上学追求云时也像馋猫似的心急火燎的。男人都这等德行,有什么可奇怪的呢?"

枫说:"哎,倒也是个理儿。对了,你们到什么火候了,有没有那个?"

我狠狠地捶了他,厉声说:"说什么呢!我是正经人,没你那个雷厉风行的手腕。"

记得枫曾对我夸耀，读研的时候，他们就到酒店开过房了。枫一激灵儿，方向盘一偏，车子差点没栽到路下沟里。他火了，一踩刹车，大声喝道："混蛋，你小子不要命了！"

我吓了一身冷汗，车的一个前轮已经滑到路基边上，往下就是两米多深的大沟了。枫用手使劲拍了下方向盘，说："我真不该跟你到这鬼地方来。刚才拐进了泥坑，这会儿又差点没弄翻了车，都让那个女孩儿给闹腾的。"

我自认理亏，近乎讨好地说："老兄，消消气，全怪我好了，这与人家女孩儿没关系的。再说，你是搞哲学的，也不会信奉唯心的那套，是不是？"

枫叹了口气说："亚里士多德说过，'放纵自己的欲望是最大的祸害，谈论别人的隐私是最大的罪恶，不知自己过失是最大的病痛'。我们都是凡夫俗子，不可以超凡脱俗的。你懂不懂？"

枫将车子倒回到路中央，问还有多远？我指着不远处那片绿荫环抱的地方，说："快到了，那儿就是乌兰哈达苏木。"

枫顺着我指的方向看了一眼，说："乌兰哈达，名字挺耳熟的。对了，云提起过，她有个网友巴音孟和就是从那里走出去的，没错，就是乌兰哈达！"

我说："你的云好浪漫啊，你就没危机感，要是我就去会会她那个网友。"

枫有几分酸酸地说："人家在巴黎呢，她就是再浪漫，远水也解不了近渴呀，你说是吧？"

"巴黎？"我对这个话题顿时产生了兴趣，说，"哥们儿，你这条线索实在太重要了，巴黎可是浪漫之都啊！不久前，我看过剑钧那小子写的长篇旅欧游记《浪漫之都录梦》，还有点印象的。对了，说不定过些天我就跟自治区作家考察团去法国了，正办签证呢。到那儿，我两眼一抹黑，没准儿，还麻烦麻烦云那位网友呢，你太太不会不给面子吧？"

枫诧异地说："去巴黎？好事呀！怎么才想起跟我说，真不够意思。"

我只得解释说："签证还没办下来，万一拒签呢？"

我这话也不无道理。听说早些年，欧洲大陆对中国开放旅游市场之初，去欧洲的旅游团、考察团十分火爆，竟接连出了几起集体出走的事件，引得对方使馆高度警觉，每次签证，都有几个倒霉蛋遭拒签命运。我年轻又独身，在人家眼里当属高危人群之列，办签证好多天了，一直都没消息，心也悬着呢。想想也是，除了我心里有数，谁敢保证我这个平日牢骚满腹的家伙出去了，还能不能回来呢？其实，岂止蓝眼睛的外国人对此狐疑，就连我们系主任在我办签证找他签字时，都好像在进行一场胜负未卜的赌博似的。他那个表情、那紧张的眼神分明在说，你该不会黄鹤一去不复返吧？你可千万别坑我呀！

我心里好笑，便说："主任，我会很快回来的，千万别把我下学期的课安排出去啊。"

这话让系主任如释重负，心里有了底。于是，他笑逐颜开，破例请我到"十八亩地餐馆"吃了一顿饭，还借着酒劲对我说："只要签证一办回来，我就组织教研室主任以上的领导为你饯行。"感动得我几乎热泪盈眶了。

尽管去年在我申报副教授职称时，他为了讨好副校长的小姨子，硬把我卡了下来，我还是从心里原谅他了。好在今年总算把我的副教授职称报上去了，他多多少少也说了话的。

枫与我有同感，边开车边说："你就一颗红心，两手准备吧。日后，我要和云离不成婚，也想法子出国，这招最灵验的。我好几个同学都靠这招，才把对方甩了。当然，你是不会了。"

我从枫的话里隐隐地感觉到他和云之间出大麻烦了，有些不解地说："哎，你们真的不行了？我托的事儿，要不就算了，也别为难。其实，我有个大学女同学尹骅也在巴黎，只是多年未通音信而已，还是别麻烦

16

了，万一……"

枫原本还有些犹豫，让我这话一激，偏逞起能来，当即给云打手机。云一听是我的事儿，念我曾在草原的接待之情，竟爽快地答应了，还亲口告诉我，巴音孟和，他人不错。枫撂下电话，自嘲地说："千万别谢我，还是你小子有面子。"

我说："你们呀，是小两口打架不记仇，狠话也就说说而已吧。"

枫掏出一支小熊猫，用车上的点烟器点燃，叼在嘴上，脸色难看地说："我什么时候骗过你小子？事实胜于雄辩，这一年多来，我们一直在打冷战。回到家，一人一台电脑，一人一台电视，一人一盏台灯，一人一张床，倒是井水不犯河水了。"

我忍不住说："绝了，两位高智商的金男玉女也没能走出七年之痒的怪圈。早知今日，何必当初？你们结哪门子婚呢？莫不如去单身公寓宅着呢，省着谁看谁都不顺眼。"

我说这话，眼睛虽说还望着车窗外，眼前却浮现出上大三时观摩好莱坞影星玛莲·梦露成名作《七年之痒》的场景。好多女生看过这部教学片之后都说，男人太花心了，结婚太可怕了。好多男生却针锋相对地说，女人太诱惑了，结婚太遥远了。想到此，我不禁下意识地笑了一下。

枫不解地问："哎，鬼笑什么呢？看我笑话？"

我笑得更厉害了，说："我在笑你们俩生活得太二了，二得让人想笑，又想哭。"

枫心灰意冷地说："所以我才以前车之鉴忠告你，千万不要犯浑呢！"

我反驳道："得了，你那套理论也不是放之四海而皆准的真理，我在用真心去爱一个女孩儿，我要用我的爱情宣言昭示所有我认识的人和认识我的人，让他们为我们的爱情感动得热泪盈眶，哭得一塌糊涂。你不信？真不信？好，那就让爱情的暴风雨来得更猛烈些吧！让你这个所谓的哲学家忌妒得去死吧！"

我的大言不惭让枫惊愕。

他腾出一只手，摸了摸我的额头，夸张地说："苍天呀，大地呀，你小子没发烧吧？要不就是脑子真进水了。"

这会儿，朋朋又把电话打到手机上。我扫了枫一眼，压低声音对她说："你能不能没事儿不打电话呀？"

朋朋委屈地说："我想问你今晚有空吗？我去还书。"

我不耐烦地说："书不用还了，送你好了。"

朋朋固执地说："那怎么能行，以后，我哪好意思再向老师借呀？"

我无可奈何地说："好了，我在外边呢，过后再说吧，挂了。"

枫不动声色地看着我，直到我把手机收好，他才笑出声来，说："这个女孩儿可真够黏糊的，女孩子向男人借书，那是求爱的好手段，当年云也干过，你要当心喽。"

我摇了摇头，自言自语地说："唉，该借书的不来借，要是萨日娜这样就好了。"

"萨日娜？"枫诡异地一笑，说，"哦，我明白了。"

3

我在敖包前的祈祷没能让我的桃花运走得通畅。相反，我火烧火燎地跑到乌兰哈达中心小学，却吃了个闭门羹。萨日娜显然不希望我带个陌生男人出现她面前，当众就甩我脸色看。当她上完音乐课，夹着教案轻盈地步出教室时，一眼就看到在门外久候的我和枫。我心头一热，大步流星靠上前，近似讨好地说："萨日娜，我在门外恭候大驾好久了，嘿嘿……"

她不理会我的热情，瞥了一眼我身边的枫，冷冰冰地说："哎，不打个招呼就来了？没发烧吧？我又没请你！"

我被迎头泼了盆冷水，尴尬得真想寻个地缝钻进去。她说完话，回头扫一眼从教室一窝蜂拥出来的孩子们，头一低便从我和枫之间穿了过去。枫愣愣地瞅着我，说："哎，你咋搞的，有没有搞错？我白陪你等半天了，你的朱丽叶够厉害的，我看你是剃头挑子，一头……"

我忍无可忍，冲他当胸就一拳，说："你给我闭上乌鸦嘴，小心我跟你急！"

枫起初还有点幸灾乐祸，看我悲摧的傻样，便不敢造次了。他站在我身后，瞄着萨日娜娇美的身影，情不自禁地说："也难怪一个草原女孩儿能勾住你的魂呢，她真美！"

枫怎么也没想到在偏僻的草原深处，还有一位漂亮得让人心颤的女音乐教师，不但亭亭玉立像个骄傲的公主，还气质高雅像个大家闺秀。过后，他对我说，他自惭先前的思维定式，只要一提牧区女孩儿，他印象就是牧羊女了，其实，也有养在深山无人识的尤物，足以亮瞎眼了。说完，他还补充了一句，只有你识货。

那群活蹦乱跳的小学生很好奇地注视着两个陌生城里人和不远处那辆黑色"现代"。我的气不顺便恼火地喝道："看什么看？有什么好看的！"

孩子们呼啦一下散开了，但仍聚在不远处盯着我俩，像在看耍猴儿的。也难怪，这么偏僻的草原深处，鲜有小轿车和城里人光顾的。

我愣愣地待在那里，大脑一片空白。我不明白心中的至爱怎么会这般冷漠无情，太伤自尊了。我扪心自问，我在做梦吗？她怎么对我如此冷淡？看着越走越远的萨日娜，我撇开两眼发直的枫，疾步追了上去，一把拽住她的胳膊，恼火地说："萨日娜，朋友在此，你也太不给我面子了！为什么这样对待我？"

她猛地甩开我的手，说："别自作多情了，好不好？霍日查同志。我是你什么人啊？"

"你！"我涨红了脸，气得说不出话来，真想不到原本音色纯美的她，厉声说话也这般尖刻噎人，太不可理喻了！她用那双美得让人心颤的大眼睛逼视着我，挑战我的忍耐。我终于忍无可忍了，近似疯狂地将她揽过来，连推带搡地往车那边拖。

19

她跺着脚，拼命挣脱，娇喘着说："你混蛋，快放开我！"

枫惊愕地瞪大眼睛，大声喊道："霍日查，你在干什么！"

我毫无理会，索性一把将她轻盈的身子抱起来，朝黑色"现代"奔过去。在我将她塞进车内的一瞬间，我看到她眼睛里闪烁的泪光。但我身上的雄性荷尔蒙激素在发酵，我的大男人自尊让我发狂，我霍日查，一个粗犷的蒙古人，要在枫的面前证明，我在风吹草低见牛羊大草原上，犹如牧马人甩出了套马杆，足以征服这个美丽而动人的女人。

萨日娜给重重地扔进了车子后座。我随即也像泥鳅般地钻了进去。她突然变得平静了，凝视着喘着粗气的我，眼里噙着泪花。我颇为得意地盯着她，压低声说："萨日娜，你逼我这样做的。"

话还没等落地，我脸上就落下一记虽有些柔弱无力但也很清脆的耳光。我给这一掌彻底打清醒了，捂着脸，傻愣地看着她。这会儿，孩子们也发疯般地狂叫着扑过来，像一群草原上扎堆的狼，要抢回他们心爱的老师。

"亏你还是大学老师，太让我恶心了！"她挺起纤细的腰肢，用漂亮的眸子狠狠地瞪我一眼，推开车门跳了下去，随即融入前来接应的孩子们中间。

枫随后钻进来，一屁股坐在驾驶座上，一边发动车，一边回头看我傻呆呆的样子。我脸一阵燥热，没好气地说："还愣着干什么，走啊！"

我沮丧地探过身拍打着车喇叭按钮，刺耳的鸣笛像是失去配偶的草原大雁在原野上空凄厉地哀鸣。枫从倒车镜中见到那群激怒的娃娃们又冲上来，个个手里攥着黑乎乎的东西像要生事儿，便逃也似的将车子开走了。随后无数块泥巴砸到车后窗上，还好，只留下无数个湿乎乎的泥饼，像一摊摊散落在草原上的稀牛粪。

车子驶出好远，我才敢回头睨一眼，见那伙孩子们正簇拥他们的圣母玛利亚往教室走。我心灰意冷地想，完了，完了。我在她心目中大学老师的优雅风度和斯文都荡然无存了，在众目睽睽下，我成了一个不高明的绑架者。其实我本无恶意的，只不过想避开人群，认真和她谈谈而已。但我没料到眼前的萨日娜已不是十多年前的那个穿蒙古袍、戴红领巾帮我往火堆里添艾蒿熏蚊子的小女孩儿了，也不是当初那个沉迷我夸夸其谈外国文学，仰慕我迸发着文学才气的女粉丝了。萨日娜似乎早已洞穿我那份鬼心思，就像草原一只小野兔，只想远远仰视大灰狼的威武，却不想投进它的怀抱。天啊，我完了！

枫也给这场面弄得很狼狈，开着车没好气地说："不是我说你啊，太掉链子了吧？这哪儿是谈恋爱，简直瞎胡闹嘛。一个堂堂大学老师居然把人家女孩子往车里抱，这叫什么事啊，强扭的瓜不甜，这是最基本的哲学原理，你懂不懂？"

我心烦意乱地咆哮："你还有完没完了？这一路你就没歇过嘴，我看这倒霉事儿都是你方的！"

枫火了，大吼道："你歇菜吧，拉不下屎还赖上茅房了，人家美女对你压根就不感冒，还自我感觉良好呢，我看你是灌迷幻药了，尽说不着边的胡话！"

"不是这个样子的。"我固执地辩驳说，"萨日娜先前对我好着呢！刚认识那会儿，一说话就脸红，这次中什么邪了？"

"哼，鬼才相信呢。"枫不屑地说，"你倒让我想起一位哲学家的话，存在着两种不同类型的无知，粗浅的无知存在于知识之前，博学的无知存在于知识之后。你当属于后者喽。"

"少来这套，卖弄学问还轮不到你！我就喜欢草原女人的野性，有钱难买乐意呀！告诉你，精诚所至，金石为开，我一定要得到她，不信你等着瞧！"我信誓旦旦地说。

枫忍不住哈哈大笑起来，回过头来说："我真服你了。有你这样追女孩子的吗？我算看透了，你和那个蒙古女孩儿呀，没戏！别浪费感情了。哎，在中文系你不是有众多崇拜者吗？也不乏美女的，选一个算了。对了，我看刚才打电话女孩儿对你就一片痴情，年龄差距大点也没什么关系嘛！"

我不耐烦地说："哎，还有没有点新鲜的？告诉你，我的事不用你咸吃萝卜淡操心，反正我就认准萨日娜了！"

枫挖苦我说："哟，你以为你是谁啊，可以放荡无忌，无拘无束地我型我秀，讨女孩儿欢心？"

我给他点到了痛穴，将拳头又一次高高扬起，却没勇气砸下去。我想，这一路就够晦气的了，还是安全第一吧。

"哎，怎么不打了？"枫洞若观火的样子说，"还是琢磨一下这前不着村、后不着店的大草原，该到哪儿去喂饱肚子吧，我总不能跟你跑这么远道，还要天苍苍野茫茫地忍饥挨饿吧？"

"又小瞧我？是不是！"我没好气地说，"她不理我，我带你找她阿爸去，我和道尔吉大叔'老铁'了，他会用最好的马奶酒款待我们的。"

"你别扯景了，在他正式成为你老丈人之前，还是不去为妙。我可不想跟你受窝囊气了。"枫连连摇头，摇得像风中抖动的草叶似的。

我一想也是个理儿，泄气之余又灵机一动，说："那就往左拐，去苏木政府，我一个学生在那儿当副苏木达呢。"

枫一转方向盘，瞅了我一眼说："这还有点靠谱儿。哎，先打个电话，看他在不在？"

他的话提醒了我，我掏出手机和宝泉通了话，运气不错，他还就在办公室。不过，宝泉说，再晚一会儿就去旗里开会了，电话打得恰到好处。枫又得意了，说："看看，还是我有远见吧。"

我总算找到回敬机会了，说："远见？还卓识呢！哪儿到哪儿呀，这和远见有屁关系，你以为你是亚里士多德呢？"

宝泉名义是我学生，实则不过是我教过的函授生而已，年龄比我还大十来岁，孩子都会打酱油了。我只给他上过一门西方文学史课，和他也没什么深交，只不过课下闲聊过乌兰哈达。起因也是我那会儿正惦记萨日娜，对那感兴趣罢了，就一个劲儿地套他话。宝泉那家伙儿，还真以为我礼贤下士呢，一再邀我有空来草原转转，还说在那一亩三分地，没有他办不成的事儿。

宝泉早早就站在苏木政府大门口恭候了。见面后，他一口一个霍老师，叫得我挺滋润的。酒桌上，宝副苏木达让人一下开了四瓶蒙古王酒，说要实行包干到户。枫求救似的看了看我说："这可使不得，我什么时候喝得了这么多烈酒啊。"

宝泉拿出在苏木里说一不二的架势，说："远方的客人，我们蒙古人喝酒可有讲究，第一次喝酒不醉就不够朋友，你要真不会喝，也要像赶羊入圈那么硬试一试，如果真的醉酒不醒的话，好，够哥们儿！那么再喝的时候，我就绝不劝酒了，好不好？"

枫为难地瞅了瞅我，分明想让我说句公道话。我却佯作没看见的样子说："既然主人都说了，一片盛情，你先喝着看吧，我还真没看到你醉酒啥样呢。"

枫瞪了我一眼，压低声说："好，算你狠！"

我知道枫有点酒量的，只不过照我还差那么一截，估计这瓶酒要倒进去，也就差不多晕菜了。

说话间，蒙古族的特色菜肴端上了酒桌，手扒肉、烤羊排、烤羊背，让我有点目不暇接了。宝泉用蒙古刀削下两块有点肥的羊胸肉，放进我们碗里。作陪的苏木政府秘书解释说，草原羊胸是给最尊敬客人的。我和枫连声表示感谢之意，但都有点嫌肥，只好一闭眼吞了下去。

宝泉不愧是劝酒好手，先是说草原的鹌鹑单个飞，一个翅膀挂一杯，两杯酒就进肚了；再说草原的百灵双双飞，一个翅膀挂两杯，四杯酒也进肚了；接着说草原的蚂蚱仨仨飞，一个翅膀挂三杯，九杯酒也倒进了肚子。枫先头还皱着眉头喝了几杯，到了蚂蚱飞的时候，就不想喝了。宝泉便说，酒品等于人品，不喝酒就做不好学问。枫碍于情面，又龇牙咧嘴地喝了一杯。秘书也趁火打劫地说，不喝酒就不了解蒙古人。枫迫于礼节，又红头涨脸地喝了一杯。宝泉再过来劝酒，枫就把头一歪，说话连舌头都不打弯了，死活也不肯往下喝了。我看出枫真喝到劲上了，便代他喝了两杯酒。枫醉醺醺地掏出了一支小熊猫烟，用打火机点了三五下才点燃，头好像有点抬不起来了，便靠在椅子上晕晕乎乎地抽了起来。

酒过三巡，几个蒙古族姑娘捧着哈达，翩然而至。我不禁暗暗叫苦，我这会儿肚子里也沟满壕平了，脑子也混沌成一团热糨糊，居然将领头那个长相俏丽的女孩儿看成了萨日娜。那女孩儿将银碗斟满酒，微笑着举到我的面前，用蒙语唱起了《祝酒歌》。

金杯里斟满了芳香的美酒

赛勒勒外咚赛哎咳

兄弟们欢聚一堂尽情干一杯

赛勒勒外咚赛

银杯里斟满了醇香的美酒

赛勒勒外咚赛哎咳

朋友们欢聚一堂放声歌唱

赛勒勒外咚赛

……

我接过银碗，痴痴地凝视着那漂亮的女孩儿，看得她不好意思起来，将羞红的脸歪向了一边。我在想，哎，这萨日娜怎么让宝副苏木达召到这儿来了，真是善解人意啊，便说："萨日娜，别不好意思呀，我不会生你气的。"

喝得红头涨脸的宝泉一头雾水地看着我，不知我在说什么，而知道我在说什么的枫已一头歪在椅子上，打起呼噜来。满桌子只有一直在"敲边鼓"的秘书还保持清醒的头脑，可他也是听了两遍才反应过来，急忙站起来说："霍老师，您认错人了，她不叫萨日娜，她叫乌日汗。"

"不，她就是萨日娜，你看她歌唱得有多好，你看她长得多迷人。"我没发现银碗里的酒在不停晃荡，一边固执地说，一边以手指点酒敬天，点酒敬地，又点酒抹了她的额头一下，还笑嘻嘻地把脸凑上来摆出欲亲

24

吻的架势，那女孩儿怯怯地退了一步，把我当成耍酒疯了。我脑子继续发热，上前一步还想继续亲热，她吓得花容失色，一扭身跑开了。

我气恼地把银碗摔在了地上，大声喊道："你怎么跑到苏木政府了，还在躲我，给我点面子好不好！"

宝泉一下愣住了，秘书也惊愕地把目光投向宝泉，几个祝酒女孩儿的微笑也一下子凝固了，陷入了莫名的尴尬中。惊慌失措的乌日汗在宝泉暗示下匆匆离开了。我伤心极了，拿起酒瓶又把杯子倒满了，然后一饮而尽。这回该轮到主人心惊了，宝泉使眼色让秘书快把酒撤下去。那几个女孩子也知趣地溜走了。宝泉似乎对我的话很吃惊，说："霍老师，您说的萨日娜可是我们苏木中心小学的音乐老师？"

我没有理会他的话，拿起杯子继续大声要酒："来，给老师再倒上一杯，老师我没醉！"

4

当晚我和枫原本要赶回城里的，可由于颜面失尽的那场醉酒，我们谁也走不了了。宝泉尽地主之谊，安顿我们在乌兰哈达招待所住了下来。我蒙眬醒来，一睁眼，窗外已是繁星闪烁了，我和枫都躺在招待所的床上。我一骨碌爬起来，揉了揉惺忪的眼睛，看到枫还在酣睡，嘴角都流出了口水，我那个"叔伯学生"宝泉则坐在床对面的沙发上看报纸打发时光。宝泉见我醒了长长地松了口气，放下报纸说："吓死我了，还以为老师得脑血栓了呢，说话都不连贯了，还不停说不着边的话，是我和几个人把您抬到这儿的，还请了医生。"

我对酒桌上的事儿都记不清了，听宝泉一一给我道来，如梦如幻的感觉。我暗骂自己"真他妈不是东西"，心说一个堂堂大学老师也太掉价了，按照草原人的损话：酒是喝到人肚子里的，莫非还喝到狗肚子里了不成？

宝泉连忙说："都怪我，不该让老师喝那么多的酒，我还以为您装假喝多了呢，敢情真喝多了。霍老师，太对不起您了。"

我不服输地说："我其实还能多喝点的，不过喝得急了点，要知道，我也是蒙古人！"

酒醒后，我冷静一下才知晓我为什么醉得一塌糊涂了。一切都源于那个叫萨日娜的女孩儿，酒不醉人，人自醉。先前，我在给学生讲雨果的《悲惨世界》时，曾引用过书中一句名言："靠醉酒来保证不死是不够的。"如果换成了：靠醉酒来保证爱情是不够的呢？天啊，我似乎有种失恋的感觉了。

这天晚上，我郁闷得直想大哭一场。在宝泉再三追问下，我伤感地讲述了白天那番遭遇。当提到萨日娜名字时，宝泉脸色发生了变化，大梦初醒地说："难怪你对乌兰哈达这么感兴趣呢，原来是留恋桃花盛开的地方啊。怎么样，要不要我让人把萨日娜招来，你们推心置腹地谈谈？这一亩三分地学生说了算的。"

我连连摇头说："别，我在她面前够丢人的了，太伤自尊了。"

我问宝泉是否了解萨日娜。宝泉掠过异样的神情，说："那是我们乌兰哈达苏木的章子怡啊，连三岁小孩儿都知道。我当然了解她。不过，她是一个难以驾驭的女孩子，就连我这个主管教育的副苏木达也让她三分的。日后，你若从她嘴里听到骂我的话，千万别相信啊。"

我尽管还醉醺醺的样子，心里却开始明白了。我陡然发现谈萨日娜时，宝泉的样子怪怪的，莫非萨日娜给他留下什么不好的印象？我追问下去，他却用别的话题搪塞过去。我如鲠在喉，便向他倾诉了我和萨日娜相遇的浪漫往事。

那还是今年春上，我带中文系四个女孩儿到珠日河草原踏青。我开着新买的白色捷达车，一路说说笑笑，掩映在绿草和野花丛中，挺惬意的。坐在副驾驶座的朋朋开玩笑，说我是众星拱月，我只承认不过是"党代表"洪常青而已。我明白朋朋说这话时的醋意，心里却在想，打死也

26

不能单独和这丫头片子出来了。朋朋是那种只可做情人不可做老婆的女孩儿，我惧怕她那种像蚊虫一般叮上就不撒口的执着劲儿。平时对她躲犹不及，这次带她出来也是没法子的事儿。

我这会儿也算三十好几的大龄青年了，大学毕业留校，在职读博士，中国作协会员，一晃在大学讲坛也混十来年了，虽不敢说貌比潘安，也算一表人才。不过至今仍为单身贵族，或者说钻石王老五。想到这儿，我心里一阵好笑，这话怎么像征婚广告词似的呢？

平心而论，在T市像我这般条件的男人，选个出得了厅堂、下得了厨房的漂亮女孩儿是不成问题的。更何况我学习和工作环境就在青春美少女堆里，近水楼台也够眼花缭乱的了。说句老实话，上大学和毕业后的这些日子，我确实交过许多漂亮女朋友，同事都说我好有"女人缘"。

人家说我的女友像走马灯似的换个不停，都挑花眼了，我从来都不那样认为。婚恋是需要缘分的，对那些一厢情愿、投怀送抱的女孩儿，我可以打情骂俏，却从来都不玩真的，心里总有种怜香惜玉的情结，不忍心下手。

朋朋多次挖空心思约我晚上出去，我都编了个不同版本的故事谢绝了，气得朋朋在我面前直掉眼泪珠子。其实朋朋也是个挺可人的女孩儿，身材高挑，皮肤白皙，尤其那双勾魂摄魄的眼睛每每让我心动。我所不明白的是，心动之余，我为何就不能喜欢上她呢？

朋朋在车上开我的玩笑，说："霍老师今天请大家来草原上玩，是在学大诗人拜伦的浪漫情结呢。"

车上女孩子都会心地拍手大笑起来，不知谁还从身后往我嘴里塞了块德芙巧克力。我没有笑，一边嚼着巧克力，一边正儿八经地说："朋朋，你太抬举我了吧？人家拜伦是什么人？那是举世公认的文学天才。不错，在课堂上我是给你们讲过拜伦的花心。可拜伦尽管忘情地享受女色，却不为女色所累。拜伦是一个孤独而忧伤的天才，他对女人的不负责任和逢场作戏并不影响他在世界文学史上的地位。你们有几个能读得懂拜伦式的天才诗句呢？反正我这个外国文学教书匠是自愧不如的。"

车里一阵沉默，过了好一会儿，朋朋低声说："老师，您生我的气了吧？"

我侧目一看，她眼里闪烁着晶莹的泪光。

我说："好了，美丽的大草原敞开绿色的怀抱在等待着你们这些美女呢。让我们尽情享受大自然的抚爱吧。"

当我把车开到了珠日河牧场深处，远远就看到从泛绿的草原上走过来一个身着红色绣花蒙古袍的女孩儿，像万绿丛中一点红那般惹人眼。我鬼使神差地将车子开过去，戛然停在她面前。那女孩儿一愣，不自觉地停下了脚步。

直面女孩儿的那一瞬间，我仿佛周身血液都凝固了，眼睛也发直了，心跳就像击鼓一样，怦怦敲个不停，大脑霍然一片空白，这种人生体验是我从没有过的。过了好一会儿，我才醒过神来。我发现满车的女孩儿都停止了说笑，眼神都投向了车窗外。

"你好。"我摇开车窗，把头伸出来，没话找话地说，"请问这儿是珠日河牧场吗？"

"你好。"女孩儿机械地点点头，微笑着说，"是啊，这就是珠日河牧场，您头一次来吗？"

我心跳开始加速，霍地跳下车，做出颇为认真的表情说："冒昧问一句，愿不愿做我们的向导？"

朋朋看穿了我的鬼心计，有意揭我的短，拉开车门，露出一张脸说："霍老师，当着美女不能说谎呀，您明明不是头一次来珠日河的！"

我狠狠瞪她一眼，没工夫搭理她，依旧诚恳地说："我是民族大学的老师，这是我的名片。"说罢把我的个性化名片递了过去，上面有我的素描头像和一连串诸如作协会员之类的虚头衔。这是我认识女孩子常用的伎俩。不过，以前送名片是为了炫耀自己，现在送名片则是想吸引她的眼球。我心里明白，心态与心计之间是有质的不同的。

女孩儿接过名片先是漫不经心地睨了一眼，随即便兴奋起来，说："哇！您就是霍日查老师呀？看过您写的情感小说，很动情，也很有味。哎呀，真没想到在这儿遇见了大作家，我太高兴了！"

我一阵窃喜，表面还故作谦逊地说："哪里，哪里，雕虫小技，不足挂齿的。"

朋朋不知什么时候下的车，站在我身后上上下下地打量那女孩儿好一会儿，才酸溜溜地说："怪不得半路下车呢，原来珠日河还有这么漂亮的美女呢，不愧是孝庄文皇后的故里。"

我回过头再次狠瞪朋朋一眼，算作第二次无言警告。她咬了咬嘴唇，知趣地闪到一边去了，但我清楚她这会儿的脸色肯定很难看。

女孩儿似乎有些意外惊喜，爽快地答应我的请求，挤进了我的车子。她钻进来方发现车里坐满清一色的女孩子，便有些诧异，冲我说："霍老师，都是您的学生？"

车后边坐的三个女孩儿异口同声地说"YES"！便嘻嘻哈哈地笑了起来。我发现只有挨我坐的朋朋没笑，脸僵硬得像个秦始皇陵里的兵马俑。

女孩儿知趣地退出来，对我说："太挤了，不好意思。"

我忙半开玩笑地说："没关系的，她们个个都是窈窕淑女，不占空间的。"

三个女生都得意地说"YES"！

"你们就这样认识了？"宝泉似乎饶有兴趣地倾听着，"这倒蛮有戏剧性的，像是一部爱情小说的邂逅章节。"

"还有更富戏剧性的呢。"我回忆说，"在与萨日娜的交谈中，我有了惊人的发现，她居然就是十年前我在草原过夜时，那个穿着蒙古袍、戴着红领巾、帮我往火堆里添艾蒿的小女孩儿。女大十八变，我一点都认不出她了，丑小鸭真的变成白天鹅了。从那一天起，我愈发相信我们之间的缘分了。"

那天，我和萨日娜奔跑在绿茵茵的草原上，完全把跟我来的那几个女孩儿甩在了脑后。我充分展示了教授外国文学的特长，对她谈狄更斯、谈巴尔扎克、谈雨果、谈歌德、谈普希金、谈果戈理、谈托尔斯泰、谈米兰昆德拉、谈霍桑……

萨日娜果然对我佩服得五体投地了，羡慕地说："怪不得老师写出那么好的作品来，敢情知识面这么宽。"随即她不无自卑地告诉我，她只是艺校学声乐的中专生，两年前才到苏木中心学校当音乐教师的。

我当时的脑细胞完全让这女孩子占有了，便尽力迎合她说："这没什么，尺有所短，寸有所长。我可是乐盲的，声乐方面还要拜你为师的。"

萨日娜一听这话脸红了，捂着红扑扑的脸蛋，羞涩地连声说："不敢，不敢，老师言重了。"

几个女孩子一听说女孩儿是学声乐的，便缠着让她唱歌。她不好意思，连连摇头。朋朋也许感觉到了情感上的挑战，就在一旁极力劝阻说："人家不愿唱，就别难为人家了。"但那几个女孩子齐声反对。她执拗不过，便唱了一首《我和草原有个约定》：

看到你笑脸如此纯真

听到你声音如此动人

住在你毡房如此温暖

尝到你奶酒如此甘醇

我和草原有个约定

相约去祭拜心中的神，

如今迈进这回家的门

忍不住热泪激荡的心……

由凤凰传奇组合翻唱的这首歌，我听过无数次了，但从来没在大草原上有这种情景交融的艺术享受。原来，绿色的草原、悠远的蓝天与飞翔的百灵融于一体会有那么曼妙的感觉，以至让我的神思插上了绿色的翅膀，在一碧万顷的原野上狂奔！萨日娜的歌那般动情，唱得我内心狂野，心猿意马了。我坐在绿茵茵的草地上，幸福地听着她富有磁性的歌

30

声，就像几年前央视青歌赛中推出的原生态，带着一股芳草的气息。我彻底迷醉了，拼命地鼓着掌，像是在追星。我恍然发现，我真的好想好想谈恋爱了。

宝泉边听边闷闷地抽着烟，过了好半天才说："霍老师，有句话不知我该说不该说？"

我说："当然了，是关于我和萨日娜的吧？我很想听，我特别想听！"

他吐了口烟圈，说："听我一句话，离开她，你们两个不合适。萨日娜除了漂亮，没有配得上您的地方，还是离她远点好！"

"你说什么？"我诧异地站起来说，"告诉我，她有什么地方不值得我去追去爱吗？"

他不置可否地一笑说："您就别问了，我这话自有道理，想给您提个醒。对了，她先前有过一个男朋友的，北大的，听说出了国，就把她给甩了。也是，女孩子一漂亮，是非就多了，玩玩还可以，就不要太当真了。"

我愤愤不平地想，出国有啥了不起，那个家伙太没有眼光了！反过来一想，倒有几分庆幸，如果那小子还在的话，先入为主，又有北大牌子，肯定就没我什么戏了。

枫这会儿也让我们的谈话吵醒了，一骨碌从床上坐起来，眨了眨眼睛，茫然地说："哎，我这是在哪儿呀？"

我憋不住笑了，说："当然是在哲学的荒原上啊。我记得你说过，客观世界只是精神原始还没有意识的诗篇。"

枫连忙纠正说："那不是我说的，是一个德国哲学家说的。"

"行啊，看来还没喝多嘛。"宝泉站了起来，走到枫身边递给他一支烟。我一看烟盒，软中华，还真够档次，比我这个大学老师阔绰多了。

我知道枫又犯老毛病了，酒一喝多话就多，别看他说话挺清醒，从脸色看得出他的酒劲还真没过去。我呢，此时胃里也在倒海翻江，火烧火燎的，一股一股直往上涌。我心说："坚持住，一定要坚持住，千万不能喷泉呀！"

31

枫抽着烟，又来了精神，借着酒劲儿说："宝苏木达我算服你了，劝酒有方，说的是层层递进，很有逻辑，我看你还能提拔的，苟富贵，勿相忘哟。"

　　宝泉也点着了烟，笑着说："你在骂我？有点不够哥们意思了。我不过是个连个七品芝麻官都不是的副科级，其实狗屁都不是，你们才是国家栋梁之才呢。"

　　我没心思听他们扯淡，惦念的还是那个让我揪着心、放不下的萨日娜。连我自己也百思不解，她究竟哪儿勾住了我的魂，让我割舍不下呢。从见她的那天起，我便心无旁骛了，用朋朋的话说是旁若无人了。萨日娜的美征服了我，让我彻底改邪归正了，看女生再也不会打情骂俏，看花眼了。可宝泉为什么对我说那番话呢？我万般不解了。想到这儿，一股酒劲儿又涌到嗓子眼，我捂了一下嘴，又连忙喝了一口水，总算把那辣辣的液体压了下去，没再返上嗓子眼。

5

　　那天晚上在苏木招待所里，我和枫足足折腾了半宿，害得宝泉也不得不舍命陪君子了，困得他前仰后合的。醉意朦胧之中，我还能清醒地记起先前往事。那是在草原和萨日娜邂逅的第一个周日，我打着看望道尔吉大叔的幌子独自驾车去了珠日河，真可谓迫不及待了。道尔吉大叔对我这个不速之客这么多年了还能惦记他而感慨不已，拉着我的手使劲地摇晃着，久久不撒开，连那抖动的胡子都似乎沉浸在兴奋中。他埋怨我不该带那么多礼品，还说能见我这个人就知足了，岂不知我这是在耍"项庄舞剑，意在沛公"的鬼把戏。

　　道尔吉大叔跑出去亲手为我宰了一头小肥羊，吩咐额吉拿出乳白的酸奶、淡黄的炒米、油光的奶酪，还有牛肉干、熏羊肠、牛蹄筋，还做了几个叫不上名字的蒙古风味菜肴，摆了满满一方桌。道尔吉大叔用盛情唤回了我当年住他家蒙古包的感觉。额吉用铜炉煮沸了奶茶，端来大盆手扒肉和奶香四溢的马奶酒款待我这位受宠若惊的年轻客人。我吃着这桌丰盛美餐，听着主人盛情诉说，却有点心不在焉地四下张望。我所企盼的萨日娜并没像我期盼的那般飘然而至。酒过三巡，我实在憋不住了，才旁敲侧击地冒出了一句："大叔，今天礼拜天，咋不见您女儿回家呢？"

我的话提醒了道尔吉大叔，他操起手机打给萨日娜，让她赶快回家一趟。女儿说她在学校辅导孩子们练习发声呢。道尔吉大叔说，你那边的活先放一放，家里来贵客了。她问什么贵客？他说，你回来不就知道了。

额吉在一旁唠叨说："这一阵子，萨日娜也不知咋了，总像有心事似的，还偷偷抹过眼泪，问她呢，也不说，真是的！"

道尔吉说："姑娘大了，是够让人操心的。我看呀，先前那个就挺好的，学历又高，人又有才，打小就认识，怎么说分开就分开了呢？"

额吉说："你懂什么，分开更好，我可不想让女儿跟他跑到法国去。大老远的，听说坐飞机都要十个钟头呢，多操心呀！"

我看似无意地听着，心里却燃起了一丝希望，看来，萨日娜的确还没男朋友，真是天助我也，太好了！她到来前，我的心一直揣着小兔子似的怦怦跳，不知见面该和她说什么。尽管我在大学讲堂口若悬河，夸夸其谈，可在心仪女孩儿面前我却丝毫底气都丢了，生怕她会识破我这并不高明的小伎俩。来乌兰哈达之前，我给她打过几次电话，说要看看她，都让她婉言谢绝了。她说怕影响不好。我不知道影响不好是什么意思。我又没做什么见不得人的事情。这次借口来看道尔吉大叔，也算没办法的办法，估计她一眼会看穿我这套鬼把戏的。

"哎，快夹菜呀。"道尔吉大叔有些奇怪地瞅着我说，"你怎么直愣神呢，是不是饭菜不可口？"

"可口，挺可口的呀。"我说着抓起一块手扒肉，大大地咬上一口，以正视听。

大叔又倒碗马奶酒，让我干了。我没敢，只喝了小半碗，生怕待会萨日娜看我红头涨脸的样子取笑我。正当我心猿意马乱想时，萨日娜骑着铃木摩托风风火火地赶回来。她推开蒙古包门，露出诧异的神色说："咦，怎么会是你？"

我慌忙站起来，尴尬地说："我来看看大叔。"

道尔吉大叔有点不高兴地对女儿说："怎么说话呢？没礼貌！这是我尊贵的客人，叫霍老师，你还小的时候就住过咱家，你忘了吗？"

萨日娜忍俊不禁地数落说："我知道的，他坐过您老的勒勒车；我还知道头天晚上，他搅得我们大家都没睡好觉，熏了大半夜蚊子。"

道尔吉大叔迷惑不解了，看了看女儿，又望了望我。

我赶忙解释："前些天，我来过珠日河，我们见过面了。"

"哦，是这样。"道尔吉大叔脸上分明掠过一丝失望，想必猜到了我这番殷勤的来由了。

偏巧这会儿，朋朋打来手机，问我干吗呢？说她连耗子洞都找遍了也没扒到我。我想发火，又不是个地方，便小声哄她说，我在外边办事儿，等会儿再打给你，言罢便匆匆挂机了。为防她再打电话骚扰，我索性关了机。

萨日娜对我的造访，吃惊之余又有些兴奋。她坐我跟前，撒着娇说："霍老师，给我带书了吗？你答应过的，我可要签名本哟。"

这话正中下怀，我顺理成章地将早已写上赠言的小说集《流浪的爱神》送给她。她欣喜地拿在手里看了看题字的扉页，又微笑着端起银碗和我干了满满一大碗酒。额吉急了，说："你疯了吗？大姑娘家家的，怎么那么不讲究身份。"

她的腮上涌起了两团红晕，说："霍老师是我的偶像嘛，我当然要认认真真地敬他酒了。"

我心里很滋润，觉得有门了。先前在她身上，一切男人的心计我都使尽了，还不就为了给她留个好印象嘛。

道尔吉大叔似乎不太愿意看到女儿和我亲热，坐在一边板着脸。吃饭时，他又提起那个在法国留学的男孩子，可惜我没听清他的名字，不过，我猜得出大叔是在提醒女儿不要忘了他。

回来后，我几乎每天都给萨日娜打电话，有话没话也要聊上几句。不想我的一片赤诚，换来的却是深秋的天气，一天天变冷。随着我的爱情攻势越来越凌厉，她不思进取，反倒步步退缩了。起初，她常把我签名送她的小说抱在被窝里"啃"了一遍又一遍，还在电话里跟我谈读后感，对我幽默的语言佩服得五体投地。到后来，当我犹抱琵琶半遮面地向她吐露爱慕之情的时候，她却来个冷处理，顾左右而言他了。我真有点搞不懂了，这是为什么？我甚至怀疑，她那天对我超乎寻常的热情是故意做给父母看的，可这又为了什么呢？

原本以为萨日娜会为我的痴情感激涕零的。凭我的条件，找一个家在牧区又只是中专学历的女孩子，无疑是一种恩赐的。她却在电话里反复说："我们为什么要发展成那样一种关系呢？我们像现在这样，做最好的朋友不好吗？"

我仿佛给当头泼了一盆冷水，心里冰凉冰凉的。我在电话恳求道："我是真心爱你的，离不开你了，每天晚上我都梦见你的，你就不能给我个机会？"

她说："霍老师，你误会我了，我对你只有崇敬，真没那层意思。我心里有人了。"

"他是谁？"我急切地问。我不相信在她的视野范围有谁能比我更优秀，总不会又和那个远在法国的男孩和好了吧？她不想告诉我他是谁，只是一再强调，如果我对她的情感产生误解的话，她愿意郑重向我道歉。

后来，我隐隐约约听到有关她的传言，有人说她和那个去了巴黎的留学生还藕断丝连，有人说她正在和城里一个副局长谈对象。得知消息那天晚上，我面壁坐到大天亮，有种"既生瑜何生亮"的哀叹。现代女孩子毕竟生活在现实社会里，换作我，我也会做出这般选择的。我拿起电话，开始向她摊牌了。我直截了当地说："我知道你有两难的选择，可我只想对你说一句话，这世界上再也不会有人像我这样爱你了。我可以为你去死，他能吗？"

萨日娜电话那头哭了起来，说："霍哥，说什么呢？没有的事儿，我们没那种可能了，不是这个原因的。我们做最好的好朋友不行吗？"

那又为了什么？我情绪激动地说："我也有我的人生目标，我不会让你失望的，你要对我有信心！"

"你错了，我心里有个永久的痛，你不会理解的。"她抽泣着说，"我们做永远的朋友好吗？求求你了。"

"不！"我声嘶力竭地喊，"我就是离不开你，我要爱你一辈子，嫁给我吧，萨日娜。请相信我，我会给你一生一世的幸福！"

她没再言语，把电话啪地挂断了。我接着给她拨了 N 次电话，传过来的只是嘟嘟的忙音。我丧失理智地将床头柜的电话机摔在地上，摔得粉碎。第二天，我只好又去街里买了一部电话。坐在电话机前，我反复回味她那句话，好像隐藏许多难言之隐，一时间竟有点不知所以然了。她越想疏远我，我就越想得到她。那些天站在讲台上，我也有些恍惚，讲课时常说走嘴，再这样下去，我恐怕真的疯掉了。

酒劲儿还在一股一股往嗓子眼里涌，我没有话，只是傻呆呆坐着，想着心事。枫似乎看出我的心思，满嘴吐着酒气说："伙计，也别太把女人当回事儿，我就不相信这偌大的科尔沁草原就找不出第二个萨日娜了。让宝苏木达给你出出主意，该怎么做就怎么做好了。"

宝泉酒后的谈吐也和先前判若两人了。他从枫口中得知我和枫在萨日娜处所遭的冷遇，愤愤不平地说："她怎么会这样，太过了。我这就给她校长打电话，让他好好教训教训她。如果她敢再对我老师不恭，就让她下课！"

我听这话急了，忙说："别，千万别，这是我自己的事儿，我会处理好的。"

宝泉想想说："也是，强扭的瓜是不甜的。萨日娜长得漂亮是不假，可您也不比她差哪儿去呀。我看呢，找老婆也不一定要太漂亮的，做情人还可以，若放在家里会不放心的。再说，人家说不定又有心上人了，老师您也没必要劳心伤神自寻苦恼了。"

枫可算找到知音了，从沙发站了起来，摇摇晃晃地走到宝泉跟前，拍了拍他的肩膀说："哥们儿，说得对，你帮我劝劝他，我看他一门心思找萨日娜，热脸贴上了冷屁股，都快得抑郁症了。"

"你才快得抑郁症了呢！"我跳起来，大声抗议道，"这一路你就没放过什么好屁，我看都是你给咒的。你们懂什么？你们知道什么是怦然心动，什么是真正的爱情吗？萨日娜心里还是有我的，只不过嘴上不愿意承认罢了。"

枫也火了，涨红着脸说："我看你……是越来越不可思议了，你怎么能说萨日娜爱上你了呢？有……这种爱法吗，这不是……痴人说梦么？"

"你这是忌妒！典型的忌妒！"我高声说，"如果这次不是你跟着我，她不会这样对待我的。你坏了我的好事，我真后悔坐你的车，晦气死了！"

说到这里，酒劲儿又涌上来了，我拿起杯子又喝了一大口水，才算没把那些混合物喷了出来，可酒精待在胃里烧得也很难受，有心去卫生间吐，又怕让学生看见不雅，真是死要面子，活受罪。

"嗬，拉不下来屎，还赖茅房，你嘴可真够阴损的了。好，算我倒霉，我走，行了吧！"枫脸色陡变，从沙发上跳起来拔腿要走。

宝泉见状，忙伸手把他拦住，给我使眼色劝他留下。我却不依不饶地说："让他走，不就辆破车吗，离了张屠夫就不吃带毛猪了？"

枫给彻底激怒了，点着我的脑袋大声说："你这是屁话，一点也不哲学！"

我们俩都在火头上，你来一言我还一语，吵得面红耳赤，就差没动手了。宝泉左劝也不是，右劝也不是，真有点急了便说："亏你们都算高级知识分子，怎么连起码的儒者风度都没有，还耍起酒疯来了。酒喝到人肚子去了，难道还喝到狗肚子去了不成！不就他妈的一个女人吗？有什么稀奇的。我是苏木达，我让她干什么，她就得干什么！不信，你去问问她！"

枫似乎有些醒酒了，重新坐下来，眼睛直勾勾地瞅着我，像在看我是不是真喝多了。我心里明白，我酒喝多了不假，脑子还十分清醒的，只是给爱情弄昏了头而已。我对宝泉的话却接受不了，我拍着床头，大声斥责他："不许这样说萨日娜，别看你是苏木达，有什么了不起的！还牛逼上了，枫，咱们今晚不住了，走！"

宝泉也察觉到有些失礼忙说："霍老师，原谅学生失言，我也是喝了点酒一时冲动，说走了嘴，您大人不计小人过，千万别介意。"

我听了这话才没走，却气得不行。这个宝泉说话也太张狂了，他出言竟敢对萨日娜这般无理！话虽这样说，可我和枫都坐卧不安了，蒙古王酒有后劲儿，我俩都吃不消了，几乎难以任其倒海翻江了。枫有意每隔几秒钟就看一眼手表。宝泉知趣地说："二位老师休息吧，明天一早，我陪你们喝奶茶。"

我巴不得他走人，连忙说："真不好意思，让你陪这么久，明天我们一大早就走，就不麻烦你了。"

宝泉很仗义地说："那怎么行，霍老师是我最尊贵的客人，明早我一准来，按咱蒙古族的习惯要喝一杯上马酒的。"

枫一听这话，差点没晕过去。天啊，连我也有点心律过速了。

好歹总算把宝泉劝走了，两个大男人默默无言地坐在沙发上，没过一分钟，我便忍不住跑进卫生间，刚推开门，一股混浊的液体便泉涌出来，喷了足有一丈多远。随即，枫也步我的后尘冲进来，对着坐便器呕吐起来。接着便是两个大男人痛痛快快地号啕大哭。以至惊动了正在值班的服务员，还找来保安，用钥匙打开房间，见我俩都挤在卫生间里，人还都好好的，只是地上一片狼藉，便捂着嘴跑开了。

我心里明镜似的知道，我们在为两个女人而哭泣，他为他的云，我为我的萨日娜。哎，酒是好东西，只有人是王八蛋！我心里暗暗臭骂自己。

酒都吐了出来，心也好受多了。两个同是天涯沦落人又和好当初，躺在床上望着天花板相互倾诉着积淤心中的郁闷。枫说："哎，你说云这次去深圳开学术研讨会该不会和她的副院长一道去吧？"

我说："我哪儿知道啊？她是你老婆。我看一道去并不重要，重要的是会不会睡到一张床上。"

枫说："你能不说得那么下流吗？我够闹心的了。"

我说："我说说而已，你还真往心里去了。"

枫叹了口气，说："英国哲学家贝克莱说过，存在就是被感知。他自称是渺小的哲学家，可却说出了一个大的哲理。我的感觉不会错的。"

我说："哎，你说，萨日娜和昔日那个男友会不会破镜重圆呀？"

枫说："你这不是难为我吗？我连他名字都不知道的。"

我说："也是这个理儿，再说了，那家伙人在巴黎，远水也解不了近渴呀，我还是有机会近水楼台先得月的。"

枫说："没错，我看破镜重圆并不重要，重要的是你有没有足够的魔力把破镜再砸碎，最后再把她拉回你的身边。"

我叹了口气说："我和你想得不一样，那个男人就像个幽灵，游荡在我心灵的上空，在向我挑战。我燃烧着的情欲像是要自焚似的，如果他们真重新和好了，如果是在十九世纪，我一定会像普希金那样和他决斗的。"

枫久久盯着我的脸说："唉，两个可怜的男人啊，都钻进了哲学的死胡同，绕不出来了。"说着说着，枫忽然想起了什么，说："哎，你不觉得那个宝泉今晚说话有点怪怪的吗？你一提萨日娜，就好像揪了他的肉似的，生怕你们好在一起，他不会也惦记上她了吧？"

我想了想，说："不至于吧，宝泉是主管教育的副苏木达，听到一些有关萨日娜的闲言碎语总是难免的，关心一下下属也是正常的。"

枫摇了摇头，说："我不信，从哲学的角度来分析，没有无缘无故的爱，也没有无缘无故的恨。"

那一夜，我和枫都失眠了，聊到很晚才睡。枫为了安慰我，还说了一句让我至今都难忘的话："哥们儿，别太为女人痛苦了，记住我一句话，男人所失去的只是心灵的锁链，男人得到的将是整个情感世界！"

第二天一大早，我怕宝泉来相送，更怕喝那要命的上马酒，唤醒了枫，拎上包仓皇开车溜了。路过白天那座敖包的时候，我猛然想起那个虔诚的穿黑色蒙古袍的老额吉，便迷惑地说："哎，你说那个神秘老人居然还能听懂英语，她的身世一定不凡，我真想认识她一下，说不定以后写小说用得着这个人物原型的。"

枫说："我不跟你说过吗，走进科尔沁，没准碰到一个没落的草原贵族呢。我们说不定是碰到满清王室宗亲了呢，哈哈。"

我也笑了，说："你小子倒蛮有想象力的，可以学着写写小说了，拜我为师好了，我会不吝赐教的。"

枫开着车不屑地说："谁稀罕呀，还是拜我为师吧，我可以教你怎么用哲学的眼光来看待世界、草原和女人。"

我不服气，正想反呛他两句，手机铃声响了，我以为又是朋朋打来的，本不想接，可一看是呼和浩特的区号，便接过来。不想电话传来了意外惊喜，内蒙古作协的朋友通知我，去法国的签证批下来了，温都苏副主席带队，半个月后就走人，让我抓紧去中国银行兑换点欧元。我大喜过望，说："没问题，我今天回去就办。"放下电话，我恍然想起我在巴黎的那位女同学尹桦，只是多年失去联系了，也不知能不能见到她。

枫羡慕地说："到底是作家协会，搞得就是活。我什么时候也摊上这样的好机会呢？"

我说："有什么呀，你想去，也去得成，找个旅行团不就结了嘛，费用也不太高的，估计两三万就差不多了。"

"我可没那份闲心，一个云就搞得我足够喝一壶的了。"枫又追问了一句，"哎，那你的费用谁出的？"

我苦笑了下，说："当然是鄙人了，我一个无权无势的教书匠，谁替我买单呀。这次可要倾尽我一年的讲课费喽，唉，苦啊！不过若能找回创作灵感来，也是值的。"

枫扫了我一眼，说："少在我面前诉苦，又没人逼你去巴黎，还不是你自己心甘情愿的。"

我没好气地说："我又没朝你借钱，你心惊什么！"

枫尖刻地说："怎么，酒劲还没醒啊，不要把气都撒到我身上，有话找美女萨日娜说去呀！"

枫的话又勾起我的烦恼，我愤愤地说："少来讽刺我，我可没揭你的短。不要以为我和她就完了呢，谁笑到最后，谁才笑得最好！"

枫有些生气了，将车子开得像草原的牛车毛了一样，颠得我肠子都要冲出来了。我慌了，说："哎，别发飙啊，我还想留条小命去巴黎呢。"

枫毫不减速，反而说："没事儿，放心去你的巴黎吧，说不定见到巴黎女郎就乐不思蜀了呢。"

我大声说："不，我会给我心中的女神萨日娜带回巴黎原装的香奈尔香水的。"

令我万万没想到的是，就在我动身去巴黎的前几天，萨日娜突然失踪了。道尔吉大叔打电话气冲冲地朝我要人，还问我，是怎么伤害他女儿的？天地良心，我简直比窦娥还要冤了。那几天，我寝食不安，情绪低落到极点，甚至连去巴黎的心思都没有了，终于，我积淤内心许久的恋爱危机爆发了。

那是一个草原之夜，我在绝望中，抱着为萨日娜殉情的信念，将我的捷达车开进了茫茫科尔沁草原，我在原野上狂奔着、吼叫着，像一匹疯癫的野马，放荡不羁，直到耗尽油箱最后一滴油，骤然像泄了气的皮球抛了锚。我跳下车，一头栽在黑乎乎的草地上，仿佛彻彻底底解脱了一样，于是，我浑浑噩噩地躺在那里，干了一桩让我日后都难以启齿，甚至不寒而栗的大蠢事。

A 巴黎：我的故事

1

我是一只科尔沁草原飞出的鸿雁，掠过大草原，掠过蒙古包，一路飞翔，飞越了西拉木伦河，飞越了欧亚次大陆，落脚到一个遥远而陌生的地方。我是一个科尔沁草原走出来的流浪诗人，一年前，凭借一股激情闯荡人生，闯荡世界，几经辗转，来到了一个远离初恋的浪漫之都。

巴黎是座充满欲望的城市，美丽的塞纳河从巴黎城区蜿蜒穿过，将古老而灿烂的法兰西文化像珍珠般地串了起来，并放射出绚烂夺目的光彩。这种光彩让我联想起草原游牧文化的多彩多姿，以及这种文化在我骨子里衍生出不安分的遗传因子。因为我的奶奶在半个多世纪前就曾在巴黎留过学。一个黄金家族的后裔，一个留学欧洲的才女，曾是我引以为豪的资本。在我想象中，奶奶在这座浪漫之都肯定有一段美丽而缠绵的爱情故事。不知为什么奶奶从来也未曾提起过。我只隐隐约约听阿爸私下对额吉说过，奶奶的初恋是在巴黎，而且还生有一个男孩儿。那会儿，我还小，懵懵懂懂中也不明白怎么回事儿，心想我若见了那男孩儿该叫他什么呀？

临来巴黎的前一天，我特意赶回了牧区，在蒙古包里陪伴奶奶整整坐一个晚上。我从她那沧桑的脸上似乎看到一种难以琢磨的神情来。我盯着奶奶的眼睛，笑着说："奶奶，我要步您老后尘了，有什么需要交代的没有？"

奶奶叹口气说："一晃也六十多年了，不去想它了。孩子，到了巴黎，不要沉迷在花花世界里，对象还是回来找才踏实的。那女孩儿的事儿，就随其自然吧，也不必刻意去强求，强扭的瓜不甜。"

我想奶奶一定想到当年不堪回首的往事了，就劝慰说："奶奶放心好了，我不会给您带回一个巴黎女郎的。法国人太浪漫了，咱东方人享受不起。"

奶奶摇摇头，叹口气说："我不是那个意思。奶奶的心事你不知道的。"

我没有说话，但知道奶奶指的是什么，有一次我无意从奶奶的箱子里发现了一张外国婴儿的照片。奶奶这张照片是从不示人的，但我不知为何就认定那就是奶奶在巴黎生的孩子。

人虽到了巴黎，我的心还滞留在茫茫大草原。我怀揣二百欧元登上飞往巴黎的航班时，有种前程未卜的恐惧，我不知道等待我的是什么。临行前，初中的同学宝泉来电话安慰我，结果让我臭骂了一顿。我先前怀疑他在凭借职权猎取萨日娜的芳心。尽管萨日娜竭力否认这一点，我还是不相信。这种绯闻在乌兰哈达沸沸扬扬好长时间了，我都没在意，这次我在意了。我甚至怀疑萨日娜离开我与宝泉有关系。在最初的日子，我饱尝了孤独和无奈，尤其意识到也许永远离开我心中的女神了，我也许从此会过痛不欲生的流浪生活了。来巴黎一年中，我将巴黎当作我心中的草原，在百无聊赖中总爱寻找一块公园的绿草坪去放牧心情，我躺在绿地上，幻想着旧梦重圆的相思草会重新发芽染绿天涯。

但我梦中的草原已是一片枯黄，草都是断茎的，被无情的沙尘暴咬噬过的，满目荒凉，到处是草原之诗的骸骨。我心爱的女人是独放在荒野的一朵花，她在无奈中企盼着春风的亲吻。想到这里，我泪流满面，肝肠寸断。直到有一天，我认识了来自杭州的女孩儿柳，方从这种极度悲伤中解脱出来。爱是不能忘记的，心中的女孩儿也是不能忘记的，但这并不意味着爱就不能沿着爱的溪流转上一个弯，就像眼前蜿蜒流淌的塞纳河一样，穿越英吉利海峡，最终流向波澜壮阔的爱情之海。

我和柳踏着落日的余晖，推开了塞纳河左岸一家叫普罗科佩的咖啡馆。我俩坐在咖啡馆二楼一个靠窗的角落里，那里至今还保留一张在椅背铜牌上刻着文豪大名的海明威之椅。我和柳还都算文人，来此也不过是想沾一沾文学大师的灵气，感受一下欧罗巴文明而已。我告诉柳，来巴黎之前，我就知道弥漫着世袭文人气息的塞纳河左岸了，所以，来巴黎的第二天，我像个疯子急切切地跑到塞纳河寻觅诗人的影子。那天，我特意穿着蒙古袍来到左岸一家咖啡馆，人们都像看稀有动物似的瞄着我。居然还有人跑过来邀我合影。我用蹩脚的法文朗诵了一首爱情诗，竟博得了满堂喝彩。我惊喜地想，莫非来这儿的人全疯了。

　　柳听后乐得差点把口里的咖啡喷出来。这个咖啡馆是柳推荐给我，她原本想让我长长见识，不想，我早已见识过了。她毫无隐讳地告诉我，先前，她常和那个来自苏格兰的男友大卫在这儿喝咖啡。她坦率地看着我说："你不会忌妒吧？我和他有过很亲密的关系。"

　　我知道她说的"很亲密"指的是什么，以至到了什么程度。我隐隐约约察觉到柳是个很开放的女孩子，与我初恋女友是两种不同类型的女人。柳在杭州的中国美院毕业，却擅长写爱情诗。这也是我们一见如故的起因。她来巴黎两年了，现在巴黎艺术学院攻读油画专业的硕士研究生。我们头一次见面很富有戏剧性，既不是在香风吹拂的香榭丽舍大街，也不是在流淌着浪漫的塞纳河畔，而是在巴黎闹市区的一个警察所里。

　　那是我来巴黎半年后的事情了。我想办理自费读巴黎第三大学研究生的手续，可又交不起那笔昂贵的学费，只得在中餐馆打工，业余时间，我也时常提着旅行箱现身在华人旅游团聚集的小巷里，向游客兜售诸如埃菲尔铁塔钥匙链、廉价电子手表、裸体女郎打火机之类的小玩意儿。

　　那些日子，连我也不知道我是谁了，怀揣北京大学文学学士的文凭，却干着连文盲都可以胜任的下三烂活儿，早知如此，我何必在牧区点灯熬油苦读十二年书，从草原跳到了北京；又为心中的女孩儿，再从北京跳回草原；最后又带着失恋，仓皇逃到欧洲大陆一个陌生的地方呢？前些年，国内先后传出北大学生毕业后卖猪肉、卖糖葫芦的新闻，我并不感到惊奇，这又算得了什么？不是有位北大学友写过一本《北大毕业等于零》的畅销书吗？平心而论，我的处境比卖猪肉和卖糖葫芦的又好到哪儿去呢？走在巴黎大街上，会有人认出我这个满脸胡须、略有秃顶、膀大腰圆的蒙古汉子是位从北大走出来的浪漫诗人吗？就连我那本在国内引起很多少男少女共鸣的诗集《漂流的浪漫》在这里也变得一文不名了。人啊，千万别拿自己说事儿！

这不，也活该我倒霉，偏巧那天我财迷心窍，跑到巴黎老佛爷百货商店附近兜售小玩意儿，让巡警人赃俱获逮个正着。后来我听朋友说，我若态度好一点，回去取护照，交了罚款也就没事儿了，可我法语不好，又有点做贼心虚，那个警察看我长相很夸张，误以为我是偷渡客，甚至是恐怖分子，就押解到警察所讯问。我前脚还没等迈进警察所大门，远远便听到一个尖厉的声音在大嚷："你们这是种族歧视，是侵犯人权！你们没有权力这样对待我！"

我听出这生硬而清脆的法语发自一个女孩儿之口，不用说她和我一样，也是个来自异国他乡的倒霉鬼。随即便是警察蛮横的叫嚣和一个男人流利的争辩声。我身后的警察以为发生了什么事儿，把我扔到一边，先行跑了进去。我此刻精神略有放松，心说总算有个女孩儿陪绑了。随即便骂自己不是东西，一个堂堂的北大高才生，怎么会有这么阴暗心理呢？

我进屋才发现那个女孩儿居然也是个飘着黑黑长发的中国人。明眸皓齿，脸盘很靓，有着南方水乡女孩儿特有的窈窕身材，但却有着与外貌不相符的倔强性格。旁边那个人高马大的洋小伙儿想必就是她的护花使者了。我注意到他浓浓的金色头发，高高的个子，棱角分明的脸庞，身上的黑色 T 恤衫印着一个飘逸长发的东方美少女。这个老外正在用夸张的手势不依不饶地与警察进行着说理斗争。从争吵里，我了解到那个女孩儿课余时在一家台湾人开的餐馆打黑工，在薪水问题上与老板发生了摩擦，结果让老板告发了。女孩儿不但没领到工钱，还进了警察所。

45

我心里顿时生出了"同是天涯沦落人，相逢何必曾相识"的喟叹。

最终，我和那个女孩儿都落得同等命运，警察不容分说，给我俩各扯了一张三百欧元的罚单。我的损失更大一点，连旅行箱里的货都给没收了。那个洋小伙儿很仗义地掏钱替女孩儿垫交了那笔在我看来的巨款，我身上却无论如何也凑不齐那该死的三百欧元。尴尬之余，女孩儿大气地掏出身上钱替我垫付了所差的一百二十六欧元。我几乎感激涕零了，便索要她的联系方式。洋小伙儿粗鲁地将我推到了一边，用生硬的中国话说："你，不要得寸进尺！"

我起初还莫名其妙，细一想，才醒过味来，人家是怕我对他漂亮女友动心思啊。我真有点哭笑不得了。我本意是，日后我会把钱还给女孩儿的。没想却愣让那个外国佬想歪了，真是好心当成了驴肝肺！要在国内，换上我这个犟脾气，不把他按照蒙古式摔跤的套路就地抡上三个圈，再摔到五米开外的草地上才怪呢！

女孩儿看出我的心思，朝我嫣然一笑，说："不必了，出门在外的，谁都不容易，算欠我个人情好了。"女孩儿说罢亲昵地挽着男友的胳膊朝门外一辆雪铁龙走去，我待在原地愣了好一会儿神，直到那辆法国轿车在我的眼前消失。我不无遗憾地想，连她叫什么都不知道，这偌大的巴黎，日后如何能还上这个人情呢？

那天晚上，我失眠了，女孩儿的影子挥之不去地晃荡在眼前，尤其那双会说话的眼睛让我猛然想到与远在草原上的她有些相像。我翻来覆去睡不着，原本看一本烂小说就可以催眠了，谁知还是睡不着，我索性从床上爬起来上网，恰好国内的女网友云在线，我们便在 QQ 上闲聊起来，不外乎谈些隔靴搔痒的话。我看过云从邮箱给我传来的照片，齐耳短发，圆脸凤眼，是个蛮标致的知识女性，还是名牌大学的哲学硕士，年龄比我大几岁，让我百思不解的是云为何会采取这种青春美少女乐于采取的交友方式来享受婚后生活呢？

云并不隐瞒她是有老公的，而且还是个有学问的帅哥儿，不像我孤身海外，闲饥难忍，想寻求精神寄托，想找个女孩子解解闷。不过，她也毫无掩饰地向我倾诉，她的婚姻生活并不快乐，像是一潭生着绿色浮物的死水。她的老公是那种不懂得生活和爱情的男人，对她似乎有些厌倦了。她却一直维持着两人的关系，并不想离婚。

网上聊熟了，说话也随便起来，我便戏称要和她来个一夜情。云骂我色胆包天，隔着大洋意淫良家大姐。我是在云的诱导下说出这番话的，她却来个翻手为云，覆手为雨，让我搞不懂了。我在网上解释说，世界上那个我最爱的人背弃我了，人在异国他乡的我都快郁闷死了，我不过是过过嘴瘾，千万别当真。巴黎与你那儿时差七个小时，我就有那个贼心和贼胆，也没那个贼空间呢。云善解人意地说，深表同情，下不为例，否则我就不理你了。

几个月后，就在我几乎把那个在警察所邂逅的仗义女孩儿忘却的时候，我们又在圣日耳曼大街撞上了。这简直是天意，我惊喜地想。我试探着问她："你那位护花使者呢？"

她笑了笑说："我成干枝梅了，他又去护理别的鲜花了。"

我说："做男人，怎么能这样？"

她大度地说："我觉得很正常呀，不要以为分手对女人来说永远是个悲剧。男人和女人在相处过程中都寻找到了快乐，我并不遗憾。"

面对这个我行我素的女人，我无话可说了，顺口说了句："我可以请你喝杯咖啡吗？"

她爽快地说："可以啊，不过，可不要超过一百二十六欧元呀。"

我给她的幽默深深吸引了，便说："如果算上利息呢？凑个整，就二百欧元吧。"

"怎么，发大财了？"她惊讶地瞪着我说，"行啊，够大方啊！"

"哎，打肿脸充胖子呗。"我笑着说，"我穷得正琢磨抢银行呢。"

"真的？"女孩儿笑着也开起了玩笑，"那我做你帮凶好了，万一逃脱了，我还能继续帮你数钱呢，别看我学美术的，当年数学成绩还算不太差。”

我看她一脸灿烂就直率地说:“就你?还是饶了我吧,要是咱俩做案,那我可就惨了,你弱不禁风,风摆杨柳,像林黛玉似的,还不拖累死我呀?你啊,还是画你的油画吧,大不了当个街头流浪画家,准保饿不死的。对了,我要再走投无路,倒可以在一旁帮你数钱了,只要你不嫌弃的话。”

她瞅了瞅我,点了点头说:“我看行,膀大腰圆的,一看就像个保镖,站在一旁起码有安全感,数钱的活儿,就不烦劳你了。”

我有些失望,说:“你真这样认为的?怪不得连巴黎警察都看我不顺眼,三天两头地拦住我盘问,还拿着护照反复核对。其实啊,人不可貌相的,头发长了一点又有何妨?巴黎像我这样的艺术范儿还少吗?”

女孩儿笑了,说:“怎么,伤自尊了吧?我不过开个玩笑而已,如果没猜错的话,你是个蒙古人,而且是个有文化、有层次的蒙古人。”

我惊讶地说:“哎,你怎么知道我是蒙古人?”

“我是干什么的呀,不但善于刻画人物,还善于审视心灵。”她得意地说,“一见面,你的相貌特征就让我想起了腾格尔,如果穿上了蒙古袍,你会以假乱真的。”

“是吗?”我笑了笑说,“不胜荣幸之至,不过,我有那么老吗?”

她仔细打量我说:“我说的是形似。真的,你的脸型,你的胡须,甚至你的轮廓都很像腾格尔的。告诉你,我可是腾格尔的追星族。他的那首《天堂》最初听得我热泪盈眶的。”

我告诉她:“我是生在草原、长在草原的蒙古人。腾格尔是一个漂泊者,我也是一个漂泊者;腾格尔热爱他的家乡,我也热爱我的家乡。你算找对人了。干脆,你就把我当腾格尔崇拜得了。”说着,我禁不住轻轻地哼起了那首歌:

    蓝蓝的天空,清清的湖水哎耶,

    绿绿的草原,这是我的家哎耶。

奔驰的骏马，洁白的羊群哎耶，

还有你姑娘，这是我的家哎耶……

女孩儿沉迷于我的歌声，眼里闪烁着泪花，说："那我就叫你腾格尔二世吧。"她说，"我喜欢听蒙古歌，也很想结交一个像你这样的蒙古族朋友。"

于是，她知道了我的名字巴音孟和，我也知道了她的名字柳玲玲。

那天，柳把我领进这间咖啡馆，像讲解员似的给我讲了好半天普罗科佩咖啡馆的名人逸事。她说这是巴黎第一家咖啡馆，有三百多年历史了，1686年，意大利人普罗科佩决意在这里开一家完全新型的文化咖啡馆。于是，他就在圣日耳曼大街买下一块地皮，并以自己的名字命名。十八世纪的卢梭、伏尔泰、狄德罗，十九世纪的雨果、左拉、巴尔扎克，二十世纪的加缪、萨特、西蒙·波伏瓦都来过这里，谈文学，谈社会，谈历史，留下了许多佳话。

我端详着坐在对面这个美到极致的女孩儿，不动声色地听着她讲一口很有女人味的吴侬软语，柔柔的，带着一股让男人心动的磁性。柳充满想象地对我说："我很喜欢大草原，可惜还没去过，想必那里一定很美的，到处都是绿野、蓝天、白云、蒙古包、勒勒车和雪白的羊群，就像腾格尔唱的那样。"

我端起咖啡杯笑了，觉得眼前的女孩儿太可爱了，天真得就像是刚跳出蛋壳的小鸡崽，面对世界带着一种美丽的幻想。我便说："草原很美的，但它的美是那种粗犷的美，绝对不像你们杭州西子湖畔那种娇柔的美。"

柳双手托腮凝视着我，恍然大悟地说："如此说来，那种粗犷的美就像你的形象吗？"

我一下子受到了启发，说："对，西子湖畔是不会养育出像我这样剽悍的蒙古人，就像在我们大草原，也很难养育出像你这样娇柔的美女。"

柳很感兴趣地说："一方水土养一方人，大自然太神奇了！不过，我

49

喜欢粗犷的男人，杭州的男人太阴柔了，缺乏阳刚之气。"

我自鸣得意了，将那杯咖啡一饮而尽。柳憋不住笑了，说："腾格尔二世，咖啡不是这样子喝的，要品，你懂吗？"

我故作傻气地说："在我们草原，喝奶茶都是这个样子的，咖啡的颜色和我们那儿的奶茶一样的，只是苦了点。"

柳咯咯笑出了声，说："蒙古人都像你这个样子吗？"

我说："我够收敛了，在牧区，你可见不到像我这般文明的蒙古人。你去草原就知道了，连干三大碗奶酒会灌得你找不到北的。"

柳吓得直吐舌头，说："真的呀？太可怕了，我不敢去了。"

我不由对身边乖巧而又调皮的女孩儿产生了兴趣，看得出她是那种受过良好家庭熏陶的女孩子，一颦一笑，言谈举止都流露出高雅的气质和不俗的谈吐。我凝视着柳，琢磨着她的身世。她的父母是做什么的？学者、商人，抑或高官？不管出自哪个门第，她一定都是幸运的，不会像我从出生的那天起，就在冬日那荒凉的大草原上蒙受岁月的风霜。我忍不住问起她的身世，她收敛笑容，突然沉默了，脸色也阴沉下来。我不由愣住了，敏感地察觉到，如果我没猜错的话，这里面一定会有一个难以启齿的故事。

2

我在想，如果在萨日娜之前遇到柳玲玲，我会不会被她迷上呢？另一个声音仿佛在对我说，其实，你已迷上她了。我倔强地想，不，爱美之心人皆有之，但这不等于爱。另一个声音马上固执地说，其实，你在欺骗自己的心灵。

不管如何，我都无法隐瞒那带有几多不安分的心思。这是我不得不承认的事实。我很快就发现，柳微笑的背后，的确隐隐蕴含着一股淡淡的忧伤。我是个诗人，诗人的眼光是充满洞察力的。我不止一次用事实验证到这一点。因为出国前，我也从萨日娜的眼神里发现了这种淡淡的忧伤。从那一刻起，我就意识到我们之间要结束了，尽管她还一如既往地用微笑来搪塞我。果然没过多久，她便一步步疏远我，并颇有心计地一点点地冷却我们的关系。我不明白了，她为什么这样对待我，我为她捧出了一颗滚烫的心，放弃了一切功名利禄，她却做得如此不近情理，甚至到冷酷绝情！

在办好去法国签证后，我和萨日娜摊牌了，约她去城里的星光罗曼酒店，找了一间幽静的包房。当我提出在出国前举办一个简朴的婚礼以了却我最大心愿时，她脸上现出复杂的神情，随即一丝冷笑，说："你不觉得这个要求有点滑稽吗？我什么时候说过嫁给你了？"我瞠目结舌，好半天说不出话来。

看她在躲闪我那失望和责难的目光，我知晓她是怕我看穿她的心灵。在这之前，我看到她在接到一条短信后脸色陡变。我追问谁发的短信，她支支吾吾，似乎不愿告诉我。我激怒了，厉声质问她："你是不是有别的男人了，有，就说出来，我不会死缠硬拽的，我是个有血有肉的蒙古汉子！"

她眼神含着一种我猜不透的东西，似乎有几分无奈，几分忧伤。她的目光在我的脸上滞留了几秒钟，便迅速移开了。她忧郁地说："孟和，我不配享受你对我的爱，还是忘了我吧。"

说完，她用纸巾揩了一下眼角，抽身跑了出去。我傻傻地待在那里，好半天才想起追出门，她已消逝在夜色中了。我想她一定在流泪，是怕我发现才扭脸跑开的。

一连好几天，萨日娜在我的视野中消失了。我去她学校，她不见我；我打手机，她不接；我发短信，她不回。我是带着绝望离开草原的。在北京首都国际机场 T3 航站楼，在登上飞往巴黎的法航班机那一刻，我仿佛变傻了，脑子乱成了一锅粥。在将近十一个小时的航程里，我一直在想，我做错了什么？她这般狠心来惩罚我！

"哎，你傻呆呆地干吗？"柳笑着对我说，"好像在看我，又心不在焉的样子，像丢了魂似的。"

我恍然从冥思返回现实，直言不讳地说："对不起，你让我想起一个人。"

"未婚妻？"柳投来犀利的目光，像 X 射线，一下子透视到我内心最深处。

女孩子的敏感让我自愧不如。我摇了摇头说："不，是我的初恋，我们似乎永远结束了。"

"原来这样。"她若有所思地说了一句许多女孩子都关切的话，"她漂亮吗？"

"她是我心中的女神。"我忧伤地说，"只可惜我们缘分不到。"

"是人家把你甩了？还是你主动离开的？"她穷追不舍地问。

"我要是主动离开，还会像今天这个样子吗？"我郁闷地说，"我太痛苦了，是那种撕肝裂肺的痛苦。"

柳不以为然地说："那你还发什么思古之幽情呀？哎，还别说，我看你这个人还挺重情的，连我都有点让你感动了。世上像你这样的男人不多了，尤其在巴黎。"她显然想起了那个苏格兰的负心汉大卫。

我恍然发现在一个漂亮女孩面前讲述对另一个女孩子的依恋有点不合时宜，幸亏柳是个开朗大度的女孩儿。我于是说："罢了，还是别谈这些了，说点愉快的事情好吗？"

"这并没什么不愉快呀？"她以攻为守地说，"你不要以为坐在一起，我就有什么非分之想了，我不会忌妒你喜欢上别的女孩子，真的。"

"话也不能这么说"，我针锋相对地说，"《诗经》上不是说，'我心匪石，不可转也；我心匪席，不可卷也'吗？"

"你小看我？"她嘴角绽出一抹不露声色的浅笑，说，"我是信奉孔孟之道的，穷则独善其身，达则兼济天下。不过，我倒很想见见你心目中的女神会有多勾魂儿，哎，有照片吗？拿出来。"她把纤手伸出来，手心的细纹都在发出亮泽。

我将储存在手机中的图片调了出来，递给她看。她饶有兴趣地端详好一会儿，才还给我，带有几分羡慕地说："不错，够靓的，有点像一个姓李的韩国女明星。"

"你指的是李英爱吗？"我追问道。好多年前，国内曾热播过电视剧《大长今》，家乡确有好多人都说她酷似那个红得发紫的女主人公。

柳有些茫然地说："我叫不上她的名字，只是在巴黎一本时尚画报见过一眼，挺清纯，挺打眼的。"

"对，那就一定是李英爱了。"我感叹地说，"曾经沧海难为水，除却巫山不是云。"

"怪不得你如此痴情。"她注视着我说，"不过，你还可以继续追呀，两情若是久长时，又岂在朝朝暮暮。"

"难啊，我恐怕再难以找回初恋感觉了，她变了，变得让我搞不懂了。"我心灰意冷地说。

"如此说来，你是'从此无心爱良夜，任他明月下西楼'了？"她双手托腮，洞若观火般地看着我。

"行啊，你光学油画有点屈才了，还应当学学写诗。"我对柳刮目相看了，没想到这个漂亮女孩子还是才女呢，对古典诗词也这般精通，这分明是唐代诗人李益的名句嘛。原本以为可在她面前卖弄几句，不想却正中她下怀。

柳神秘兮兮地笑起来，笑得我直发毛，便说："哎，你笑什么，我说错什么了吗？"

她收敛起笑容说："你以为只有你才会写诗吗？本小姐很擅长写爱情诗的，要不要我给你甩上两句？"

我大惊失色，连声赔礼："我这是有眼不识金镶玉，你宰相肚里能撑船，在下愿洗耳恭听。"

"好，那我就当仁不让了。"她像变戏法似的从手包里掏出了一本诗集递给我说，"那我就在北大中文系的流浪诗人面前班门弄斧了。"

"送我的？"我试探地问。

她微笑着说："你说呢？"

"太好了，在异国他乡我总算遇到知音了，那我们就是诗友了。"我接过那本名为《漂》的诗集感到很是亲切，因为我的那本诗集《漂流的浪漫》也有个"漂"字的。我粗略地翻了几页，感觉确实出手不凡，其中有这样的诗句：

> 思绪沿着小溪，
>
> 在相思林边穿过，
>
> 匆匆流向大海。
>
> 隔着那一层薄薄的时光丝帘，
>
> 我依稀记得起那几抹落霞，
>
> 几缕晚风……

我情不自禁地大声读出来，连声称"好诗，好诗啊"！我忙请柳为那本诗集题句赠言，她想了想，挥笔道：用诗句穿成一条小路，连通你和我的心灵。我不禁叫绝，并许愿来日用我的诗集回赠她。

我殷勤地端起咖啡壶往她的杯子里续咖啡，然后端起盛杯的碟子邀她一起喝。她不露声色地说："喝咖啡时，应用食指和拇指，拈住杯把端起来喝，咖啡碟就不必端起了。"

我脸红了，想起刚才喝奶茶的样子也一定很滑稽，便放下了杯子。

她又纠正我说："喝完咖啡，咖啡匙要放在碟子上，而不要放在杯子里。"

我有些受不了了，说："西方人哪来那么多规矩，太受约束了，我受不了了。在我们科尔沁草原，可以大碗吃肉，大碗喝奶茶，随心所欲，多自由啊！"

柳笑了，说："你是在抱怨我太好为人师了吧。没关系的，你喜欢怎么样就怎么样好了，我什么也没看见。"

柳是我见过最有性格的女孩儿，我不得不承认我开始被她吸引了。我欣赏她的大度，她的清纯，她的才气，她的美貌。我甚至不理解那个苏格兰傻小子怎么能离开如此优秀的中国女孩儿呢？带着这份好奇，我小心翼翼地把话题引到大卫身上。

你还想窥探我的隐私吗？柳一眼识破我的鬼心计。我只得承认很想知道他们的故事。柳的眼神掠过一道忧伤。我怜香惜玉地想，我本不该戳她痛处的。

谁想，她轻轻咬了一下嘴唇，苦涩地笑了笑说："其实也没什么，都过去的事了。还好，我们之间谁都没有像你那样铭心刻骨地相爱过，对我来说，忘却也不失为一种美丽。"

柳告诉我："大卫比她早来巴黎两年，是一个网络工程师。他们是在一次艺术沙龙上见面的。大卫说，他非常喜欢东方文化和东方女性，因为他就有四分之一的中国血统，她奶奶就是个华人。他的 T 恤衫上永远都是东方美少女的大头像。他们当下还相互交换了联系方式。在电话上聊了不到一个月，他俩又在卢浮宫的入口处见面了。这里有中国人引以为自豪的玻璃金字塔，旁边还有两个小的玻璃金字塔相陪衬。这个建筑的设计者就是著名的美籍华人建筑师贝聿铭。大卫说，他就是在这里开始认识中国，认识中国人的。"

我开始以柳的"教诲"来适应咖啡馆的"潜规则"了。喝惯奶茶的我不习惯于用小口来啜杯中的咖啡，可又不得不这样做。我发现要适应东西方文化的差异还真不是件容易的事儿。柳其实也不是个成功的实践者，她与大卫的恋情无疾而终，谁说不是这种差异造成的呢。

柳告诉我："大卫是一个苏格兰大牧场主的儿子。听他父亲库佩说，他的爷爷贝尔蒙多是个诗人，他对中国文化非常了解，经常给孙子讲述中国唐诗宋词的韵律美。"

我有些惊奇，问："莫非他到过中国？"

柳说："我也问过这个问题，可大卫说，他爷爷没去过中国，但他爱过一位中国姑娘，有过这方面的交流。大卫受了爷爷的熏陶，对东方文化产生了极大的兴趣。他本想去中国学习东方文化的，可拗不过不知出自何意、坚决阻拦的父亲，只得来巴黎学习他并不十分喜欢的计算机网络。"

其实他们相识还源于那次网上邂逅，大卫在芸芸众生的网络聊天室发现了柳上传的照片和 QQ 号，他瞬间就被这个中国女孩的美貌打动了，当下便着了迷般地追起了她。

"大卫对我不错。"柳带有几分眷恋的语气对我说，"他知道我喜欢蒙古族文化，喜欢听腾格尔的歌，便到巴黎音像店为我买来腾格尔最新版的音乐专辑《跨越·新天堂》。这是腾格尔面对海外市场首次用英汉双语加全新的编曲配器来演绎的《天堂》。他还托人从国内给我买来一件漂亮的红色绣花蒙古袍。我为大卫的细心打动了，恰好那会儿是我心情最沮丧的时候，能得到一个男人的呵护，我很知足了。不久，我们便同居了。"

"看得出来，大卫当初对你不错。"我心里别有一番滋味地说。我不能不承认，我在为柳惋惜，短暂的情爱，对一个女孩儿来说，毕竟付出得太多了，更何况像她这样精致的女孩儿，失去的绝不仅仅是贞操。我有点不明白，就问她，"大卫为什么和你分手呢？"

柳叹了口气："唉，怎么说呢？也许是东西方文化的差异吧，反正有些事是说不清的。大卫是个好人，可婚姻观上，他还在恪守一种准则，那就是自私。他看不得我和别的男人亲密，他明明也有过寻花问柳的经历。我们搬到一起后，他的一些陋习也随之显露出来，他和我同居却又不愿和我结婚，总在找一百条理由搪塞我。在性生活上，他也变得很粗暴，完全没有平日那种温文尔雅的君子风度了。所以，我们生活得并不像外人见到的那样和谐。"

我的心情愈发沉重起来，想象得出柔弱的柳在异国他乡过的是什么样的生活。这类的事情，我在巴黎听得多了，很多来国外的女留学生都经历过一段刻骨铭心的悲惨境遇。我所不明白的是，既然如此，柳为何对大卫还有种眷恋的情结呢？

我不解地问："你难道不怨恨大卫的无情吗？是他玩弄并抛弃了你。他当初对你好，向你献殷勤都是有目的的。"

"你怎能这样认为呢？"柳不高兴地说，"毕竟在我生活绝望的那会儿他接受了我，让我有了活下去的勇气，就凭这点，我也不恨他。"

我愈发迷惑不解了，不知道她的绝望指的是什么。我最初印象里，柳的人生一定会是衣食无忧，一帆风顺的。她绝对不像我，一生下来便在风雨飘摇之中挣扎，童年时便饱受生活的磨难，我是靠自己的奋斗才一步步走到今天的。童年在我印象里永远都是一场噩梦，我那才华横溢又生不逢时的母亲给了我生命却未能给我欢乐的童年，当时全家都随奶奶落魄，从城里下放到牧区，过起了日出而作、日落而息的枯燥而艰难的生活。长大以后，我才知道，当年我们家族的身世在科尔沁草原是何等显赫，我的奶奶，一个黄金家族的后裔，一个留学欧洲的才女，最后却沦落到偏远草原的深处，几乎给世人遗忘了。命运啊，真是一个无法破解的斯芬克斯之谜。

"哎，又在想什么呢？"柳冲我的杯里续上咖啡，瞅了我好一会儿，颇有几分认真地对我说，"今天光听我讲大卫了，你还没谈谈你自己的初恋呢，说说看，你怎么追那个女孩子，又怎么失恋的。我没向你隐瞒什么，你也要实话实说哟。"

我端起杯子，猛然想起是不该带碟子的，便下意识地将碟子放下了。柳憋不住笑了，说："没关系的，我刚来法国也这样子的，时间一久就好了。"

我说："其实，我们不过像王实甫《西厢记》中说的'惺惺的自古惜惺惺'，谁情感生活上都有一肚子苦水的，今天就甭往外倒了，日后我会慢慢向你一一道来的。"

"耍滑头。"柳冲我嫣然一笑，"你可不许失言，我对你的过去挺感兴趣的，多给我讲点草原的事儿吧，特别是那个草原女孩儿，你是怎么勾到手的，又是怎么失去的?"

"好吧，只要你感兴趣，我就讲给你听。"我虽说心情有些沉重，可又言不由衷地答应她，谁让我把她当成了红颜知己呢?

偏巧这会儿，我的手机响了，一看来电显示就知是国内长途，不过是陌生号码。我一接听才知道是云在深圳酒店打给我的，她告诉我正在深圳参加学术研讨会。

我不客气地说："你在深圳开研讨会关我屁事儿，这大老远的，发个微信或上 QQ 不就行了，打什么电话呀。"

云针锋相对地挖苦我说："是不是又心疼你那点漫游通话费了，小气鬼! 我和你谈的可是正事。"

我瞅了眼柳说："有话快说，我这儿忙着呢。"

云挖苦说："哎，是不是身边有漂亮妞拴你的魂呢，还有点不耐烦了!"

我有些窘，冲盯着我的柳笑了笑说："怎么，眼气了? 要不要你们姐妹俩通个话?"

柳在一旁鬼笑，似乎听出味道来了。

云连忙说："哎，我没那闲工夫，长话短说吧，过几天，有个朋友去巴黎，你出面接待一下，好吗?"

我心一动，小声问："哎，男的还是女的?"

云咯咯笑出声来，说："美的你吧，是个秃小子，怎么，挺失望吧?"

我转念一想，说："哪儿的话呀，对了，这么上心，是不是你旧情人啊?"

云说："太俗，怎么一提男的你话就变味了。我告诉你，这个男还是你老乡呢，他叫霍日查，你们科尔沁人。"

我惊喜地说："真的? 没骗我吧?"

云说："我没那份闲心思，我和他几个月前只在草原见过一面，这是老公给我派的活，没办法的事儿。"

我不解地说："哎，你们不是感情不好，正闹离婚吗? 怎么还管

58

这破事儿？"

这会儿，我从手机那边听到有个男人在说，快去洗澡吧，把水都给你放好了。云看来有点心虚，随即把话筒捂住了，静了一小会儿，才对我说："看看，又俗了吧，说你什么好呢。得了，反正你看着办吧，挂了。"

我笑了笑，心说："这个云啊，在深圳和男人开房，还挺风流呢。"

柳看我们如此随便讲话，想当然地猜测说："是先前甩你的心中女神吧？"

我瞪她一眼，说："哼，她也配！"

柳进一步猜测说："那就是你的情人了。"

我没好气地说："好了，随你尽情发挥诗人想象去吧。"

3

云一个电话就搅乱了我的心绪，我再也无心和柳神侃了，满脑子都是萨日娜的影子。告别柳之后，我去了附近的地铁站。巴黎地铁很发达，错综复杂的线路像个迷宫，每个出口入口都像隐藏了无数奥妙的大门，玄机四伏，初到巴黎时，我倒像个草原的钻地鼠乱撞了好一阵子，这会儿总算摸着点门道了。

上了地铁，我找个角落坐下，然后戴上耳机，听起 MP3 录的法语教程。有人说，法语是世界上最优美的语言，可我没这个感觉。我听法语只为了生存，为了能在巴黎立住脚而已。坐在我对面的是一个穿 LEE、一头长发、面色苍白的中国女孩。一看就知来法国不会太久。她看来不大，高中生的样子，那张娃娃脸分明挂着初来巴黎所流露出的神色迷茫和不知所措。我以过来人的眼光打量她，心里大发感慨，国内待得好好的，干吗万里迢迢跑到一个陌生国度来呢，一天天就这么活着，来不及欢乐或是悲伤，就像我，也挺凄惨的。

来到巴黎，举目无亲，我成了一文不名的流浪诗人，才知晓原来自己什么都不是。要生存就要从最底层做起，就得在贫困线上苦苦挣扎。虽然来巴黎前我就自认有足够的心理准备和承受能力，但还是没料到混到这般狼狈样儿。有段时间，我到了吃上顿没下顿的地步，全靠向同屋中国老乡小沈借点钱维持生计，有时一天只吃上一顿饭，还时常因没能及时交房租而受到房东法国老太太的白眼。

夜深人静，也正是一天最难挨的时候，睡不着觉，我便从床上爬起来，走到窗前对着月光愣神，便想到那首家乡歌曲《美丽的草原我的家》。每当这时，我就想起萨日娜那双犹如挂在敖包夜空、明月般清澈的眼睛。我始终不愿承认我是为那个女孩儿才离开草原的。但我却始终与那个女孩儿有种割舍不断的情愫。尽管我至今也搞不懂她为何要抽身离开我，可我那份思恋却从来也没有改变过。我是草原人，我的每根情丝都连接着科尔沁的草叶，连接着那个女孩儿。尤其接到云的电话，听到"科尔沁"这三个字，我便联想起萨日娜，心率加速，愈发心事重重了。

科尔沁，对我的诱惑力太大了，以至于我一听这三个字就有种莫名冲动。听说随内蒙古作家考察团来巴黎的霍日查是家乡一所大学的老师，我便想，若不离开草原，我不也生活在那座城市吗？我去过那所大学，也曾有过一旦高考考砸了就破罐子破摔、索性去那所大学读书的念头。北大毕业后，我去了北京一家知名杂志社当编辑，却难以忍受与萨日娜天各一方的痛楚。为了爱情，我辞职离开京城回到离她最近的那座城市。T市人事局的人一听我是北大毕业的，先是不信，之后又觉得不可思议，拿着我的毕业证左看右看了好一会儿，才说："从这座城市走出去的大学生很少回来的，更不要说是北大的了。"我却笑笑说："是吗？那就由我始作俑好了。"

在 T 市找工作那会儿，我也在那所大学门前左右徘徊过，可最后一刻，我还是放弃了大学教书的念头，报考了公务员，一举中的，去了人们都眼热的市府机关。因为我想让我心上的人活得更滋润些，而接纳我的市府办公厅主任许诺分我一套两居室，以示对我这个北大毕业生的高度重视。

地铁在十几米深的地下穿行，我的思维也穿行在时空隧道，回到茫茫草原。对像我这样一个生活在大草原的蒙古人来说，走出草原就意味着一种全新的生活。童年的时候，我视觉所填充的世界图式，只能从我所见到的色彩中反映出来，那就是蓝天与草原。有人说，蒙古人目视的极致是蓝色的天空，蒙古包坐落在草原大地上，在蓝色的天空与白色的蒙古包之间有一道广阔的绿色地带。

一个不甘寂寞的我，总有种不安分的细胞在挑战自我。在T市干了几年，我逐渐发现有着游牧祖先基因的我并不适合坐办公室从政。我不拘小节的个性很不讨领导喜欢，我的诗人气质更让领导看不惯。那些善于察言观色、看领导眼色行事的小人，常常讥笑我不识时务，还生活在"不知有汉，无论魏晋"之中。也难怪，这座闭塞小城市的政府机关里，科级以上领导的学历大都是党校函授本科，连个全日制大学生都少见，哪里还容得下我这个北大毕业生呢？我在他们眼里无疑成了另类，都以为我是在京城混不下去了才回家乡的。我的顶头上司、市府办公厅主任就正襟危坐并严肃地对我说："小巴呀，衡量一个人的学问是不能单凭学历取人的，毛泽东不也只是个师范生吗？"

我听这话就像吃了只苍蝇似的很恶心，心说："我又没和你攀比学历，这不是此地无银三百两吗？"于是，我便针锋相对地说："领导，时代发展总要与时俱进的嘛，不知您有没有注意到现今中央的许多领导人可都是清华北大这样的名牌大学毕业的。"

那个上司听了这话，脸色很难看地拂袖而去。他从此便用"阶级斗争"的目光来审视我这个小秘书了。我为领导写的讲话稿，永远也过不了他这道门槛，每次送审他总能挑出一大堆毛病，以证明领导的高明。按照他的旨意，我点灯熬夜，经过三遍改两遍改，领导报告还难以过他这道"鬼门关"。

最后，我又无可奈将材料又改回原来的模样，谁料他居然开恩放行了。他戏剧性地翻了翻稿子，夸张地皱着眉头，还板着面孔说："嗯，你这遍改得还算凑合，看你也就这点水平了，先将就将就你这块材料吧，哎呀，现在的教育啊！"

我终于明白了，其实他一直也没怎么看过材料的，心说："哼，明天开会，领导要讲话，你想说不行也得行了！"

这种差事对我的精神简直就是一种折磨，虽然小城市的生活很安逸，我真受不了了。于是我不再幻想那套充满诱惑的两居室了，毅然决然辞去了公职，去一家由大连人在 T 市开的商务公司做文案策划。月薪倒比在市府多了一些，但很辛苦。生活变得简单多了，也冷清了许多，却与萨日娜拉近了距离。

那是一段我最开心的日子，每逢周末，我都要乘班车去乌兰哈达苏木中心小学看望她。她是一个可爱得引人妒忌的草原女孩儿，漂亮得像草原上的花蝴蝶，所到之处总会面对人们惊叹的目光；她是一个喜欢唱歌的草原女孩儿，嗓子像草原百灵般优美，让人陶醉。

我喜欢独自一人听她唱一支流传久远的科尔沁情歌《乌尤黛》：

假如我像蝴蝶一样会飞，

啊嗬咿，乌尤黛，嗬咿，

落到你的胸脯上，

日日夜夜望着你，嗬咿，

可惜我不是会飞的蝴蝶，啊嗬咿，

乌尤黛，嗬咿，

眼巴巴瞅你转身去，

涟涟湿衣襟，嗬咿……

我们手拉着手跑到大草原深处，对着蓝天和绿野轻声吟唱，唱够了便迎着微风，坐在草地上小憩，用心欣赏着美丽的草原风光。我有个直觉，萨日娜待在小小的乌兰哈达苏木确实屈才了。凭借音乐天赋，她理应走出大草原，像凤凰传奇组合中的玲花一样走出草原，去寻找一条成功之路。我把这话讲给她听，她却误以为我瞧不起她，甩下我的手，一扭头走了，任我怎么喊也不回头。我这才发现，她和多年前的小姑娘迥然不同了。她的微笑还是那样甜美，可甜美的微笑中也融入了不易显露的自尊与个性。她时常半开玩笑地对我说，我不过是个小学音乐老师，最大的成功就是教育好牧区的孩子。你不像我，倒应该走出草原的，你真不该回来的。我听她的话很伤心，我是为她才回来的，她却故作不知的样子，我又图得啥？

偏在这时，老板撤资回了大连，本意带我走，为了萨日娜，我谢绝了。之后，一种不甘寂寞的性格，让我在 T 市一年跳了三次槽，却每每不如意，工资不见涨不说，还总有种壮志难酬、无从施展抱负的失落。

现实让我尝到丢弃铁饭碗的苦头，我陷入了严重的生存危机。扑面而来的烦心事儿，让我滋生了离开草原出国深造的欲望。我要靠奋斗为我所钟爱的女人去寻找一种更有生活质量、更惬意的生活！我把想法告诉了曾留学法国的奶奶，得到她的赞许。后来我才知道，奶奶至今还留恋那里曾有过无疾而终的初恋。巴黎有许多北大校友，他们也希望我过去和他们一道闯荡。于是，不安分的我又突发奇想地打算去巴黎。身边所有人都以为我疯了，是痴人说梦，因为我从来也没学过法语，可我自认为能行。我信奉"北大毕业等于零"的说法。我开始恶补法语，准备为我心爱的人，去浪漫之都巴黎闯荡江湖。

即便那会儿，我依然每个周末都坐上去乌兰哈达的班车看望她。我向她隐瞒了正办法国签证的真相，只想到时给她个惊喜。我的如意算盘是，等我有了一定经济基础之后，就把她接出来，去享受巴黎浪漫之都的生活。谁想我和萨日娜在经历了漫长的爱情长跑，却在这个关口出现了情感危机。起因是她无意得知我瞒着她办出国的事儿。她根本不相信我那番浪漫的解释，冷漠提出要结束我们的关系。我几乎绝望了，可箭在弦上，又不能不发。事后，我才知道这一切不过是表面现象，其实，我出不出国，萨日娜与我绝情这种事儿也迟早会发生的，就像草原上的季风，早晚会刮得天昏地暗一样。

当时，我关起门已足足学了一年法语，方便面吃得我直恶心，偶尔路过 T 市大润发超市旁的肯德基店，飘来飞去的香味直让我咽口水，我都假作没看到一样。人生，也许就是这样一个需要不断放弃又不断选择的过程。放弃是一种选择，更是一种人生智慧的体现。

我终于通过了法语水平考试 TEF。拿证的那天，我并没得意，而是独自在屋里狂饮一个通宵，连我都不知道什么时候醉躺在地板睡着了，睁开眼一看，已是第二天中午了，地上一摊摊呕吐物散发着醺人的异味。我很清楚我为什么醉成这个熊样，还不都为了我心中的那份爱，为了萨日娜的缘故。我并没想到选择爱情也是一种幸运，因为只有爱情之花才能够在心灵的春天绽放。我远没那般幸运，我的爱情之花，在春天里却没有为我开放。

唉，生活就是那般滑稽，说不定某一天早晨一觉醒来，我又回到起点。如果萨日娜能够回心转意的话，我会不顾一切跑回到她身旁。也许，命运就像是环行的巴黎地铁站，转了一个轮回，又回到原点上。

我坚信爱情就像心灵的驿站，每个人都想到此寻找自己的位置。如果没有爱情，心上的阴霾就会笼罩住幸福的窗口，内心也会乱成一团麻，且会永无宁日，只有爱情的雨露，才能催生生命的春天。

我喜欢巴黎地铁，沿线有漂亮的站台和大理石隧道，电脑控制无人驾驶、通体无阻隔车厢。每一站都装有漂亮的透明隔板。有的站台旁还设置了绿色花园，让我时不时地想到绿色大草原。走进这里，我就像走进了科尔沁，仿佛聆听到大自然的声音。地铁那种快速感觉会让我很爽，有种马背上驰骋的快感。

今天不知为什么，我一坐上地铁，心就静不下来，萨日娜的影子随着快速的地铁车厢在我面前穿梭般地闪烁。一抬头方发现坐在我对面的女孩儿不知什么时候下车了，我后悔没问她住在何方。她那么柔弱，估计也就十七八岁的样子，是个小留学生，能在巴黎立住脚吗？

我倏然想起十多年前"黑色七月"的那个清晨，十八岁的我坐上白音那嘎查的勒勒车去旗里参加决定我人生命运的高考。一车像我一般大的蒙古族考生，脸上没有笑容，只有风萧萧的悲壮，似乎个个都是去刺秦王的荆轲，在车上承受着草原小路的上下颠簸。

　　前一天，奶奶牵着不大情愿的我去十几里外祭祀敖包。奶奶虔诚地将从吐尔吉山捡来的几块石头背过来，摆上敖包，双手合十地默默祈祷，那袭黑色的蒙古袍裹着她那孱弱的身躯，让我隐隐有些不安。我学着奶奶的样子把手合起来，满脑子涌出的却是高考中的历史人物和地名。看她一脸肃然地将一大碗白酒洒在敖包的石头上，我执拗地说："奶奶，您觉得这样做有用吗？"

　　奶奶气急败坏地打了我一巴掌，我没有躲避，倔强地直视着她。看得出奶奶随即后悔了，可她依然教训我："你不可这样亵渎神灵的。"我不知道奶奶为何那般笃信神灵，反正我是不信的。

　　忘不了临行前奶奶送我出蒙古包时那双寄予厚望的眼睛，那红红的血丝在告诉我，这些年来，奶奶在后半生的磨难中是怎么含辛茹苦把我拉扯大的。就为我可爱又可怜的奶奶，我也要考上一所理想的大学。不过，我对奶奶始终有种神秘感，总感到在她身上肯定有摄人心魄的故事。奶奶从不主动提及那段往事，偶尔听到的也是白音那嘎查长者闲谈时的只言片语，说我奶奶是黄金家族的后裔，年轻时留学过欧洲，之前一直住在北京的王府，虽很少回来，却在科尔沁草原颇有名气。一旦我去核实，她马上就板起面孔说，小孩子家问这干什么？好好读你的书去吧！

　　我依稀记得那天一路散发在车上的那些混合着羊膻、草香、汗味的气体。剽悍的野性，挑战我残余的那一丝倔强之外的软弱。尽管我高中成绩一直都很好，但自信却一直像草原的绿草在随着季风摆动。我的班主任一天前就去了旗里，说在考场迎候我们的到来，她还特意鼓励我报考在我看来遥不可及的北京大学。我心里忐忑不安地打着退堂鼓，真想说，就我？能行吗？命运，就在无尽的颠簸中闪烁着质感，带来浑浑噩

65

噩的不确定性。

一路胡思乱想时，我霍然听到一通清脆的马蹄声，猛回首，一个熟悉的女孩儿，戴着一条耀眼的红领巾，骑着一匹小白马从身后追上来。她手里攥着一瓶矿泉水，高声喊着："孟和哥，孟和哥，等一等！"

我心头一热，一个箭步从车上跳了下来，大声喊着"萨日娜"迎上去。听到身后一片惊愕的尖叫，我的热血沸腾了！一股力量让我从茫然中变成了顶天立地的蒙古汉子，这就是爱的力量！

她气喘吁吁地跳下马，将那瓶矿泉水递到我手上，温情地望着我说，阿爸说你是北大的苗子，我等你好消息。

那是一瓶当地产的塞外狼矿泉水，似乎刚从嘎查小卖店的冰柜取出来的，还结着薄薄的冰碴儿。我的心立时清爽了，仰头喝起来，全然不顾满车投来的异样目光。

萨日娜那会儿才上小学，扎着两根小辫，在我眼里还是个活泼可爱的小妹妹。她的举动不但出乎车上所有人的意料，也出乎我的意料。我给她真挚的情义打动了，用手背抹了一下湿漉漉的嘴角，动情地说："谢谢你，萨日娜小妹。"

车上忽然飘来曾红火一时的电影《红高粱》插曲《妹妹你大胆地往前走》，一群蒙古人那充满男性粗犷的声音，带着浓郁的大草原味道，在我心里丝毫不逊于姜文那带有粗豪嘶哑的西北风格，直唱得萨日娜脸红到了耳根，一捂脸便羞涩地骑上马飞跑，连头也不敢回。我却一下子兴奋了起来，也跟着用蒙语唱道：

　　妹妹你大胆地往前走呀

　　往前走莫回呀头

　　通天的大路

　　九千九百九千九百九呀……

车上人一改先前的沉闷，都从紧张的心态中解脱出来，似乎通天的大路真的在我们面前展开了，伙伴们都打开话匣子谈起了即将来临的高考，憧憬自己的未来，似乎大学的校门已经向大草原的学子洞开了。我没有加入他们的议论，闭着眼睛沉醉于那动情的一刻，心思早就跑到萨日娜那儿去了。

地铁上，我眼前又浮现出那年放暑假的场景，我从北京回来，以大哥哥自居领着萨日娜到草原深处拣鸟蛋，然后又跑到集上换钱。萨日娜的嗓音很好，一路始终在咿咿呀呀唱草原上的歌，还时不时地采集五颜六色的野花戴着头上。我那时对她就有非分之想了，看到她天真无邪的样子，心里便漾起异样的情感。我们踏着没膝的草浪，沿着鸟迹出没的地方，寻觅着成窝的鸟蛋，没多久便捡满了一篮子。我看她欢喜的样子，心里很惬意，好几次都想把她拦腰抱起来，轮上几圈，可想了几想，也没敢付诸行动。萨日娜突然问我："孟和哥，你说这鸟蛋怎么会孵出小鸟来呢？"

我自作聪明地说："小妹，不是所有的鸟蛋都可以孵出小鸟的，这里面学问大着呢。"

她不解地说："什么学问啊？"

我一脸坏笑地说："只有公鸟和母鸟在一起下的蛋才会孵出小鸟的。"

她似乎听出了什么，脸一红，羞涩地说："说什么呢！"

我得意地笑了起来，说："我说什么了吗？我的话并没有错啊，再说是你问我的。"

她将脸一扭说："我走了，不理你了。"

我急忙提着篮子跟上去，说："哎，等等我，算我错了还不行吗。"

她回眸看我一眼，"扑哧"一下笑了，说："我下回再也不跟你出来了。"

我没把她的话当真，女孩子说话总是言不由衷的，看得出来，她对我印象挺好的。走着走着，萨日娜突然一声尖叫，回过身扑到我怀里，原来她脚踩到一条蠕动的绿蛇，我那时才感到我是个男子汉了，紧紧搂住她的腰说："别怕，有我呢！"

片刻，萨日娜才省过神来，慌忙从我怀里挣脱出来，捋了捋散乱的头发不好意思地说："我不是故意的。"

我忙说："故意的也没什么的。"

她撒着娇说："你这个当哥哥的怎能这样，不和你好了。"

后来，我和她又一道去旗里的集上卖鸟蛋，由于在路边经营与旗里城管员发生了冲突，一篮子鸟蛋全给打碎了。我自觉在女孩子面前没了面子，一时冲动就用石头砸破了那个城管员的头，结果派出所要拘留我三天。柔弱的萨日娜为了我，缠着派出所的所长讲道理，结果她执拗地在所里冷板凳上坐了一个晚上，搞得所长没办法，第二天一大早，我就被提前放出来。这些往事如今想起来都挺好笑的，当时却让我很感动。

我没想到的是，阿爸对我的举动非常恼火，让我以后少和道尔吉大叔的家人来往。我莫名其妙，说："为什么呀？"阿爸板着面孔说："不为什么，就是不许。"奶奶的脸上也现出异样的神色。我心里一阵发冷，几年之后，我北大毕业后才知晓了这其中的奥秘，可这也并没能阻止我和萨日娜继续发展那种炽热的感情，直到她提出离开我，我都丝毫没动摇过娶她的念头。

偏离了生活固有的轨迹，告别了养育我的草原，孤寂的我沉没在巴黎的滚滚红尘中，我恍然发现青春的梦多么值得留恋。云的一个电话勾起我青春岁月的回忆，在幸福之余，也充满了伤感。我百思不得其解的就是萨日娜为何离开我。不错，她从来也没给过我任何承诺，不过我从来也没有怀疑过我们之间的爱情，有诗为证：

> 我的爱给苦水浸泡过，给烈焰燃烧过，也给细雨滋润过。但当雨季过后，爱的草原一定会一派葱茏。当我从湿漉漉的梦境中苏醒，我便会见到她那双明澈似湖的眼睛……

这是我离开草原的前一个晚上写给她的情诗，虽说她至今也未曾见过这首诗，可在我心里，她已经收到了。我现在急切地盼着那位陌生的朋友早一天来到巴黎，因为他从草原来，也许知道一点萨日娜近况的。

萨日娜是我心中的女神，连我也不知道我为什么会这般爱她。当塞纳河畔的灯红酒绿和那种喧嚣让我越来越厌倦时，我越来越向往草原的碧野蓝天和那片难得的宁静了。在我的脑海里，她就定格在绿色的草原上，让我久久思念到如今。

4

地铁站倒了两次车。我在站台候车时，不禁想起我初次从草原深处走出来乘火车的笑话来。上初一那年暑假，我跟着城里舅舅去乌兰浩特看姨妈。那会儿还没有直达车，舅舅在车上告诉我要在郑家屯倒车。我不懂什么叫倒车，也没好意思问，结果车到了郑家屯，舅舅拎包先下去了，我晚下了一步，在拥挤的人群中却不知该去哪儿了，转了一个大弯，便想当然地认为倒车便是从这个车门出来，再从那个车门进去。于是，我试探着走进另一节车厢，却不见舅舅的踪影。我有点慌神了，顺着车厢，带着哭腔边走边喊舅舅的名字。

一个乘客站了起来，说："哎，这小孩儿，你不刚从这个车厢下去的吗，怎么又上来了？"

我说："舅舅说要倒车。"

全车厢的人都哈哈笑了，说："倒车是让你从这个车下来，在车票上签字，再上别的车。"

我恍然大悟，急忙跑下去，只见舅舅正急得在空空荡荡的站台上打转呢。我再晚下一会儿，那趟列车就开走了。舅舅拉着我的手，连票也来不及签，拼命朝停在另一个站台的车上跑。踏上车厢踏板那一刻，列车缓缓起动了，若再差一两秒钟，那次列车便走远了，多亏好心的列车员怕出事儿，伸手拽了我一把，之后又狠狠抽了我屁股蛋一下。

这种笑话在巴黎不会再发生了。不过初来巴黎，我还有点发蒙，一钻进地铁就像误入歧途的小鹿，东碰西撞也找不到出口，只能一脸无辜地被匆忙的人群裹挟着走出地铁，一次还下错了站。好在我租住的地方在郊外，是个华人扎堆的中国城，鼻子底下有张嘴，不耻下问好几次，前后又倒了好几次车，才回到我的小窝。当晚我仰卧在床上，情绪低落到极点，直骂自己混蛋，居然跑到一万多公里之外的异国找罪受。巴黎再好再浪漫，也毕竟不是咱自个的家啊！

下了地铁，我在通道见到好几伙卖艺人，有的以手风琴或吉他伴唱，有的携音响设备伴奏，像以此谋生，又像自得其乐。从他们脸上，我看不到为生计奔波的焦虑和无奈，而是对艺术的痴迷和陶醉。这中间有位黑人歌手，我几乎每次下地铁都能碰到他。他的嗓音高亢而充满激情，吸引了许多过客。我常听的一首歌是他模仿美国黑人歌星迈克·杰克逊唱的《They Don't Care About Us》，他在不断地重复着 All I wanna say is that / They don't really care about us（我只是想说/他们从来不在乎我们）。我不由得给他的激情深深感染了。

当我疲惫地走出地铁，一听他的歌声，身心立马轻松下来，会用心感受法国地铁艺术的人文气息。当然，欣赏完了，我也像法国人一样多少投给他点零钱。我不知道他是来自非洲，抑或拉美？可我知道他和我一样也是来巴黎的漂泊者。

离开了生活的固有轨迹，离开了养育我的草原故土，淹没在异国他乡的滚滚红尘中，我恍然发现只有失去了才觉得珍贵。带着一颗失恋的心，带着一颗破碎的心，我躲避开令我伤心的 T 市，怀揣新的梦想，开始了前往浪漫之都的旅程，但他乡并没我期盼的好梦，他乡也没有我梦中的天堂。

我一到住处就接到柳的短信："腾格尔二世，我好像有点喜欢上你了，今晚你能来我这一趟吗？有话对你说。"我莫名地笑了笑，将短信删除了，想必刚才乘坐地铁时，她给我打过手机，被屏蔽掉了，才想起发短信的。

同室的小沈盯着我，鬼兮兮地冲我说："有人刚给你打两次电话了，问你回没回来？"说完，他还特意补充道，"哎，还是个女孩子，声音柔柔的，挺好听的。"

我一听就知谁了，冷冷地说："知道了，谢谢。"

小沈是大连人，一口海蛎子味，比我早来巴黎几天，常以巴黎通自居，是个很有优越感的家伙，他数度自称，他老爸是经营房地产的千万富翁，和省市领导都认识。我并不大相信，如此大户人家的子弟，怎么也和我一样住到这偏远小社区来了？小沈喜欢谈女人，常向我炫耀多少女孩子向他献殷勤，我却一个也没见他领回过。难怪有人说，小沈的话至少要打五折听。我却不以为然，谎言只要不损害他人，说就说了，别当真就是了。

小沈见我没搭茬儿，有些奇怪，迟疑了下，又凑过来说："嗨，哥们儿，艳福不浅呢，才来几天呀，乖乖，就有女朋友找上门了？"

我故意说："哪里，哪里，我没你那么有魅力，像块磁铁似的，一走动，就吸引一大堆漂亮女孩儿跟着走；一转动，就吸引一大群靓丽美女围着转。"

他脸色尴尬，说："话也不能这么说，女人的心啊，是琢磨不透的。"

我脱去外套，躺到床上，一仰脸就看到墙上挂的那幅萨日娜油画。那还是和柳认识不久，她应我的请求，依照萨日娜一幅彩照创作的。照片的背景是茫茫的科尔沁草原和一条蜿蜒小河，萨日娜席地而坐，忘情地拉着马头琴，红色的蒙古袍映衬她那俏丽的脸庞。记得柳在完成这幅油画后说，真想亲眼见见她，好漂亮的草原女孩儿，难怪你这般痴情。每次回来，我躺在床上，都要深情地看上她两眼。

小沈一边不解地问："哎，你不回电话了？"

我闭目养神说："我们上午刚见过面，哪那么多话呀，再来电话就说我没回来好了。"

小沈两眼放光，说："成啊，我挺喜欢听那声音的，对了，有机会给哥们儿带回来，让咱也见识见识，看看声音和容貌是不是匹配。"

我心里好笑，说："行啊，到时介绍给你咋样？中国美院毕业，在巴黎艺术学院攻读油画专业的硕士，本人长得也像画似的，准保你满意的。"

他惊喜地说："真的？"随即又泄气地嘟囔着，"得了吧，真是美女，还舍得让给我？别拿我穷开心了。"

我两手相交枕在脑后，心不在焉地说："我们本来就没什么的，一般认识而已，哪还谈得上舍得舍不得？笑话！"

我话说得有些违心，又是实情。云的一个越洋电话将我心中一潭死水又吹皱了。我很清楚，柳再漂亮也不能取代萨日娜在我心中的位置，就像草原上的鸿雁眷恋着蓝天，草原上的骏马眷恋牧场。柳也许和我一样都有一颗孤寂的心，但两颗孤寂的心相撞并不等于爱情。柳和大卫的所作所为就是明证。起码在我心里，柳是那种只可做情人而不可做老婆的女人。柳对我的过度殷勤反倒让我有点不知所措了。我在考虑我们之间的关系是否该降降温了。这时，我手机铃响了，不用看也知道又是她打来的。我后悔没把手机关上，没办法只得去接。

"你怎么不回我短信？是不是让我的话给吓住了？"柳阴柔的嗓音带着一种质问的口吻，似乎很不高兴。

我抬头看了眼小沈，见他正眼巴巴注视着我，便掩饰说："我也刚刚看到，这不还没来得及回嘛。"

她厉声说："别啰唆，来还是不来，给个痛快话，这可不合你们蒙古人爽快的个性。"

我不情愿地说："我们不刚见过面吗？改日吧，好不好？"

小沈跑到我身边，小声提醒我："哎，请她过来好了，我做东。"

我瞪他一眼，拿起手机走到门外，煞有介事地说："柳，今天真的不行，我这来几个同学，总不能把他们扔下就走吧。"

"你就别找托词了，我就知道诗人都蛮有想象力的，要记住我也是诗人！"

嘀，不想她也学会用我的话还击我了。

柳在电话里说："你不想了解我的身世吗？我可以告诉你。"

我有些吃惊，忙说："我绝没窥探别人隐私的意思，你是不是多心了？"

柳叹了口气说："巴音孟和，我原本以为遇到了知音，不想你让我这么失望。看来，我真不该认识你！"

她说罢将电话挂断了。我心抖了一下，随即就释然了。

一连几天都没柳的消息，我觉得有点不对头，便给她打电话，可柳只要见我的号码，便马上挂断了。我意识到真伤她自尊了。细想一下，人家女孩子并没奢求于我，还在我无助时帮了我一把，我却对她的热情怕得要命，是不是不近人情了，我是不该躲避一个孱弱女孩送来好感的。

小沈似乎看出我魂不守舍的样子，转弯抹角地向我打探柳的消息，我本来心就烦，没好气地说："请你别再提这茬儿好不好？我跟你说过的，我和她是萍水相逢，真的什么关系也没有！拜托了！"

小沈依旧不信，说："你是不是哪句话把人家给得罪了？女孩子都要个面子，你当面哄哄她就好了。"

我一想也是个理儿，抬脚便去了地铁站。一路我都在搜肠刮肚地想，该怎样解释我不是故意冷落她的，就在我快下地铁时，又接到柳发来的短信："狼来了，快来救我！"

起初我还怀疑是柳在开玩笑，可她又连发了三遍就觉得不对味了。柳从来不跟我开这种玩笑的，一定是遇到什么危险了。我心急火燎地跑到柳租住的小区，刚到楼梯口便听到了柳凄厉的尖叫声。我匆忙推开房门，看到了惊人一幕。大卫正在对柳施暴。他骑在柳身上，用手撕扯她的头发，吼叫着将她的头往地板上磕。同室那个女孩儿吓得蜷在墙角捂着嘴不敢吱声。看到地板上一绺撕扯下来的长发，我的血液一下子涌上头顶，不顾一切扑上去，扯着脖领将他从柳的身上拽了下来。

大卫跌坐在地上，见是我便破口骂道："中国猪！"我怒不可遏，当胸一拳就把他打瘫在地上。柳这会儿已昏倒在地板上，额头还流着血。我顾不上别的，忙把她抱起来放到床上，冲那个缩成一团的女孩儿喊道："你怕什么，还不快叫救护车！"我的话提醒了她，女孩儿慌忙拨通了急救电话，又匆忙从抽屉里拿出止血药和纱布。

大卫没料到我下手这么重，躺在地上好半天都没能爬起来。他个子虽说比我高出小半个头，可我膀大腰圆是他无法抗衡的。毕竟在牧区是喝牛奶长大的，那股牛劲上来，还挺有震慑力的。这时，我从大卫身上闻到了浓浓的酒气，我想起草原牧民常说的一句话，就骂道："妈的，马尿喝到人肚子里了，还喝到狗肚子里了不成！"

救护车来了，我抱起柳就往楼下跑，临出门时，我还不解气地踢了大卫一脚，那家伙领教了我的身手，吓得马上就把脑袋护住了。

出了门，那个惊魂未定的女孩儿跟在后面怯怯地说："那个人还在我屋里呢。"

我狠狠瞪她一眼，说："顾不了那么多了，救人要紧！"

女孩儿哭叽叽地说："我的钱夹子还在屋里呢。"

我头也不回地说："那你就快取出来。"

女孩儿小声说："我怕。"

我不耐烦地说："那就别去！"

在去医院的路上，柳脸色苍白，双目紧闭，一直躺在我怀里，而不是躺在担架上。我后悔那天晚上没去赴约，才让大卫有机可乘，发生了这样的事。其实，我的顾虑是多余的，柳叫我去也不一定黏上我的，她屋里明明还住着别的女孩儿，看来她真的有话对我说，是我多心了。我不明白的是，那个大卫怎么又找上门来了，他们之间究竟又发生了什么事情？我看了眼车上的女孩儿，想问问她，又觉得刚才对人家那种恶劣态度，就有点不好意思了。

柳静静躺在我怀里，顿时让我生出怜香惜玉的感觉。毕竟是个花样年华的美女，让个外国佬打成这个样子，我的拳头不觉攥紧了。混账的大卫怎能对这么漂亮的女孩儿下得去死手呢，幸亏柳没嫁给他。

我低头看一眼柳，她还没苏醒，额头缠裹着纱布，表情依然痛楚，眉头紧锁着，不时抽搐一下。即使这样，柳仍然很美丽，那是痛楚中的美丽。这种美丽不禁让我想起了萨日娜。我甚至一度产生幻觉，怀里的柳俨然变成了萨日娜，她在来巴黎看我的路上遇到了车祸，生命垂危。我闭上眼睛，紧紧搂住了她，甚至有吻她一下的冲动。当我嗅着那女孩儿的芳香，将嘴凑到她的面颊旁，忽然感觉她身子蠕动了一下。我睁开眼睛，看了看，柳还在昏迷中，刚才不过错觉而已。

同行的女孩儿惊愕地看着我的举动，似乎大感不解。她见我抬起头，不自然地笑了笑，说："您是不是叫巴音孟和？"

我奇怪地说："你怎么知道的？"

她说："柳常提起你的名字。"

我心头一热说："是吗？"

她如释重负地说："幸亏你来得及时，才没出人命，那场面太瘆人了。"

我终于顺理成章地找到搭讪的机会，说："究竟为啥呀？"

她说："半年前她欠大卫一大笔钱，他来催债，她还不上。"

"多少钱？"我问。

"一万欧元。"她答。

我惊愕地说："这么多？她干什么用啊？我还一直以为她家境不错呢！"

女孩儿说："那是先前的光景，眼下不是了。"

我听出一点弦外之音，追问道："她家遇到什么变故了？"

女孩儿欲言又止，说："我也说不清楚，以后你问她吧。"

女孩儿的话愈发让我迷惑了。我先前说过，凭我直觉，柳的身世一定很高贵，不是出身官宦人家，也是出身富豪之门。想当初，对我这个萍水相逢的穷学生，她都能毫无吝啬地解囊相助，怎么也不至于一夜之间就一贫如洗了吧？

救护车闪烁着蓝灯，一路鸣叫着驶进一家医院。当我和护士将她轻放在担架时，我猛然发现她眼角滚落一滴泪珠。我这才领悟到柳还是清醒着的，只是还没把眼睛睁开。我双手握着那双冰冷的手，俯在她耳根旁小声说："柳，别怕，有我呢。"

5

柳在巴黎一家私立医院住了一周，我也在病床旁守了一周。柳的额头给撞到地板上，缝了六七针，还造成了轻微脑震荡，让我挺心疼的。柳也担心日后留下疤痕，伤心地对我说："留块疤，会不会很难看？"

我抚摸她的头发，安慰说："没事儿，巴黎这家医院在医治疤痕方面还是一流的，大夫说了，过一两个夏天就会消失的，再说，留点疤痕也不碍事，头发留长点，像我似的，不就遮住了。"

柳笑了，说："就你会拿话哄人，我以前怎没看出来呢？"

我调侃说："在漂亮女孩子面前，我当然要殷勤点，像雄孔雀一样，要展示最美好的一面喽。"

柳眼里闪烁着柔情说："孟和，你真好！"

我心里热乎乎的，说："滴水之恩，当涌泉相报，这也是应该的。"

柳不安地说："那点小事儿，干吗总挂嘴边上，这算我们的缘分吧，也算我没看错人。"

我发现柳几天来一直紧锁的眉头有些舒展开了，不像刚到医院那个晚上，用被蒙着头，不停地抹眼泪，死活不愿住院。我心里清楚，柳是担心付不起高额住院费。在巴黎不要说住院，看个门诊对穷留学生都是沉重的负担。尤其救护车上听那个女孩儿讲起柳的近况，我愈发肯定了自己的判断，柳遇到经济危机了。可我也实在犯了难，别的忙儿，我都能帮，唯独钱的忙，我的确爱莫能助了。跟我一道来的女孩儿可能也怕谈到钱，送柳到医院后就匆匆溜开了，只剩我尴尬地和医院大夫周旋着，赔着笑脸听人家数落。柳躺在医院走廊里，没有话，只是默默流泪。那是一种无助的泪，那是一种伤心的泪，那是一种痛苦的泪。又过了许久，她挣扎着从担架床上爬起来，要离开这里。

我急了，一把扯住她胳膊，将她按在床上，大声说："不许你耍性子！你只管住院，别的就甭操心了。"

柳听了这话，一下哭出了声，眼泪像断了线的珍珠滚落下来，哭得我心也酸酸的，从此知道了什么叫"怜香惜玉"。

我刷了银行卡所有的钱，帮她办了入院手续，但也只能维持一天的花销。医生说，她是颅内血肿，脑外部还缝了六七针，至少卧床治疗一个月，想起与她初次见面时没钱的尴尬，我就能体会她这时是什么滋味了。对一个过惯了养尊处优生活、从小给人宠大的漂亮女孩儿来说，这种打击蛮残酷的。我试探地讨她口风，要不要给家人打个电话？

她一听这话哭得更厉害了，连连摇头，哭泣着说："我没有家了。"我不懂她的话究竟什么意思，可我陡然明白她为什么会欠大卫那么多钱了。

我开始给在巴黎我所认识的人打电话，包括同学、校友、老乡，甚至在一家餐馆打过工的山东人，可半天下来，也只筹到500欧元。只够支付两天的住院费，不过是杯水车薪了。我这才理解"有啥别有病，没啥别没钱"这话的真谛了。男儿有泪不轻弹，我也禁不住偷偷跑到医院走廊落泪，不知道往下该咋办。

我将借的钱交了当天的住院费，心里就一直在打鼓，不知院方何时跑到病床前催交住院费用。我想好了，就算死磨硬泡也要拖到柳把缝合线拆了。等日后，我会拿账单去找大卫那狗日的算账。

三天悄然过去了，令我诧异的是医院照样用药打针，居然没再理住院费的茬儿，态度反倒还好了，真不可思议，莫非雷锋叔叔"光临"巴黎了？我自嘲地想。柳也难以理解，还误以为是我的神通呢。我越解释，她越不相信。到最后，我只好说："鬼才知道呢，也许是天上掉金蛋碰巧砸你床上了吧？"

没人来催账，我反倒不踏实了，掰着手指算计着几天来欠下多少医疗费，到时如何收场的 N 个结局。当然了，最坏一个就是上法庭吃官司了。我几次到医院收款处想打听一下，都是快到窗口，头又缩了回去，生怕这一去真就惹出麻烦来。后来，我旁敲侧击地问个护士才知晓有笔神秘的汇款打到柳的账号上，方解了燃眉之急。我晕了，不知是福是祸，急忙把这情况告诉了柳。

柳吃了一惊，说："怎么可能呢？我在巴黎又没亲人，谁能做这等傻事儿？该不会谁把款汇错地儿了吧？"

我去了收款处，得到了准确答复，前几天确有个穿黑衣的中国女人到过住院处，回去后，便给柳的账号汇了五万欧元，对方不愿留姓名，只是电话里说，这是住院费，有结余就留给患者好了。

我真蒙了，仿佛在"乌托邦"梦境中。太不可想象了，当今社会，谁还有这般菩萨心肠呢？想来想去，也没理出个头绪，索性不去想了。我跟柳说："管他呢，也许真遇到活菩萨显灵了。别担心，总有一天真相会浮出水面的。"

柳躺在床上放下手头那本《漂流的浪漫》，疑惑地说："我总觉得这事太不靠谱了，就像你诗集写的那样。"

> 总以为草原的绿色会将天堂染绿，
>
> 总觉得草原的骏马能将祥云牵回，
>
> 可我不晓得天堂的大门朝哪开，
>
> 可我不知道祥云的兆头指向谁？
>
> 只好追逐漂流的浪漫，
>
> 把那点可怜的绿色涂抹到路边的石堆。

柳背的是我那首《敖包祭》里的诗句，写在萨日娜与我分手的那年夏天。当时我问柳感受如何，她直言不讳地说："我感到你失恋了，内心空落落的，才会写得这般低沉。"

她不解地问："哎，你那路边的石堆指的啥呀？"

我苦涩一笑，说："就是敖包呀，你难道没听说过？"

她恍然大悟，惊讶地说："原来敖包就是石堆呀，唱了这么多年的《敖包相会》，我怎么就没想到敖包是石头堆的呢？"

我说："世界上有很多事情都是这个样子的，距离才会产生美的，走近才发现那不过是碎石堆砌的包而已。"

她嫣然一笑，说："哦，那英唱的'雾里看花，水中望月'指的就是那样一种意境吧。"

我伤感地说："唉，人生在世，不如意的事儿太多了，大可别太当回事了。"

这番话也触动了柳脆弱的神经，她眼泪不经意间就落了下来，我这才发觉话题太沉重了，连忙说："其实，我们草原有这么一句话，只要把绿撒在草原上，就不愁找不回绿色的春天。"

柳充满感激地望着我说："孟和，大恩不言谢，我真不知道该如何说，可我心里有数，我会报答你的。"

我连连摆手说："看看，又外道了不是。来到异国他乡，谁都不容易。有福享一享，有难帮一帮，有什么呀，还值得挂在嘴上？"

说到这儿，病房的门似乎被风吹开了，我一抬头，见小沈鬼精灵似的捧着一束玫瑰花站到门口。我有点瞠目结舌了，说："哎，你怎么来了？"

昨晚，小沈打电话，追问我为啥这几天没回去，我就把柳的事儿说了。他问柳在哪家医院，我顺嘴说了，没想到他会摸上来。他和柳根本就不认识，却自作多情，这是哪儿跟哪儿啊！

小沈没理我，径直走到柳的床边，带着几分拘谨说："是柳小姐吧，我们通过电话的。"

"你是？"柳惊愕地盯着不速之客手中的玫瑰，又看了看我，似乎有些出乎意外。

我连忙说："哦，我的室友小沈，来自大连的留学生。"

小沈殷勤地拿过茶几上的花瓶，用他那束鲜花替换我早些时候插的百合花。他头也不抬地说："我和孟和是好朋友，久闻大名，听说您受了点伤，就冒昧赶过来，还请柳小姐见谅。"

我见他那个样子直想笑，可还是忍住了。小沈仅接了一次柳的电话，就给她柔美的声音迷倒了，真够滑稽的。幸亏柳的容貌同她的音色还匹配，否则，小沈那该多失望啊。在小沈待的半小时里，柳脸上始终挂着甜美的微笑，可小沈一走出病房，她就将那束玫瑰拔出来，扔到了废纸篓，又把那束丢在篓里的百合花放了回去。柳说："我讨厌过分殷勤的男人。"我于是把那天小沈的话如实学给柳，柳笑得前仰后合的，说："我只听说过文如其人，还没听说过音如其人的呢。"

我说："音色美再配上容貌美的女人自然更有魅力的，想必你人前人后的追求者一定众多如云吧。"

柳脸色一下变冷了，娇嗔地说："你在讽刺我？"

我一脸无辜地说："天地良心，我说的是实话，没掺半点水分的。"

柳说："我对爱情没一点奢望了，你就别再刺激我了，拜托了。"

我百思不得其解，说："这话从何而来呀？"

柳一脸愁云，没直接回答，却忧郁地说："你说，这人的命运是不是上天早就安排好的？"

我感觉话题太沉重了就说："生死有命，富贵在天，那是老祖宗讲给我们的，但我是个唯物主义者，从不相信有什么救世主，也不靠什么神仙皇帝。"

柳无助地摇了摇头，说："不，当一个人一夜之间变得一文不名，磕磕碰碰地努力了无数次还不能改变命运的话，他就不会这么想了，就像一个沦为乞丐的富豪为了碗扔在餐桌上的剩面条，不得不放弃尊严，屈辱地吞咽下一样。"

我不明白这话的意思，可听得出柳说这话时的无奈。

一种欲望让我再次来到柳的同室女孩儿面前。她有点不好意思，再三解释那天不辞而别的理由，是有个朋友聚会去应酬。我意识到她误解我的来意了，便直截了当地说："我不是来追问这些的，我想知道究竟发生了什么事，柳怎会欠大卫那么多钱？她不是很富有的吗？"

"那是几个月以前的事儿了。"女孩儿以一种异样的神情盯着我，"怎么，她没跟你提过？"

我摇摇头说："我也没好意思去问。"

女孩儿犹豫再三后告诉我一个秘密，柳是将借大卫的那笔钱给了她的父亲。他父亲前段曾来巴黎看过她，不久便没了音信了。

我给她的话弄糊涂了，不解地问："她父亲在国内不是挺有身份的人吗？怎会用女儿钱呢？"

女孩儿摇了摇头说："哎呀，具体什么情况，我也说不大清楚，还是去问她吧。"

我带着难以破解的谜团又回到医院。柳正倚在床上，望着窗外愣神，见我进屋，淡淡地说："你还是回去吧，我这儿不用人照顾了。"

我搬张椅子坐她对面，静静地注视着她，话到嘴边又咽了回去。她似乎看出我的心思，苦笑了下说："想问什么？问吧，何必闷着，多难受啊。"

我尴尬地傻笑着说："柳，你在我面前就是一个谜，一个美丽的谜。"

柳说："想知道谜底吗？"不待我表态，她又说，"有些事儿，还是不知道的好。"

我说："如果我很想知道呢？"

柳说："你这人咋这样，存心打探人家隐私是不是！有这个癖好吗？"

我说："对不起，你真那样认为的话，我就不再提这个问题了。"

柳站起来，走到窗下，望着院里穿着蓝白条病服的人走来走去，叹口气说："哎，如果我把一切都告诉你，不会吓着你吧？"

我一愣，随即说："小瞧我了不是，你看我像轻易被吓着的人吗？"

话虽这样说，可柳将她父亲的状况说给我，还是把我吓一大跳。柳告诉我，她父亲曾是省城主管城建工作的副市长，去年十月涉嫌卷入一桩近二十亿元的金融诈骗案，起因是他在一个大人物授意下，在审批那笔贷款项目上签了字。事情还在调查阶段时，他接到一个匿名电话，暗示他，在省纪委请他"喝咖啡"时不要胡说八道。之后几天，柳副市长惶惶不可终日。他深知卷入案子的可怕，如果真被双规，将面临两难的抉择。然而，还没等到省纪委找他"喝咖啡"那一天，他就遭到了暗算。一场精心安排的车祸让他几乎丧命，就在出事那天晚上，他决定出逃，悄悄订了一张飞巴黎的机票。

　　第二天，他翻出一本未曾用过的私人出国护照，让心腹司机去外省一家旅行社办一张随巴黎团的旅游签证。第五天，当他临走时，给长期以来一直感情不和的妻子留下一份签了名的离婚协议书。结果，他坐的法航班机起飞不到半小时，省纪委接到他妻子的报案电话，随即搜查了他的办公室和卧室。柳以出乎意料的平静对我说："按照国内的说法，我的父亲是个在逃贪官，正在受到国际刑警组织的通缉。"

　　看到我惊诧的脸色，她冷冷地说："怎么样，面对贪官的女儿，吓着了吧？"

　　我看着柳，无论如何也无法将她与一个贪官女儿联系起来，在我眼里，贪官的女儿一定是穿金戴银、香车宝马、专横跋扈、盛气凌人的那种，可我眼里的柳却是那般清纯，像是一汪从草原大山深处渗出的山泉，不含一点杂质。

　　我将信将疑地说："柳，你是在和我开玩笑吧？"

　　柳目光直视着我说："都这会儿了，我哪有闲心跟你开这种玩笑呢。这都是真的！以后，你可以离我远一点了，我不会怨你的。"

　　我仿佛受到莫大侮辱，大声说："你把我看成什么人了！你是贪官的女儿又能怎样？你又有什么过错！你以为我是那种势利小人吗？"

　　柳的眼睛里闪烁着晶莹的泪光，怕我看见，便将头扭过去。

　　我心一阵颤抖，如此曼妙的女孩儿，怎么偏偏摊上这种晴天霹雳的大事呢？我将一张面巾纸递给她，轻声说："柳，别多想，有我呢！你看这世界有多大，路有多宽，我愿意和你一路同行。"

柳哇地哭出声来，一头扑到我的怀中。我不知所措，想到了萨日娜，可又情不自禁地抱紧了她。人啊，就是这么奇怪，有时甚至连自己都不认识自己了。

柳毫不隐讳地向我倾吐了一切，让我感到她对我的真诚。她带着几分忧郁说："当我在巴黎近郊一家旅馆见到仿佛一夜之间变得苍老的父亲时，几乎给这突如其来的变故击倒了。父亲走得急，没来得及换太多的外汇，来巴黎没几天便拮据了。所以让我给他筹集点钱。我身边熟悉的人大都是囊中羞涩的留学生，一晚上打了好多电话都没借到几个钱，万般无奈中，我丢下了少女的矜持，试探着向大卫借，真没想到他那么大方，出手就给我一万欧元。若在平时，我是怎么也不会对谈恋爱没几天的男友开口的，我实在是没了办法。

"我拿上那笔钱就劝父亲回国自首，可他给我讲了一百个不能回去的理由。他说他是掉进刻意安排好的陷阱，就是跳进塞纳河也说不清楚了。现在回去落在那些当权人手里会生不如死的。从旅馆出来，我在空荡荡的校园几乎转了一个晚上，引得学校保安悄悄跟在我身后，怕我做出自寻短见的事情来。我那会儿彻底绝望了，人生的路在哪里啊？我还真想到了一死了之。"

我静静地听着，脑子乱成了一堆麻。对国内近些年出逃的贪官，我是恨之入骨的。他们动辄卷走几千万，甚至十几亿赃款，带着老婆孩子跑到国外，购置豪宅，大肆挥霍。可对柳的父亲，我却有点恨不起来，甚至还觉得他有点可怜。

柳最后还告诉我，父亲出走之后，离了婚的母亲跟一个相好的男人去了成都，也失去了音信。一连串的变故，让柳从一个充满优越感的公主，坠落到近乎穷困潦倒的深渊。断了经济来源的她，不得不直面生存压力，去寻找一切能挣到钱的方式来度日。她在这段时间里干过导游、酒店侍应生、街头卖过画，还贩卖过小商品。她本是来巴黎寻求浪漫的，不想却步入了窘困的阴影中。柳坚信父亲不是那种人，从小父亲就教诲

83

她做人要行得正，她没想到的却是，父亲最终也为五斗米折腰了，否则也不会落得这般凄凉的下场。她还记得，临别时，父亲流着泪对她说，我也想做一个留芳青史的好官，可在那种大环境下，出淤泥而不染实在太难了！我怪不了别人，只能怪我自己。柳，记住，你父亲不是贪官，只是违心做了不该做的事儿。如果有一天，我真的不在了，也不要相信我自杀的传言，要为我申冤。

我的心不禁战栗起来，心绪复杂地说："柳，你太率真了，你本可不告诉我这一切的。这是一个沉重的话题，让我都不知该怎么安慰你了。"

柳苦笑了笑说："父亲的事情对我打击太大了，我简直不敢相信这一切都是真的。我出国的时候，家庭条件相当优越，别的女孩子拥有的东西我有，别的女孩子没拥有的东西我也有。可上天偏偏跟我开了个大玩笑，让我不敢相信突如其来的一切都是真的。那些日子，我不愿意和任何人接触，整天没心思学习，常常是进了自习室一坐就大半天。晚上，就百无聊赖地上网，寻找精神寄托。"

她摆弄着挂在脖子上的十字架说："在巴黎圣母院前，我久久地凝视着那口大钟，心想，如果我生存在雨果那个年代，为了换取一丝同情，我会主动去嫁那个丑陋的敲钟人卡西莫多的。也就在那个时候，大卫不光为我救了急，还在生活上处处关心我、帮助我，我像是埋在地缝塌方里的遇难矿工，终于寻觅到一丝外来的光明。他说暗恋我很久了，可以为我做一切，于是我便不顾一切地爱上了他。"

一个可怜的女孩儿。我心里蓦然生出对柳眷恋的情结。冷静了下来，我才知道那不是爱，而是一种真挚的情愫。在我传统思维中，爱情永远是专属一个女孩儿的，那就是萨日娜。当初的失恋并不等于失去自我，放弃初恋并不意味着放弃追求。只要她还没嫁人，我就会充满破镜重圆的期冀。

"哎，想什么呢？"柳凝视着我，苦笑着说，"是不是觉得我这个人挺可怜的？"

我连忙说："哪里话，我是觉得老天对你太不公平了。不过，苦难有时也是笔财富。这是很多名人都曾说过的话。我记得有位作家说，'我无法伟大，然而苦难却让我告别了平庸。感谢苦难磨炼了我，解救了我，让我在挫折中学会了坚强，让我在孤寂中学会微笑，让我懂得了生活经验，美的存在。'这句话正是你今天的写照。"

柳被我的话感染了，说："谢谢，我会永远记住这句话的。不过，苦难不光是笔财富，按照台湾作家刘墉的话说，苦难还是个天堂。人生需要经历苦难，这个经历就是寻找天堂的经历。"

我笑了，说："我们什么时候都成阿Q了？"

柳也笑了，说："人生的乐观主义与精神胜利法也许只隔了一层窗户纸。"

我说："只要开心就好，管它什么阿Q不阿Q呢！"

那天是柳入院以来最忧伤的一天，也是柳最快乐的一天。柳将积淤已久的心里话都一股脑向我抖搂出来，一会儿落泪，一会儿又笑。忽然柳停了下来，深情地看我一眼，随即又将头低了下去。

我敏感地意识到，柳可能爱上我了，我必须及时抽身，否则，柳也许会误陷爱河的。幸亏这时云打来的电话，说她丈夫的朋友启程来巴黎了，让我屈尊到戴高乐国际机场接一趟机。

我看柳一眼，做出犯难的样子说："我正在医院陪床呢。"

云不信，说："陪谁呢？不会是女朋友吧？"

我连忙说："是个老乡。"

云急了，说："孟和，你就别给我穷绷了，我可许过愿的，你别让我在朋友面前丢份儿好不好？拜托了！"

柳在一旁听得真切，善解人意地说："忙你的吧，这儿又没什么大事儿。"

我等的就是柳这句话，便如释重负地说："那我就先走一步，有事儿给我打电话。"

柳有些失落的样子说："好的，走你的吧，我这儿不会有事儿的。"

85

B 草原：我的故事

1

  法航 AF 129 号班机在穿云破雾十一个小时后，准时着陆在巴黎戴高乐国际机场。我将手表回拨了七个小时，看挨在我身边的女作家虹在做同一个动作，心里有种异样的感觉。我隔着舷窗望着梦中的巴黎，一座繁衍众多浪漫故事的都市，如今身临其境，却找不到想象中的那种骚动感了。

  也许是出国前萨日娜的突然失踪让我伤透了心，陷我于极度沮丧和无助之中，我仿佛天塌下来一样，那几天惶惶不可终日。以致后来才发生了那桩颜面尽失的"殉情"事件。

  萨日娜是在我与枫去她那儿后的第三天向学校请辞的，我事先居然一点也不知晓，要不是宝泉打电话告诉我，我还蒙在鼓里呢。我打她的手机，语音提示我，这个号码成了空号，显然停机了。我疯一般地驾车去了乌兰哈达苏木，方发现那里已人去屋空了。我真的绝望了，像草原陡然刮起了白毛风，卷走了我的心，听说连她家人也在满世界找她呢。

  那是个没有一丝微风的夜晚，我怀揣一纸血书在默默地等死。那是一场蚊虫的盛大晚宴，我在想象当萨日娜得知我殉情的惨相后，会是什么样子？她会读我的血书吗？她会为我哭泣吗？她会为她的所作所为后悔吗？在距白音那嘎查不远的那片草地上，我静静地仰卧着，任由成群蚊虫嗡嗡地飞上我的躯体，肆无忌惮地饱餐着。我再不用像十年前的那个夜晚，在蒙古包前，与那个戴红领巾的小女孩儿一道点燃艾蒿熏跑蚊子了，我现在巴不得它们成群结队地扑向我，把我送到那个极乐世界。

我猛然想起小时候在草原上见到的一幕：一匹死马暴尸在夏日草地上，上边布满了形形色色的活物。我是不是和爬满黑乎乎蚊虫的死马特像？我苦涩地傻笑着，给蚊虫叮咬得红肿的眼睛彻底睁不开了。幸亏道尔吉大叔及时在夜色草原中找到我，才将我从死神手上搭救出来。一记耳光把我彻底打蒙了，也打醒了。我那会儿生不如死，头上红肿得像是发面的面包，身上裹缠着让蚊虫叮咬后打的绷带，像从战场败下来的伤兵那般惨不忍睹，连我都在怀疑还能不能来巴黎了。

好在身边的人都为我隐瞒了这桩让人耻笑的"丑闻"，在朋朋的精心照料下，让蚊虫叮咬的可怕红肿在一周内竟奇迹般地复原，我这才有勇气登上远赴巴黎的航班。临出行前一天，我意外接到她从厦门打来的虽没说一句话却喘着熟悉气息的莫名电话，但我还是无处寻觅她的踪影。我怀疑有人将我"殉情"的消息透露给了她，她才会这般"此时无声胜有声"。所以，从北京机场登机那一刻起，整个航程我仍然让无形的阴影和抑郁的情绪包裹着、缠绕着，就像机外连绵不断的云团扑面而来。

我一路郁郁寡欢，连挨我坐的虹都一头雾水。虹是个初出茅庐的小说家，以写情感小说见长，我没看过她写的书，名字倒早有耳闻，听说在鲁迅文学院进修期间和北京一个大腕作家关系非同寻常，在文学圈还时不时传出绯闻来。一路上，她一口一个霍老师，我却总心不在焉地望着舷窗外愣神，想着还是与之保持一点距离为好。谁想虹却总想和我"套瓷"，甚至还拿我脸上由于蚊虫叮咬后落下的红斑点开玩笑，问我最近是不是出了"水痘"？虹戳到我的痛处，我阴沉着脸说："你这样说有意思吗？"虹看我脸色不对，连忙赔礼说："霍老师，我错了。"

虹起身打开上方的行李架，她先将我的手提箱递我，然后又把自己的挎包拿下来。考察团的团长、自治区作协副主席温都苏走到我跟前，拍了拍我的肩膀说："小霍，怎么愣神了？又有什么好构思了？"

虹咯咯笑起来，说："霍老师还情系大草原的漂亮女孩儿呢。"

我没心情地扫了她一眼，有心发火，又觉得没什么理由，人家是话出有因嘛。

我没料到朋朋居然大老远跑到北京机场为我送行，以至让虹产生了错觉。看到朋朋鬼精灵似的站到我跟前，我甚至怀疑我的眼睛出了问题。朋朋笑嘻嘻地歪了一下头，说："奇怪了吧，惊诧了吧，是不是该来送的没来，不该来送的却来了呀？"

当着众人面，我也不好说什么，将她拉到一边，冷冷说了句："说你什么好呢？你怎么跑来了，是不是逃课了？"

朋朋将那双漂亮的杏仁眼一瞪，歪着脑袋笑着说："没有啊，我从小就是乖乖女，这次出来可是名正言顺请了假的。"

我一听急了，说："请假？乱弹琴！理由呢？为了送我？"

朋朋调皮地说："您太小瞧人了，我有那么弱智吗？我跟辅导员说，我妈妈去北京住院了，我想去看看，怎么样，多人性化的理由，还算充分吧？"

我瞟了一眼周围，见到虹在不远处朝我这儿张望呢，心里有点发虚。

朋朋似乎看出我的不安，笑着说："哎，瞅什么呢？这千里之外不会有熟人的。"

我脸一红，睨了她一眼，说："说什么呢？没大没小的！"

"哎，她怎么没来呀？早知这样，我就不会战战兢兢，如履薄冰了。"朋朋笑得很滋润，眼角眉梢都像开了花，笑嘻嘻地说，"对了，你猜刚才有多逗，我啊，躲在候机大厅的大柱子下，一直没敢露头，只是确认她没在你身边，我才敢现身的，嘿嘿……"

朋朋的话平添了我的伤感，她明明知道我和她完了，还拿话嘲讽我，以映衬她对我的真情，这个小丫头鬼心眼真多！我看了一眼正在集合的考察团队，迟疑了一下，从口袋掏出几百块钱，递给她说："赶快买返程车票，我谢谢你了。"

朋朋脸色一下变得难看起来，将我手一推，杏眼圆睁，不高兴地说："你瞧不起人！"

我难为情地说："朋朋，谢谢你来送我，快回去吧，别耽误课。"

朋朋伤心地落泪说："人家这大老远送你，就送我这样一句话吗？"

我心抽搐了一下，知道她指的是什么，脑子乱成了一团麻。在不久前，我们之间还闹了一场不愉快，起因就是那个莫名电话。朋朋心灵受到极大伤害，可她却挺了过来，并没由此而嫉恨我。不过，我总觉得欠她一笔情债。我真佩服她衣带渐宽终不悔的大度和众里寻他千百度的痴情。

"霍老师，走啊，您想什么呢？"虹用手拉我一下胳膊，话里有话地说，"是不是在想那个多情应笑我的女孩子啊？"

我脸一下子红到耳根。这是哪儿跟哪儿呀，看来在女人堆里，我真说不清了。虹咯咯笑了起来，凑到我耳边说："你一个膀大腰圆的蒙古汉子怎么脸红啊？还写小说呢，真逗！"说完，她便背起拶包，哼着小曲随着人流朝机舱口走去。

我愣住了，跟在了她的后面，一时也说不清我究竟怎么了，我霍日查本来不是这个熊样子的，唉，这个萨日娜和朋朋呀，简直把我搞得神魂颠倒了。

我顺着舷梯往下走，放眼望去，戴高乐一号航空港果真气势宏伟，大度不凡。这座由法国大建筑师安德鲁设计的机场选择了圆形候机楼。众多飞机众星拱月般地环绕在周围。在圆形的中心，设置了服务于停车场和旅客流线的楼层以及货物分拣层，建筑高度集中化，像有一双魔手将其复杂地叠合在一起。

虹回过头来，瞅我笑着说："我帮您拎吧。"

我连忙说："不用，没多沉。"

虹不容分说将我的手提箱抢到手上，说："难得有和老师套近乎的机会，您就别推辞了。"

我们坐了一段摆渡车，又随着纷乱的人群走进机场航站楼大厅，从旋转的行李输送带上找到托运的大行李箱。虹已将行李车停在我身旁了。

我笑了笑，道声谢谢，便将箱子放了上去。

办好出关手续后，我们在领队带领下鱼贯而行出了航站楼。

一出大厅，我蓦然想起临行前，在首都机场候机厅接到枫打来的电话，说云和她在巴黎的网友沟通了，蒙古老乡会到巴黎机场接我的。我当时还开玩笑说："哥们儿，云那个在虚拟世界认识的老乡不会食言吧？我在巴黎有同学，都没敢劳人大驾呢。"

枫电话里很哲学地教训我："与人善言，暖于布帛；伤人以言，深于矛戟。"

这话我听着耳熟，但又不知哪位哲人说的，回国后翻资料方知是先秦的荀子。话虽是这个理儿，我还是抱着将信将疑的心态四周张望，企盼在接机牌云集的机场出口寻到我的大名。

我失望了。在接机人群的黄面孔中，我没有发现接我的老乡，倒见到前来接虹的人了。一个穿红 T 恤衫的中年人热情地将虹拥抱了一下，接过了她手中的提箱。虹嘻嘻地笑着，将我介绍给那个男人："这是我们自治区的著名小说家，我崇拜的偶像，大学副教授霍日查先生。"

男人怔了一下，主动将手伸出来，说："我叫林楠，是虹的朋友。"

我机械地拉了一下手，笑了笑说："纠正一下，我还只是讲师，副教授刚报上去，还没批呢。"

林楠不解地看了我一眼，笑了笑说："是不是副教授，无所谓的，虹交的朋友都是精英，很上档次的。"

我依然执拗地说："对了，我和她只是在北京机场才认识的，先前只闻其名，无缘相见。"

虹失落地看了我一眼，说："霍老师，没必要多解释的，我和林先生也只见过一面。"

林楠似乎悟出点什么了，自嘲地说："是我主动来接虹小姐的。"

虹纠正说："我不姓虹的，你叫我虹就行了。"

我奇怪地看着他俩，摸不清他们究竟是什么关系。虹也哪壶不开提哪壶地问道："霍老师，记得您说也有人接机的，怎么没闪亮登场啊？"

我尴尬地笑了笑，说："你们还有一面之交，我们连面都没见过的。是朋友多事儿，硬让人家来接机，本来也没什么必要的，又没带那么多东西，巴黎这么大，分明给人家添麻烦嘛。"

林楠犯了寻思，忙说："不麻烦，不麻烦，巴黎交通很方便的。"

这时来接考察团的大轿车已开到停车场，大家都在朝那边汇拢。我不想站在这里当电灯泡，便对虹说："你们聊，我先过去了。"

"哎！"虹连忙叫住我，又对林楠摆着手说，"对不起，车在那边等着呢，就不上您车了，谢谢您大老远地跑来接我，我们后会有期，拜拜。"

到了车上，虹低声对我说："我本不想让他接的，偏偏自作多情，硬要来，真烦人！"

我冲窗外看了看，林楠还傻站在那儿朝这边张望呢，不觉有些好笑地说："热屁股坐了个冷板凳，哎，你们怎么认识的？那人好像对你挺有意思的。"

虹说："前几年，我还在自治区财政厅，一次去南方考察，杭州那一站是他出面接待的，当时互留了名片，不知怎么，他就盯上我了，时不时打个电话，闲聊两句。哎，你还别小瞧他，当年就一个省城财政局副局长，不知撞上了哪路神仙，发了大财，便辞了公职跑到了法国，听说在和一个搞过房地产的国内女老板同居呢，连家乡老婆都不要了。"

"原来是这样？"我一下便对那个道貌岸然的男人厌恶起来了。不用说，他起码也是个小贪官，捞够了，跑到国外避风头，实在可恶！

人上齐了，领队在清点人数。前来接机的是个华人，听说是法中文化交流协会的干事，西装革履，挺精干的。来到巴黎我方发现，中国人出奇地多，还没出机场，便看到好几个大陆旅游团。开放的欧洲旅游市场有巨大诱惑力，让中国人一窝蜂似的涌到了巴黎，浑身上下大包小包的法国货，仿佛在赶农村大集，热热闹闹地穿梭在机场大厅内外。

我临上车了，还四下张望，那个叫巴音孟和的老乡还没现形，便有些失落，这个老乡也太不靠谱了吧。来到巴黎，我才意识到接机完全没必要，但心里还有点不舒服，我怀疑云的这位网友是言而无信的小人，没见他也许并不是什么坏事。其实，我刚对虹说的没错儿，我那个大学同学尹骅，毕业不久便随新婚丈夫去了巴黎，只是多年没联系了，也不知她的准确地址和联系方式，所以才没打招呼的。

车子缓缓启动了。几乎与此同时，我的手机也响了。一个陌生的声音对我说："请问是霍先生吗？"我听出声音里浓浓的草原味，马上联想到那个不曾谋面的科尔沁老乡。果然，对方自报家门叫巴音孟和，并歉疚地说，接机路上塞了车，刚进机场停车场，实在太抱歉了。

我将头伸出车窗，望到不远处停下一辆白色雪铁龙，一个高高大大的汉子钻出车子，他留着背头长发，浓密的胡须，一看就是典型的蒙古人。只见他手里拿着手机，边说话边四下张望着。不用问，他就是巴音孟和了。

我将头伸出车窗，远远冲他摆手，并在手机里说："我看到你了，可我坐的车开了，咱们电话联系吧，谢谢了，科尔沁老乡。"

巴音孟和似乎也发现了我，朝这边追了几步，又使劲摆着手，像是很心诚的模样。

虹用手指捅我一下说："哎，人高马大，一看就是草原人，喝牛奶长大的。"

我没说话，眼睛迟迟没有离开那个蒙古老乡，看来我错怪他了，蒙古人嘛，就是实在。我刚把头转过去，虹就冲我喊起来了："哎，你来看，林楠怎么也奔他去了！"

我这时才发现我那老乡在和林楠说着什么，比比画画的，心里不禁犯了嘀咕，莫非他们认识？这世界也太小了吧？过后才知他们其实不认识，令我没想到的是，这两人的意外邂逅，居然让我那个老乡陷入情感瓜葛中，几乎无法自拔了。当然，这都是后话了。

当晚，巴音孟和开车到我下榻的旅馆看望我。不想，我在巴黎结识的蒙古老乡还引出一连串意想不到的故事来。那天晚上考察团组织看红磨坊演出，虹见我迟迟没出门，便跑过来喊我。我刚迈出腿，巴音孟和就来了。虹失望地看我又跟他进了屋，一甩胳膊气鼓鼓地走了。巴音孟和似乎看出了什么，不好意思地说："我来得不凑巧，还是择日拜访吧。"

我连忙说："没关系的，我对那种性感表演没兴趣的。"

巴音孟和看来是实在人，也没客气就坐了下来。初次见面，他留给我的印象还不错，一张具有蒙古人特征的长方大脸，留着腾格尔式的长发，虽说穿着休闲装，仍然可以看得出大草原人那种憨厚的特质。早听枫说，云这位网友是北大毕业的，还在家乡的市府干过秘书。见面后，我便有种一见如故的感觉，真好像在街头见过面似的。

巴音孟和对异国遇到老乡有些喜出望外，眼角眉梢都带笑。他再三对未能及时赶到机场表示歉意，搞得我都不好意思了。我返身从旅行箱里取出家乡带来的牛肉干和奶豆腐递给他，他先是一愣，说我胆真肥，居然敢把这类食品带出国，幸亏没给海关抽查出来，否则挨罚那是必须的。

"是吗？"我故作不知状。他连声说"也罢，不知不为怪。"之后，他便兴奋得像个小孩子似的吃了起来。看他狼吞虎咽的吃相，我有些好笑，索性将袋里的都倒了出来，说："喜欢吃的话，我旅行袋里还有，一会儿都带走吧。"

巴音孟和感激地看着我，笑着说："那我就不客气了，有好长时间没吃到家乡美味了。离开了大草原，就像离了根的草一样，心始终都是飘着的，你的到来，唤起我回家的感觉喽。"

我相信他说的是真心话，从眼神里，我看到了像草原蓝天般清澈的目光。这时，我手机响起《我和草原有个约定》的短信彩铃，不用看就知是朋朋的。来巴黎后，每隔几个小时，她准发来一条短信，尽说些肉麻话。孟和惊讶地看我一眼说："国内发过来的？"我点点头，说："无聊。"孟和精明地说："一定是女孩子吧？"我不置可否地说："是我一个学生。"他笑了，似乎明白了一切。

巴音孟和一边用嘴撕着牛肉干，一边有意无意地说："哎，老弟，我想打听一个人。"

我不介意地说："好啊，只要我知道的。"

他说："她生活在牧区，你也许不认识，不过也没关系，回国后若方便帮我打听一下音信好吗？"

我心领神会地说："一定是个女孩子吧。"

他笑了："我一直苦于得不到她的音讯，急死我了，那天一听说你来巴黎，把我高兴坏了，一晚上都在做美梦，哥们儿，这事儿就拜托你了。"

"那个女孩儿很漂亮吧？"我想当然地说，"一定还是个高傲的女孩儿。"

他苦涩地笑了笑，说："怎么说呢，在我眼里她是世界上最美丽的女孩儿，就像草原挂着露珠的萨日朗花那般可爱。"

我开着玩笑说："你把她说得那般美好，就不怕我近水楼台，把她撬了过去？"

他盯着我，半开玩笑地说："你生活在美女如云的大学校园，乱花渐欲迷人眼，恐怕早就看花眼了，还能看得上牧区的女孩儿？"

他的话显然有所指的，无所不在的朋朋确实给我添了不少麻烦。我于是说："那也不一定，谁说我就不能找一个牧区纯情少女呢？"

他眼睛一瞪说："你敢？就不怕我跑回国和你拼命！"

我憋不住笑了，说："看把你吓的，牧区好女孩儿多着呢，你急哪门子啊，我呀，还真没那份闲心去横刀夺爱的。"

他松了口气，捶了我肩头一下，说："我是蒙古人，心实啊。"

"我也是蒙古人，心也实啊。"我回敬了他一拳，心说，"你的那个女孩儿再好，还能和萨日娜比吗？"

我们两人四目相视都开怀地笑了。

这时，萨日娜的身影又一次闪现在我眼前。顿时，上飞机前的沮丧，又触痛了我的神经，浑身立马又不舒服起来。他似乎看出点什么，直勾勾地盯着我问："哎，怎么了，你脸色怎么像草原三伏天的阴云来得这么快呀？"

"没什么。"我掩饰着拍了下脑门说，"时差还没倒过来，脑袋有点发沉。"

巴音孟和知趣地说："你还是休息一下，我就不打扰了，回头咱们电话联系。"

"再坐一会儿嘛，没关系的，我不过随意说说。"我连忙说。

"不了，我还真有事儿的，今天在机场上我见到一个人，说得一口杭州话，一问，他居然认识柳，我得把这个消息告诉她，说不定那个人知道柳父亲的去向呢。"

我给这没头没脑的话说愣了，问道："谁是柳？这是哪儿到哪儿啊，我怎么没听明白？"

他不好意思地笑了，说："哦，柳是我一朋友，破落的高干子女，前些时候，她父亲犯了案，从国内跑出来，和她只见一面就失踪了，这女孩儿也够倒霉的，偏偏前些天又让一个苏格兰小子打成了重伤，正住院呢。"

我故作诡谲的样子说："一定又是个漂亮女孩子吧？"

他惊愕地说："哎，你怎么知道的？"

我得意地说："要是个男的，你能这般上心？"

他连忙解释："你误会了，我们只是普通朋友。"

我故作姿态地说："身在国外，情感寂寞，可以理解，很多留学生都这样的，国内有情侣，国外再找个替补。你放心，我不会把这些传到国内的，你只管放心好了。"

他连连否认，说："没有的事儿，真的没有！"

我也不加争辩，只是说："哎，把牛肉干带上，让你病中的女友也尝尝大草原的特产，当年成吉思汗子孙的军队就是带上它打到欧洲呢。"我说着将旅行袋的几包牛肉干掏出来，一股脑塞给他。

　　巴音孟和走后，我猛然想起闲聊时东扯西拽，光顾打岔了，我这老乡要打听家乡的女孩儿，居然忘告诉名字了，真有意思。不过，看他急匆匆去柳那儿的样子，也说不定他是一时心血来潮，也别太当真了。算了，不想那些无聊事儿了，还是想想我的萨日娜吧。

2

　　巴音孟和走了，我百无聊赖地打开房里的闭路电视，用遥控器将频道选到电影台上，屏幕在播放一部很有名气的法国电影《男孩遇到女孩》。我的英语不错，可法语却糟得一塌糊涂，虽说法语有些单词和英语相近，可毕竟是大学的第二外语，不要是说，听起来都挺费劲儿的。我对影片的对白虽说听不大懂，但对情节还大致了解的。去年，我在讲授欧洲当代文学史时，还特意向同学推荐过这部有影响的法国电影。这是崛起于二十世纪八十年代的法国年轻导演莱奥·加拉克斯的处女作，讲述一个并不轻松愉快却充满诗意的爱情故事。如果只用一句话复述这个故事就是：一天夜里，一个刚刚被女孩抛弃的男孩 Alex 遇到了一个刚刚抛弃男孩的女孩 Michelle，于是，在同为爱情所困扰的少男少女身上，在经历了相爱、激情、幸福之后，演绎了一场爱情的悲剧。在国内时，我曾煞费苦心地寻找这部片子的影碟，却未能如愿，谁想刚来巴黎就意外看到了，心里不免有些惊喜。

　　我的头依着床头上，心随影片情节的起伏而跳荡着。我喜欢那个失恋女孩 Michelle，不知为什么，总觉得她的举手投足很像是萨日娜。Michelle 的多愁善感和绝情在感染我的同时，也触动了我那根脆弱的神经。我蓦然发现，我不就像那个让 Michelle 抛弃的男孩吗？萨日娜在我出国前不久，出人意料地辞职离开草原，去了一个谁也不知晓的地方。这事儿对我的打击太大了，以至我在得到消息后几乎疯掉了，开着那辆白色捷达车跑进了科尔沁大草原，我在白音那一带漫无边际地飙车，车轮发泄般地碾着草叶颠簸在荒野上。

我的头一次次撞到车的顶篷，屁股也一次次掀得老高，就像春秋时代的败军之将，驾驭着一辆跑疯了的战车，一泻千里地溃逃。我全然不顾这一切，甚至奇怪地幻想我的正前方会有一座悬崖，那样，我就可以疯开过去，直到纵身坠入一个永恒的瞬间。我就这样飞驰在草原上，残忍地压碾着无辜的小草，直到那半箱油耗光了，才喘着粗气停下来。我痴痴地坐在车里，握着方向盘，任由眼泪像车窗外景观的泉眼汩汩流淌着。我怎么也想不明白，萨日娜她为何离我而去，我的爱恋之门为何总是上着锁？我猛然想起我的作家朋友剑钧写的一本长篇小说《心房的那把钥匙丢了》，可我却不知道我心房的那把钥匙究竟丢在了何处。

我很欣赏莱奥·加拉克斯清新炫目的影像风格和极美的视觉效果，即使表现的是失恋，也充满了令人心动的美感。由男影星丹尼斯·拉方特旺饰演 Alex 那种迷惘的神情，也让我想到了自己颓废的熊样子。那几天，我还心存一丝幻想，在一遍遍地拨打萨日娜那已是空号的手机，又一遍遍地给她发出分明无法收到的短信，自然是一番徒劳了。痛苦中的绝望，带着绝望中的痛苦让我痛不欲生。影片中的 Alex 不就是带着这种绝望和痛苦遇到另外的女孩 Michelle 吗？当 Michelle 出现在他面前时，积久的自闭之门瞬间打开了，短暂的相爱与激情让一对少男少女沉醉在短暂的幸福之中。在 Alex 的女友离他而去的痛苦过后，Alex 在失恋女孩 Michelle 身上找到了突然发生但却永恒的爱情。

我在想："生活中是这个样子吗？我的 Michelle 在哪儿？是朋朋，还是虹？"我久久注视着屏幕上 Michelle 那双充满忧郁的眼睛，泪水模糊了眼睛。

我盯着屏幕看得那般专注，以至不知虹什么时候摸进来，悄然坐在我的床边。她递给我一张面巾纸，半开玩笑地说："贾宝玉的眼泪很值钱的。"我有些难为情了，真不该让她看到我是这个样子。她问我什么片子？我说是《男孩遇到女孩》。

"好浪漫的名字哦。"她将脸转向我，露出琢磨不透的一笑。她将身子朝床里边挪了挪，又回头瞅我一眼。我心一惊，生怕她洞穿了我的心思。

"红磨坊的表演结束了？"我没话找话来掩饰此时的极度尴尬，好像我在她的面前裸奔过了似的。

"是啊，刚回来就到你这儿来了。我想告诉你，到巴黎不到红磨坊，你会后悔的。"虹像在故意气我，"你难道没听说，没到过巴黎不算到过法国，没去过红磨坊不算到过巴黎吗？"

我此时根本就没心情听她讲什么红磨坊、绿磨坊的，所以现出心不在焉的样子。虹坐在那里讲几句带有诱惑性的话，见我没反应便不出声了。

我眼睛盯在电视机上，脑子挥之不去的还是萨日娜那张熟悉的脸。我甚至产生某种幻觉，Michelle那双充满忧郁的大眼睛，怎么看怎么像萨日娜的眼睛。此时，我那缥缈的情丝像梦的霓裳在三维空间里飘游，人在巴黎，心却追逐草原的月光，追逐她的足音，我那颗失落的心，不知最终情归何处，唯有一地落英，一地朦胧。

屏幕上的女主人公Michelle正被曾发生在自己身上的爱情所困扰，她一次次试图自杀，我从片中的特写里真切地看到她内心的矛盾与焦灼。这会儿的她面对着玻璃做成的墙在凝思，墙的对面是一对相爱的人在甜蜜地望月。

我心碎了，身在异国他乡，那首《敖包相会》里的月亮是那么遥远，即便在浪漫之都遇到一个漂亮女孩儿又能怎样？身边的虹能化解我内心深处的悲伤吗？

那天我的车在耗尽最后一滴汽油后，疲倦地在空旷的大草原抛了锚。

我推开车门，不停地放声大喊："萨日娜，你在哪儿！"直喊得声音嘶哑到像破锣声为止。在尽情宣泄后，我又像泄了气的皮球似的瘫在草地上。落日的余晖映照在我脸上，这会儿轮到蚊子发泄了，成群结队朝我扑过来，快乐地吃起了免费的晚餐。我一动不动地躺在那里，像具横躺的僵尸，仿佛这个世界都不存在了，既然失恋的我活在这个世上是无穷无尽的折磨，干脆就让蚊子把我血管里的血吸干好了，我愿意成为一具草原干尸。

我闭着眼睛，遥想当年无眠的夜晚，蒙古包前，那个穿着蒙古袍戴着红领巾、帮我往火里添艾蒿、小脸蛋给熏得黑黑的小女孩儿。那会儿的萨日娜是那般天真可爱，虽说有双脏兮兮的小手，却脏得让我喜欢，脏得让我快乐。谁会想到十几年之后，她那般绝情，就像影片中的Michelle一样，冷漠地弃男友飘然远去呢？

虹这会儿身心也投入到片子的情景之中了。我从侧面看着她双手托着下颏，眼里闪烁出一丝晶亮的东西来。"霍老师"，她侧过脸，凝视着我，很认真地说了一句，"爱情就像一场不可逆转的遭遇。无论谁爱上谁，当一方退却逃避后，仍固守爱情城池的那一方必定遭遇不幸。你说，我这话对吗？"

我默默地点了下头，说："爱情的根扎得越深，遇到磨难所承受的痛苦就越大。日后，一旦心中的爱情鸟飞走了，他就变得不堪回首往事了。"

虹似乎从我话中品味出了什么，说："男孩遇到女孩，如果女孩是认真的，那个男孩能减少痛苦吗？"

我摇了摇头说："如果是真爱的话，他会更加痛苦。"

虹不解地看着我说："太不可思议了，您是不是在构思新的情感小说？"

我说："生活就是一部情感小说，那里面的故事太精彩了，作家手中的笔是很难将爱情的真谛完美地表现出来的，很多小说描写的不过是意淫而已。"

虹惊叹地说："太精彩了，霍老师，我发现您简直是个文学天才，我开始崇拜您了。"

我冷冷地说:"你就别忽悠我了,我的腿很小就搭在马背上,老早就患上了关节炎。"

虹憋不住笑了,说:"老师太抬举我了,我哪有赵本山大叔那两下子呀!如果您真的瘸了,也别伤心,我白送您一副双拐好了。"

"太小气,怎么也该送我辆轮椅呀。"我言不由衷地说。

虹咯咯地笑了起来,说:"您可真幽默,就像您的小说风格一样。先前我常听文学圈里人谈到您,我还不大相信,看来名不虚传啊。"

虹的过分热情引起我的神经高度警觉,再加上先前文学圈就有些对她的议论,我不免紧张起来。真怕在巴黎这个浪漫之都,在某一天宁静的晚上,我们会发生点什么。虹毕竟不是我想深交的女孩子,不能让她对我产生不该有的错觉。我必须与她保持一种距离,免得日后生事,脱不了干系。想到这里,我板起面孔,吞吞吐吐地说:"虹,你,有事儿吗?"

虹吃惊地看了我好一会儿,似乎伤了自尊,说:"您是不是在赶我走,有话直说好了,犯得着拐弯抹角吗?"

我的脸挂不住劲了,忙说:"不是这个意思,我是说坐了十几个小时的飞机,还有时差,你一定很疲劳了。"

虹冷冷一笑,说:"谢谢您的关心了,我还不是三岁的孩子。"

我脸有些发烧,尴尬地说:"那就随你便好了,反正我现在也不困。"

虹扫了我一眼说:"我本来要走的,您这一说,我还偏不走了呢,就烦烦您!"

我真对她无可奈何了,心想:"萨日娜要有你三分之一的热乎劲儿就好了,唉,影片中的男主人公 Alex 总想证明存在一种永恒的爱情,可现实生活呢?为什么总那么不如愿?"

我想起那天晚上,我孤独地躺在草地上,承受着蚊虫一轮又一轮地攻击。我的头顶是一轮圆月,我的脚下是一片绿野,我就像寺庙的僧人静静打坐,心无旁骛,只有我心中的女神陪伴着我。我的脸和胳膊被咬起一串串红疙瘩,我居然没感到疼痛,只是心房在静静地失血。我甚至想，这也不失为一种殉情方式，最好在死之前，给她再留下一封遗书，告诉她，我是为那份恋情而死的。我于是又跑到车上，去找纸和笔，可翻遍每个角落也没能找到一支笔，只有一张夹在期刊里的复印纸。我于是想到，何不写一封警示后人的血书呢。

我瞄了屏幕一眼，见 Michelle 手里攥着一把锋利的剪刀，欲割破自己手腕的静脉。门开了，Michelle 没有回头，就认为是自己心爱的男人来了，连忙藏起剪刀。她为什么不想让他知道自己的痛苦和绝望？难道她想保留一丝尊严？还是怕他会阻拦？但来的人并不是她爱的男人，而是另一个偶遇的男人 Alex。看到这儿，我的心陡然一激灵，萨日娜莫非也另有所爱了？要不，她怎会无声无息走了呢？尽管那纸血书还锁在我的密码箱里，可我的心还不止一次地在失血。

我在恍惚中听到虹一声尖叫，她在尖叫之后扑到我怀里，此时的我还沉浸在往事的回忆中。我将脸转向怀里的虹，居然有些麻木了，甚至还忘情地喊了一句"萨日娜"！虹惊愕地抬起头，捋了一下散在额前的秀发呆呆地望着我。

我眼前现出了殷红的鲜血，一滴滴地散落……不过，不是我那份血书的字迹，而是荧屏那血淋淋的画面。Alex 推断出 Michelle 会自杀，但并不知道她的剪刀正藏在她的怀里。Alex 扑了上去，紧紧地抱住 Michelle，没想到却帮助 Michelle 完成了这次犹豫不决的自杀。剪刀插进了 Michelle 的身体，血流了出来，两个人依次倒下。

我紧紧抱住虹，我的心在颤抖，仿佛看到倒在血泊中的是我的萨日娜。虹倒在我的怀里，幸福地闭上了眼睛，可她并不知晓，是我的错觉才造成这般场景的。不知过了多久，虹才回过味来。她慢慢地睁开眼睛，扬起脸，神色迷茫地看着还沉浸在回忆之中的我，没头没脑地问了一句："萨日娜是谁啊？"

我猛地推开了虹，从床上跳了起来，大声说道："不，Michelle 她不能死！"

虹惊愕地瞪大眼睛，神情慌乱地站起来说："您没事儿吧？霍老师。"

我意识到自己的冲动，是毫无理由的歇斯底里。虹该不会怀疑我神经出问题了吧？我镇定一下，说："对不起，这个电影让我太投入了，不好意思。"

虹洞若观火地说："是那个女孩儿让你太投入了吧？"

我无言以对，痛苦地用手抱着头。看了《男孩遇女孩》后，我的心情极度沮丧，我似乎从他们身上寻到自己的影子。我不知道此时的萨日娜流落到何方，是否也有个 Alex 在等待着她，想着想着，眼泪居然不知不觉地从我这个大男人的脸颊上淌了下来。

房间的电话铃响起来，是巴音孟和打的。他告诉我："他在柳这儿，她很喜欢你带来的牛肉干，让我谢谢你。"

我摸不着头脑了，说："哦，知道了，也不足挂齿的。"

他接着说："哎，老乡，明天你怎么安排？我们聚一聚好吗？柳也想认识你这个小说家。对了，她知道你的名字，是你的粉丝，前两年在网上还看过你写的书呢。"

我还没来得及从先前的思绪里解脱出来，淡淡地说："是吗？不过，日程安排得满满的，看来只好利用晚上了，到时再联系好吗？"

虹趁我接电话，居然反客为主地进我卫生间淋浴去了。开始我还以为她去方便，好一会儿还不见她出来，仔细一听，里边传来水流的声音，再一看，门的玻璃还沾了薄薄的雾气。我心口顿时有些犯堵，太不像话了，这会儿要有考察团哥们儿进来，成何体统，我跳进塞纳河也说不清楚了。

我贼一般地逃离我的房间，去了走廊，碰巧见到温都苏朝我这边过来，老远便说："哎，我正想到你屋坐坐呢。"

我出了身冷汗，忙说："温主席，还是去您房间吧，我有个创意正想找您讨教呢。"

温主席笑了笑，说："也好，我也有话对你说。"

在温主席房间，他说希望将我正在创作的一部有关草原生态方面的长篇小说申报中国作协重点扶持文学作品。我心不在焉地点着头，听他滔滔不绝地对我聊着文学，脑子却在开小差，想的还是一堆闹心的事儿。萨日娜、朋朋，还有虹交替在我面前闪现。俗话说三个女人一台戏，还别说，这三个女人搅得我心神不宁，夜不能寐啊！就连温主席也看到了北京机场送别那一幕，当时取笑我有女人缘，我只好不置可否地傻笑，算是作答。这时，屋里又进来几个同行，我估摸虹也该出浴了，便悄然退出去。

我用钥匙打开房门，见卫生间的门洞开，虹正在镜子前梳理湿漉漉的长发。我板起面孔说："哎，你怎么连招呼都不打就洗澡呢？有点过了吧！"

虹不以为然地笑笑说："霍老师，我本来一回来就想在自己房里洗的，可试了试，那的淋浴喷头不好使，才到您这儿来的，看您在接电话，就没征得您同意，不好意思啊。"

"不好意思？"我恼怒地说，"你说得真轻巧，让团里人看到了，我怎么去解释？"

虹的脸倏地红了，说："我，我没想那么多。"

我无奈地摆了摆手，说："好了，你就别再给我添乱了好不好，就算我求你了。"

说话间，温主席推门进来，见这般场景，不免有些窘迫，连忙解释说："小霍，刚才我忘说一句话，你在巴黎有个大学同学找你，电话打我这儿了，还问过你的电话号码。"

"大学同学？"我惊讶得张大嘴。一定是尹骅了，好多年没联系了，她怎么知道我在这儿？不过，我依然明知故问地说："温主席，男的，还是女的呀？"

温主席诡秘地说："当然是女的了。"

我脑海里尹骅的面容立马鲜活地蹦了出来，那个头发精干得像男孩

103

子一般短，那嗓门粗得像男孩子一般粗的女人，人却长得很秀气，身材也很好，在班里曾是活蹦乱跳的调皮蛋，她居然知道我来巴黎了？天啊，她真挺神通的！

3

我猜测得没错儿，果然没过多久，尹骅的电话就打过来了。虽说一别快十年了，她乡音却未改，我一下子就听出她那别具一格的沙哑声了。我惊呼道："哎，大骅，你消息怎么这般灵通，快赶上克格勃了！"

她咯咯地笑着说："霍日查，你不要忘记我是在法中文化交流协会供职哟，我刚从来访名单见到你的大名，早一点知道，我一定去机场接你的，怎么也不至于让你可怜兮兮，找个没谋过面的人接机呀。"

我愣神了，连孟和接机的事也传她耳朵眼里了？这美女信息渠道够畅通的，我算彻底服了！我连忙解释说："没有的事儿，是朋友多事儿闹的。"我嘴上这般说，心却在想，上大学时，你骄傲得像个公主，一毕业就攀了个外交官的老公，跟着男友，闪电般地结了婚，又出了国，你那会儿心里哪装得下来自科尔沁草原的蒙古族小伙啊？对我来讲，你压根就是泥牛入海无消息，还谈何"忘记"？不过，毕竟是大学四年的亲同学，这么多年没见面，光听乡音就挺亲的。

尹骅带个巴黎朋友来旅馆看我了。多年不见，我发现尹骅变了，昔日校园那个留着短发的假小子，如今是彻底脱胎换骨，变得超级时尚了，高高的发髻，秀美的脸庞，滑润的肌肤。岁月并没在她的脸上留下多少梦痕，人显得雍容华贵，落落大方，毕竟生活在浪漫之都这么多年，浑身上下洋溢出一股西洋气。

真巧了，与她同来者竟是白天在机场见过的林楠。不用说，人家一定奔虹来的。我这才省悟尹骅之前那番话的出处了。看林楠四下张望的样子，我便说："虹在对面房间呢，要不要告诉她一声？"

林楠正中下怀，说："尹秘书长，您和老同学先叙叙旧，我去她那儿看看，你们先聊，先聊。"

林楠走了，尹骅惊讶地说："这个世界太小了，许多中国人到巴黎只要转上一个圈，准会碰到熟人的。"

我淡淡地说："我们在机场也只是一面之交，他本来去接虹的。哎，听说他在国内做过政府的官员，现在成了生意人，他怎么和你搅合一起了？"

她微微一笑说："怎么说呢，林楠也是我们协会常客了，在做中法文化交流的经纪人，主要业务是联系国内文艺团体来巴黎演出。"

我不屑地说："说得好听，文化掮客而已，我瞧不起这类人。哎，你这个秘书长要注意哟，这人不太地道。"

她憋不住笑了，说："小霍，按国内时髦说法，你是在忽悠我，什么秘书长，还不就是个管家婆，在梦巴黎混生活呗。"

我大惑不解地说："哎，大骅，你要是混生活，那我呢？咱们大学同学堆里，我只剩下羡慕妒忌恨了。当年出国，我连想都不敢想的。怎么样，这么多年在巴黎闯荡，一定赚得个盆满钵平了吧？"

她一丝苦笑，说："我说了，你都不会相信，国外也并不像有些人想的那样到处都是机遇和黄金，我人生其实挺失败的，什么都没得到。"

我不以为然地说："你还想得到什么？别不知足了。哎，孩子多大了？有没有照片带在身上，让我也饱饱眼福。"

她沉默了片刻，苦涩地对我说："到法国不久就离婚了，哪来的孩子？直到现在我还是单身贵族呢。"

"对不起，"我有些尴尬地说，"真不知会是这个样子，太不好意思了。在我心目中，你们才是真正的金童玉女呢，哎，你别撇嘴，班上同学都这么说的，上次同学聚会有好多人还提过你们俩呢。"

"你是国内第一个知道我还独身的同学，"她说，"其实呀，结婚那天起我们就结束了，你们不知道我并不快乐。我们在结婚前立个契约，那就是他把我办出国，然后我们各奔东西。"

"太不可思议了！"我难以置信，她和他都将婚姻当作了儿戏，究竟为啥呀？我不禁又想到自己，想到萨日娜，女人啊，真是一本读不透的书。

"好了，该说说你了。我就不问你孩子多大了，婚总该结了吧？"她目光咄咄地凝视着我，仿佛要把我五脏六腑都看穿似的。

"你这么看我干吗？"我也一脸苦笑，"我还远不如你呢，不光婚没结过，就连女朋友都成煮熟了的鸭子飞了。"

"不对！"她根本不相信的样子说，"你又在骗我，不久前，我还在网上听上届师兄大张说你有女朋友了呢，一个漂亮的蒙古族女孩儿。有一次那女孩儿来学校看你，正巧让他撞上了，给他留下个很清纯的印象，当我那个夸啊，我还记忆犹新呢。"

尹骅的话一下触动我的伤心处，我叹了口气，说："唉，都是过去时了，我们是有缘没分啊，我不止一次地努力过，她还是离开我了，真不知道我究竟错在了哪里？"

她开导我说："爱怎会有错呢？精诚所至，金石为开。男人嘛，既不要碍面子，又不要怕丢面子，不妨就像你小说写的那样，来个死缠硬泡，准成！可不能只要笔头功夫啊，是不是？"

说到这里，虹和林楠推门进来了，我们的话题也戛然而止。虹仔细端详了尹骅，拉着她的手亲热地说："尹姐，你真漂亮，典型的东方女性美。"

尹骅笑了，说："你们作家夸奖起人来，还挺有文学水准的呢。谢谢了。在法国，夸奖女人是种时尚的，你要是男士就更好了。"

虹将脸转向我，说："看看，尹秘书长可批评你了，这话本不该从我口出的。"

林楠不失时机地说："尹秘书长在巴黎华人圈里是出了名的美女。"

我瞥他一眼，不知为何，从一开始就挺讨厌这个男人，尽管他看人

106

总是笑眯眯的样子，但我看他总有点不舒服。

朋朋又烦人地发来短信，上面写着："巴黎是个出美女的地方，老师可不要看花眼了哟；巴黎是个出浪漫的地方，老师可不要心猿意马哟；巴黎是个出鲜花的地方，老师可不要乱采哟。"

我心里那个气呀，这个丫头得寸进尺，越发放肆了，我默不作声地按了删除键。虹眼尖，看出我的小动作，话里有话地说："尹姐，您还不知道吧，霍老师如今可是女孩子心中的偶像了，身后跟着一大串呢。就连在北京机场……"

我狠狠瞪她一眼："说什么呢？真无聊！"

虹调皮地吐了吐舌头说："唉，讲真话，什么时候都不讨人喜欢的。"

我的火气已经堵到了嗓子眼，如果不是碍于尹骅在，我肯定跟她急的。

尹骅忍俊不禁地说："老同学几年没见，乡音未改，脾气倒见长啊。人家明明在夸你，你却翻脸，可不要狗咬吕洞宾啊。"

我忍着火气说："大骅，我这人是有点不识好歹，可我有我的处世方式，我有我的做人准则，站在大学讲堂我是个老师，但我骨子里还留存着草原蒙古人的粗犷性情，可能这一生一世也难改了。"

尹骅笑了，说："你怎么把话扯到民族性情高度上来了，这可是高深的人类学课题，我不懂的。不过，你的话倒提醒了我，你和巴音孟和都是科尔沁人，抽空该见见他的。"

虹接过话茬儿说："那个巴音孟和是不是长得有点像腾格尔？尹秘书长，您官僚了，人家还去机场接机了呢。"

尹骅说："看来我又成事后诸葛亮喽，我怎么就没想到你们还是老乡呢，怪不得把老同学都忘了。"

我连忙说："哎，大骅，别冤枉好人呀，我确实不知你的联系方式，否则，这次出来还饶得了你！"

尹骅说："哼，还是没诚心找我，一种托词罢了。我看，你和孟和差远了，人家在巴黎华人圈，是个出了名的流浪诗人，很浪漫，又不失大气，很有那么一点大草原的粗犷的。"

"这么说，我小气了？老同学是在拐着弯批评我呢。"我说，"不过，我还是服了你了，哎，怎么谁都认识呢？"

她卖弄地说："我何止认识孟和，连他祖母我也略知一二的。咱干的不就这一行吗？文化交流，顾名思义，就是结交文人，结交朋友的。"

我顿时来的兴趣，说："看看，说你胖，你还喘了，我昨天就听说他有个祖母，至今还在牧区呢，可我这个草原人都不知晓她何许人也，这文化交流与他祖母有何关系呢？。"

她开始数落我了："亏你还在大学教欧洲文学，怎么连当年法国华人文学圈风行一时的蓝萌萌都不知道呢？"

我几乎从沙发上跳起来，大声道："你说什么？巴音孟和的祖母就是二十世纪四十年代留法女诗人蓝萌萌？该死，我只是从资料上得知蓝萌萌是个蒙古族，本名萨仁托雅，谁承想她是他的祖母啊！"

她叹口气，说："一代才女啊，只可惜后半生的厄运葬送了她的才华。我虽说没见过老人家，可我从孟和的身上还是能找到她奶奶的影子。"

我良久无言，想起不久前，我还在学校举办的《欧洲文学史·华人作家》讲座上吟诵过蓝萌萌的诗《从梦中，跑回我的草原》：

　　枕着塞纳河的波涛，

　　吻着科尔沁的草浪，

　　一个倚在蒙古包的幽灵，

　　一个驮在马背上的想象，

　　让一个喝着奶茶长大的女孩儿，

　　从梦中，跑回我的草原故乡。

　　在香榭里舍大街风中，

　　我嗅出了大草原的花香，

在凯旋门的浮雕的斜阳下，

我觅到了成吉思汗的剑光，

我想，如果有天我回到故土，

我会把梦放在祭奠的敖包旁……

初读这首诗，还是我上大二那个炎热夏天，当即被女诗人诗中散发的才气震撼了，从此便记住了这个好听的名字。我顶着酷热，汗流浃背地翻遍校图书馆资料，甚至还跑到市图书馆都没能找到对这位著名女诗人的全面介绍，有的只是寥寥数语：蓝萌萌，蒙古族，旅法女诗人，二十世纪四十年代的诗歌曾风靡巴黎华人界，有多部诗集出版。

我很诧异。我这个研究欧洲文学史的人，早年就曾从导师那里知晓了这个响亮的名字。他对我说，蓝萌萌就是二十世纪四十年代的席慕蓉，是你们蒙古族女诗人的骄傲。可惜啊，她就像一颗流星消逝得太早了。

我恍然想起来巴黎之前，在草原敖包巧遇的老额吉，和从她嘴中说出的那句富有诗意的话：我的敖包是用诗来堆砌的，我的诗是马背上驮过来的，它像是蒙古包的缕缕炊烟，在我梦的蓝天上飘荡而逝。

莫非那位老额吉就是蓝萌萌？我脑海里只闪念了一下，便自我否定了。不会的，那个穿黑色蒙古袍，一脸风霜并孱弱的老额吉，怎么会是当年名震海外的女诗人呢？反差太大了。我心存遗憾地想，唉，太可惜了，一代才女，为什么销声匿迹呢？莫非江郎才尽了吗？

尹骅似乎看出我的心思，说："好在她的孙子传承了祖母的才华，写了一手好诗，只不过巴音孟和有些恃才自傲，是个典型的流浪诗人，诗里诗外都得罪人呢。"

我惊诧地说："是吗？我怎么没看出来呢？我印象中，他是挺豪爽仗义的蒙古汉子。"

我和尹骅只顾聊巴音孟和，一抬头才发现虹和林楠不知什么时候出去了。我猛然想起白天的事儿，便问道："哎，你了解林楠吗？听虹说，他在国内是个不大不小的贪官，发了一笔财跑出来的，说不定哪天就东

109

窗事发的。"

她笑了笑说:"国外这样的人还少吗?你看有几个不是活得挺滋润的,就连他们的子女都住着豪华别墅,开着豪华轿车,阔着呢。小霍,你放心,我和他并没什么深交,不过业务往来而已,沾不上边的。"

我不言语了。几年不见,我发现大骅变化多了,我反倒有些落伍了。

4

巴黎是个充满神奇和浪漫的地方,美丽的塞纳河就像一条梦中的彩带萦绕于我的心头。我从科尔沁草原来到梦境般的巴黎,除了新奇之外,还带着一种淡淡的忧伤。除了萨日娜那挥之不去的身影,蓝萌萌的影子也一直在我的脑海萦绕着。我不得不承认我是个多情并痴情的种儿,不光有科尔沁草原的真诚,还有巴黎塞纳河的浪漫。国内一位省电视台女主播在看我一部都市情感小说后,给我发过来一条微信,说:"我很奇怪,你笔下的女人为何都写得那般唯美,就连情感出轨的女人都不让人感到厌恶,反倒会让人生出几分同情呢?"

我回微信说:"因为我心中的女人就是美的,就像贾宝玉说的,女人是水做成的,男人只是泥巴,当然也包括我。"

那晚尹骅从我下榻的旅馆前脚刚走,我便拨通了巴音孟和的电话。我急切地问道:"蓝萌萌是你的祖母吗?"他在电话另一端沉吟片刻,反问道:"你听谁说的?"

我把尹骅的话原原本本讲给了他。

他一字一板地说:"蓝萌萌是我的祖母,可她现在不叫这个名字了,她叫萨仁托雅。她早就不再写诗了,希望你回国后也不要再提起这个名字。这个名字对我祖母的伤害太大了。"

谜团,一系列难以破解的历史谜团排着队翻滚到了我的面前。我百般不解巴音孟和这句话的真实含义究竟是什么?

第二天，尹骅约来巴音孟和破例陪同我们考察团游了塞纳河。连我们温主席也说，他是借了霍日查的光，才受这般礼遇的。虹也开起了我的玩笑，私下对我说，看你和尹骅挺般配的，又是同学，用不用我来烧上冬天的一把火？

我还能说什么，只能装傻。其实，他们也心如明镜似的知道，我们之间不可能发生什么故事的。用枫的话来说，这小子对萨日娜是着了魔了，就像贾宝玉对林黛玉、罗密欧对朱丽叶那般钟情，外人是水泼不进，针插不入的。

在外人看来，我对萨日娜的痴情几乎有点不可思议，她除了漂亮，就再没有能超越我的地方了。人都说婚姻其实就是一种等价交换，男女双方都在有形无形地根据自己的价码来兑换爱情。尤其当都市的灯红酒绿和喧嚣走近并逐步替代田园生活的大趋势下，当现代文明吐着善良的信息诱惑着身在边远的曾经相对封闭的草原人时，很少有人像我用这般傻乎乎的痴情，来排斥这种诱惑的。

在塞纳河的游船上，我无心观光，而是靠在露天甲板的橙色椅子上闭目养神，脑海里又浮现出那天晚上，落魄大草原的情景：我孤独无助地躺在绿草地上，伴着抛锚的捷达车，任由蚊虫的肆虐，并咬破手指写给萨日娜一封血书，将之塞入上衣口袋里。之前，我就有几天没怎么吃饭了，浑身上下没一点气力，根本也无法从这空旷的草原走出去。想着若是明天早上，我真的死去了，这封血书一定会让萨日娜追悔莫及的。世界上再也不会有我这样痴情的傻男人了。那会儿，我的手机铃声一阵阵此伏彼起，有朋朋的，有枫的，也有我们系主任的，我都没去接，让他们白白徒劳吧，让他们讥笑我缺心眼吧，让他们为我哭泣吧，我不再留恋这个得不到真爱的世界了。

"哎，老同学，做什么梦呢？"尹骅走过来，递给我一杯啤酒，眯缝着眼睛在冲我笑呢。我睁开眼睛，生硬地还了她一个微笑，接过杯子一饮而尽。

她坐到我身旁，指着缓缓流淌的河水说："你看这条河不宽也不窄，不急也不缓，千百年来就这样义无反顾地流淌着，在流经巴黎时，还刻意转了几个弯，把城市分成了两半，一半的现实，一半的浪漫。怎么样，小霍，和你家乡大草原相比，别有一番风情吧？"

　　我放眼塞纳河，心里涌起一股凉意。巴黎，塞纳河，这些不止一次出现在我梦境中的字眼，在我眼里都变得冷酷起来，巴黎，正是经由了塞纳河水的冲刷才长成今天这个模样的，就像科尔沁，经由了西拉木伦河的冲刷才长成今天这个样子的。塞纳河依然在流淌，可西拉木伦河却已经干涸了。塞纳河像是充满智慧的长者，目睹巴黎的沧桑岁月。城市的罪与罚、苦与乐、贫与富、兴与衰、爱与恨都留下了岁月的梦痕。我从草原来，是带着忧伤而来的。所以，塞纳河的美丽在我的眼里便成了一种凄美。我莫名其妙地幻觉着，那个令我尊崇的旅法女诗人蓝萌萌的身影仿佛就在塞纳河畔晃动，我甚至想象得出，她年轻时蘸着诗韵的爱情在河水中泛起的晶亮波光。

　　我看了一眼迎面朝我走来的巴音孟和，一个步祖母后尘的流浪诗人，一时想了许多。正是草原文化与西洋文化的碰撞，才使那个时代孕育出一位了不起的女诗人。巴音孟和能继承他祖母的衣钵吗？我看不出。在国内时，我从没听说有巴音孟和这样一位诗人，尽管他也出过诗集，但他的流浪诗篇并未能随着他的足迹在草原流浪。当读过他的诗后，我不得不承认他是一个很有潜质的诗人。他的诗作要比国内那些无病呻吟的诗坛新秀强得多，这不能不归之于遗传因子的作用。

　　巴音孟和笑吟吟地走到了我的跟前，说："距离、时差对于我们来说，应当是创作的灵感因素，霍日查，你没有这种感觉吗？走出草原，我才发现蓝天下的白云并不都是一个样子的。两个世界的巨大反差，会使你在惊异之余生成灵感的。我想，面对美丽的塞纳河，你是不是已将文思激活了？"

　　我点了点头，说："言之有理。不过，横看成岭侧成峰，我对塞纳河

112

的印象也许和你有所不同的。"

"是吗？说说看？"他晃了下腾格尔式的长发，饶有兴趣地看着我。

我看了眼尹骅，迟疑了下。尹骅在一旁笑起来，说："看我干嘛？我洗耳恭听便是了。"

我指着塞纳河对岸的建筑群落说："来巴黎之前，我就对塞纳河这几个字情有独钟了。你看，历史是何等偏爱塞纳河，巴黎的艺术瑰宝大都汇聚于两岸之间。沿岸古老建筑鳞次栉比，名胜古迹色彩斑斓，这些建筑大都经历了几百年的岁月风雨，像巴士底广场、巴黎圣母院、卢浮宫、旺多姆广场、协和广场、波旁宫、埃菲尔铁塔、凡尔赛宫、协和广场、爱丽舍宫、巴黎当代艺术博物馆、戴高乐广场、自由女神塑像……每一个响亮的名字都称得上声名赫赫，每一座建筑都是流芳百世的历史画卷。可我当真贴近了塞纳河，这种感觉却都没了，取而代之的是纷繁的思绪和淡淡的忧伤。我不知道我这样说，是不是挺扫大家的兴，尤其当着我老同学的面。"

尹骅不以为然地笑了，说："这很正常嘛！情绪是变化着的，而景物是凝固的。我想，你不会是带着什么心思跑到巴黎来吧？我可告诉你，巴黎是个浪漫之都，有什么忧愁都可以倾诉，有什么心事都可以化解的。"

巴音孟和拍了下我的肩膀，也笑呵呵地说："哎，老乡，我可是半个心理医生啊，有什么憋屈话别窝在肚子里，都倒给我好了，我保证开出个良方来医治你的忧伤。"

我摇了摇头，说："谢谢，有人的忧伤是挂在心头上的，而我的忧伤是凝聚在血液里的，除非给我透析换血，可我的生命也会随之去了的。"

当时我躺在草原上浑浑噩噩，自认不久人世了，但就这一刻，一种求生的欲念，促使我反悔了，我当时想：我这么年轻，我这么爱萨日娜，我这么能写小说，我这么才华横溢，难道就这么默默死去吗？那么又有谁又会同情我呢？我挣扎着想爬起来，却没有了一点力气；我想喊救命，却喊不出了声。我绝望地将手伸出来，上面爬满了吃得红红肚子的蚊子。

这帮没有怜悯之心的家伙，太贪得无厌了！我用手指扣着草地，想抓住一根救命的青草。就在这时，借着月光，我看到了扔在几米之外的那部手机，我足足费了半个多小时时间，才将它抓到手上，在我的身后，留下一道长长的划痕。我在夜色下，盲拨了一个熟悉的手机号码，倾尽所有的气力只说出了"救我"两个字，就昏厥了过去。

尹骅大惊失色地说："好吓人啊，老同学，不要吓唬我，我生来就胆小。"

巴音孟和一针见血地说："失恋，一定是失恋了，什么样的女孩子会把我们的作家折腾成这般模样啊！告诉我，我会帮你的。"

我苦笑了下，说："怎么帮？隔着远山重洋，你会发功啊？"

他笑了笑，说："我可以飞回去呀，我去做说客好了。再说了，草原上去哪儿找像老弟这样优秀男人啊。那个绝情的女孩儿，简直猪脑子，二到家了！"

尹骅在一旁咯咯笑了起来，笑得他直发毛。

"你笑什么？"他瞪了她一眼，说，"霍日查，我是认真的，过段时间，我就回去的，你还笑？真的！"

尹骅笑得差点直不起腰了，说："我笑你咸吃萝卜淡操心。你也不想想，你自己就带颗失恋的心败走巴黎的，莫非真要做到关心他人比关心自己为重？不会是明修栈道、暗渡陈仓吧！"

我从尹骅的话里听出点味道来，便拍了拍自己的脑袋，说："对呀，你不是还要我回国后帮你打听一个女孩的下落吗？那我们就优势互补好了，你先把她的名字告诉我，等我回到国内，先帮帮你的忙，找到她，好好地劝，苦口婆心地劝，一定把她劝回到你身边。然后，你再一报还一报，去找我先前的女友，苦口婆心地现身说法，去感动那个我心中的女神，与我破镜重圆。"

尹骅在一旁帮腔说："哎，我看小霍的话还靠谱，不像孟和的话遥不可及。"

巴音孟和出人意料地摇了摇头，半开玩笑地对我说："谢了，自己的梦，还是自己圆吧。再说，我还真信不着你呢，那个女孩子呀，绝非你们想的那样，只三言两语就能动心的，唉，我太了解她了。"

我深有同感地附和道："孟和的话挺在理儿。世界上最搞不懂的就是女人了，当你无意时，她对你很亲近，一旦你坠入了情网，她又闪开了，躲到一个你找不到的地方。就像我的一个学生失恋时当着众人的面演绎徐志摩的诗：轻轻的你走了，正如你轻轻的来；你轻轻的招手，作别西天的云彩……"

巴音孟和的忧伤深深感染了我，萨日娜挥之不去的身影又交错闪现在眼前。看得出巴音孟和对那个女孩儿的爱恋之深绝不亚于我，我弄不明白的是，那个叫柳的杭州女孩儿在他心目中的位置何在呢？莫非他是多情的种，撒到哪里就在哪里开花？

我恍然想起，宝泉对我说过，萨日娜先前的男友因去了巴黎，而与她绝情，看来巴音孟和还不像萨日娜前男友那般无情无义。于是，我便试探说："孟和，你该不是人一阔脸就变、一出国留学就抛弃女友的人吧？"

巴音孟和有些不悦，说："你怎么能这么看人？恰恰相反，我是给女友甩了的。"

我说："那我就放心了。"

巴音孟和说："哎，你什么意思呀？好像话里有话呀。"我笑了笑说："天机不可泄露。"

过了一会儿，我又问："孟和，你的科尔沁老乡还有在巴黎留学的吗？"

他说："有啊，算起来有好几位呢，怎么，想认识认识？"

我可不想见那个曾甩了萨日娜的负心汉，连忙摆手说："谢谢，认识你一个也就够了。"

虹看我们在这里热聊，也走过来凑热闹。她虽说同巴音孟和初相识，却自来熟。她径直走他的跟前，将手中的数码相机递给他，说："哎，诗人，麻烦你给我和尹姐、霍老师照张相好吗？背景就要这座桥。"

尹骅连连摇头，说："不好，不好，这座桥叫阿尔玛桥，附近的隧道可是戴安娜王妃香消玉殒的地方，你看，那边金色火炬形状的雕像就是为她而立的，我们还是绕开这儿为好。"

虹一愣，然后便指了指不远处另外一座桥说："那座怎么样？"

尹骅说："可以啊。"

虹走了过来，一手揽着尹骅，一手揽着我的肩头，摆出了亲密的姿势，微笑着。巴音孟和娴熟地操起相机一连拍了好几张，然后又善解人意地提议，让虹和我单独再来一张。我说："为什么？"

他说："不为什么，只为我有这个嗜好，君子成人之美嘛。"

我又好气，又好笑。虹却好像捡多大便宜似的笑个不停，把尹骅也笑得莫名其妙起来，以为我和虹还真有一腿似的。

尹骅遥望着远逝的阿尔玛桥，心情复杂地说了句："人呐，活着就不要和命去争，多少人间浮华，多少恩恩怨怨，到头来还不是落得个灰飞烟灭！"

尹骅的话让我又一次陷入沉思。我悄悄地离开了人群，走到一个僻静角落，望着滔滔塞纳河水发呆，继续做着那我未做完的梦。

尹骅不知什么时候悄悄来到我身边。她发现了我眼角的泪水，惊愕地说："到底发生了什么事儿？能不能讲给我呢？如果你不介意的话。"

她说着递过来一张纸巾。我将脸背了过去，揩了揩泪痕，为自己的失态而难为情。这不像是我，一个蒙古硬汉子所显露出来的气度。

几经迟疑，我还是讲出了积淤已久的心事，只是没把我在草原上任蚊虫叮咬的丑态说出来。尹骅为我的真情打动了，跟我一道流泪，过了许久才说："人的一生如果能遇到一次如此铭心刻骨的爱，死也值了。霍日查，没想到你的内心世界这样丰富，如早点知道，我在班上也许会爱上你的。"

"是吗？"我笑了笑，说，"现在也不晚嘛。"

尹骅洞若观火地说："得了吧，你的心思我还能不知道。在校时，好几个女同学都说你城府最深了，谁也琢磨不透。"

我摇了摇头，说："错！我若有城府，就不会混到今天这个狼狈样子了。"

不知不觉中，游船驶近了西岱岛。一座直插苍穹的哥特式教堂尖塔展现在我的眼帘。我立马猜出这便是被雨果称之为巨大石头交响乐的巴黎圣母院了。我看了眼尹骅，说："哎，还记得在学校时，你们几个女生从宿舍里偷走我那本《巴黎圣母院》的事儿吗？"

"当然记得了，"她神采飞扬地说，"看你那猴急的样子，居然把寻书启示贴到我们女生宿舍的楼下，还学着孔乙己的语气讽刺人家，说什么读书人偷书，那不叫偷，叫窃。结果惹恼了我们几个女生，发誓毕业之前绝不还给你！"

我耿耿于怀地说："你们做事可真够绝的，拿了人家的书，还蛮有理，直到我毕业，坐上了回乡的长途客车，你们才把书从车窗外扔进来。"

尹骅得意地笑了，说："那叫一个自作自受。你知道吗？提议拿你书的那个女孩儿，就是暗恋你的那个小猫，你的态度让她彻底失望了，偷偷哭过好几回呢。"

"这些事儿，我怎么不知道？"我如梦方醒，其实那会儿的我，还没像少年维特一样坠入萨日娜的情网，我怎么能身临其境地体味到别的女孩心理承受能力呢？

我最初了解到的巴黎，就从《巴黎圣母院》那部电影开始的，那会儿我还很小，记忆还很稚嫩。长到了十几岁，我偶尔读到雨果这本既凄美又浪漫的书，便给深深吸引了。从此以后，那个长年流浪街头的吉卜赛姑娘艾斯美拉达和那个被父母遗弃的驼背敲钟人卡西莫多的形象便在我心田生了根。一个天真貌美、心地淳厚、能歌善舞的女人，一个长相丑陋、甚至龌龊、且有多种残疾、却始终保持一颗高尚纯洁之心的男人，让我领略了人性的唯美。而那个道貌岸然的副主教克洛德·弗罗洛，以其极为卑劣的手段将艾斯美拉达置于死地的伪善和残忍，让我也深悟到人性的丑陋与险恶。

后来，我把天性活泼的草原女孩儿萨日娜当作了艾斯美拉达，为了寻找到那份爱，我宁可去做那个丑陋的驼背敲钟人卡西莫多。记得那次偶遇萨日娜后，我几乎隔个十天八天就去珠日河找萨日娜，时常给她讲述那个凄美而浪漫的故事。每次，我都讲得如痴如醉；每次，萨日娜都听得泪眼涟涟。

我仰头久久凝视着这座始建于一一六三年，历时一百八十二年方建成的天主教堂，高大冷峻，显示着天主的威严。其南北两座钟楼，各高六十九米，南钟楼巨钟重达十三吨，北钟楼设有一个三百八十七级的楼梯直通高达九十米的尖塔，给人以压抑感。船从这里穿过，我屏住了呼吸，仿佛听到了敲钟怪人卡西莫多愤怒的钟声。我仿佛听到一个声音在喊："艾斯美拉达，你在哪儿？你在哪儿！"我真想跳上岸，登上钟楼大声呼喊："萨日娜，你在哪儿？你在哪儿！"

那是个没有一丝光亮的夜晚。在浑浑噩噩中我给人抱上了一辆勒勒车。那会儿，我已经睁不开眼睛了，只是感觉到勒勒车吱吱呀呀的声音。我的大脑神经已经麻痹了，在潜意识里，我安详地睡着了，因为行将死亡时，我才感到后悔。我其实不想死的，我还想最后见萨日娜一面。当我吃力地睁开眼睛，透过昏暗的马灯，才发现自己躺在道尔吉大叔的牧铺里。我不知道大叔是怎么找到我的。我说"救我"两个字时，那只出于求生的本能。而道尔吉大叔在接我电话后，肯定费了很大周折才发现了我。

我下意识地摸了下胸口，触摸到那张血书，心才稍微踏实了。那张纸是万万不可让老人家看到的。大叔正朝我红肿得发亮的眼皮上涂着自家配制的蒙药，还心疼地说："傻小子，怎么搞成这个熊样子了？听到你的呼救，却不知人在哪儿，急死个人了，要不是有高人提醒我联系移动公司，定位了那部手机，你小子真给喂蚊子了！"

我尽力想睁着眼睛，也只能撬开一条缝，那微不足道的灯光下，我看到大叔布满皱纹的眼里含着泪花。我挣扎着要坐起来，不想却挨了大叔一记响亮的耳光。

"不要动！"大叔厉声说，"我真想把你扔到草原上喂狼！"

这会儿，我才感到周身疼痛和奇痒。我想用手挠，却发现手已给纱布缠了起来。大叔将马灯提到我跟前，大声训斥道，看你把脸和身子都挠成什么样子了？会化脓的，你知不知道！我当时真恨不能把你的手给剁去！

我低头一看，见身上裸露的地方不知什么时候都让自己挠成了一道道血痕，有的已经渗出了黄水。

道尔吉大叔想给我换一件衣裳，我死死地抱住双臂，说什么也不让他换，我是怕他发现藏在我身上的那点秘密啊，那份血书至今仍躺在我的密码箱里，今生今世也不知能否让她看到了。

大叔曾经喜欢我，就像喜欢亲生儿子似的。起初还把女儿从学校召回来和我共进午餐。当得知我在追求他女儿时，他也没说什么，像是默许的样子。谁知，有一天他突然变了脸，对我和萨日娜的事儿一百个不同意了。我百思不得其解，这究竟为了什么？后来我才知道，祸起萧墙缘于那天晚上，落魄的我在懵懂之中说的一句话。就在那天晚上，我那句无意的话让大叔伤透了心，尽管碍于情面，老人当着我的面没说什么，可从那天以后，道尔吉大叔就不理我了，弄得我也莫名其妙的。

5

我和尹骅并肩站在甲板的栏杆旁，任由微风轻拂脸颊。我在沉思，她也在沉思。我们都心照不宣，凝眸那不舍昼夜的塞纳河水。游船从塞纳河顺流而下，只见一座座桥梁凌空飞架，仿佛设在河上的一扇扇巨型彩虹门；一幢幢建筑物拔地而起，犹如一页页立体的百科全书。

塞纳河水不舍昼夜，滋润着智慧的巨擘，洗涤着人们的心灵，哺育着生命的希望。我不禁想起美国作家海明威在半个世纪前说的一句话：如果你够幸运，在年轻的时候流连过巴黎，那么巴黎将永远跟着你，因为巴黎是一席流动的筵席。

我已经不再年轻，可我是幸运的。因为，我现在正坐在流动筵席的餐桌上品尝着满眼的人文风光大餐。由塞纳河及沿岸，让我联想到了西拉木伦河及科尔沁草原；由戴安娜及艾斯美拉达，让我联想到了我的至爱萨日娜。两种文明的撞击就像是乱石崩云，惊涛裂岸，让我的情感呼之欲出。

当游船驶过河畔的堤道时，我看到有几对恋人依偎在河堤旁，似乎在喁喁细语，他们与在林荫路上牵手相伴的红男绿女遥相呼应，充满了诗情画意，让我看了眼热。我在想，萨日娜这会儿在哪儿呢？她会想到此时此刻我在遥远的异国他乡，近似疯狂地思念吗？

巴音孟和朝我俩走来，开着玩笑说："看你们两个老同学在一起热乎的样子，我都不忍心过来了。怎么样？我能申请加入你们的行列吗？"

尹骅用手捋了一下遮在眼睑前的头发，笑着说："得了吧，老乡见老乡，两眼泪汪汪，你们俩那才叫近便呢。我这个老同学啊，如果不来巴黎，注定不会想起我的。"

我连喊冤枉，说："这下我是跳进塞纳河也洗不干净了！尹骅，干脆我向你求婚算了，免得我蒙上这不白之冤。"

巴音孟和也顺着玩笑话说："行啊，干脆就近到巴黎圣母院把婚礼办了，在巴黎把孩子怀了，我来给你们当证婚人好了。"

这下轮到尹骅告饶了。她抬腿便逃，还回头打着手势说："哎，打住，打住，这玩笑开得太大了。我承受不起呀。拜托。"

我和巴音孟和都忍俊不禁了。巴音孟和望着尹骅的背影，说："尹骅是个热心肠，我对她印象蛮好的，不过你这个老同学呀，就是有一点毛病……"

我一愣，忙问道："什么毛病啊？"

巴音孟和说："有点太那个古道热肠了，容易上当。她总把别人都看得那么善良，岂不知那个纯真年代早就时过境迁了。"

"你意思是说尹骅她耳朵根太软？"我点了下头，"在班上，她就犯这个毛病，总是大大咧咧的。哎，这次你指的究竟是什么？"

"林楠，你该知道吧？就是昨天去机场接你们的那个人。"巴音孟和说，"我和他刚接触，可不知为什么，心里特烦他那个做派，简直像个市侩。听说，在国内时，他就是条变色龙，捞够了，跑到巴黎淘金来了。你说，尹骅怎么相信他这种人呢？"

我在机场就听虹介绍过林楠的来历，所以对巴音孟和的话并不感到吃惊，这种人无论在国内还是在国外，总会很吃香的。我不得不佩服这种人对外界的适应能力。不管人们如何鄙视他，他总能活得很滋润的。

事情就这般奇怪。林楠先前不过是江南省城财政局副局长，按照虹的话说，不知撞上了哪路神仙，发了大财，国内捞得差不多了，也混不下去了，便跑到了国外，扔了老婆，傍了富婆，又俨然成了文化交流的使者，可谓名利双收了。

我想了想说："这也许并非尹骅的本意，处在她的位置上，什么样的人都要接触的。这样的话我也对她说过，她没有表态，用别的话题搪塞过去了，我想，她也有她的难处吧。"

孟和不以为然地说："为人处事是个原则性的问题，物以类聚，人以群分嘛。尹骅这是在与狼为舞，迟早要吃大亏的。"

我笑了笑说："好了，你就不要杞人忧天了，还是先说说我们自己的事儿吧。来巴黎之前，我脑子有过很多憧憬，也许我是教欧洲文学史的吧，对塞纳河充满了向往。正因有了这条浪漫的长河，在法国，在巴黎才会涌现出那么多浪漫的诗人、作家和艺术家。当年曾云集文化精英的塞纳河左岸，留下过文学大师雪莱、伏尔泰走过的足迹，滋养了海明威、加缪、萨特三位诺贝尔文学奖获得者。这是一条承载着古老法兰西文化命脉的河。可如今站在了塞纳河，那种美好的憧憬却黯淡了许多，我反倒留恋起科尔沁草原来了，那些文学大师距离我太远了，只有草原才是我文学创作的根。"

巴音孟和两眼注视着塞纳河的浪花，沉吟了许久才说："你的话让我想起了奶奶。她当年就这样对我说的，我反驳过她。我说，草原是您文学创作的根不假，可您回国以后，又创作出了什么？我的话戳到了她的痛处，奶奶狠狠地骂了我，把我骂得是狗血喷头啊。当我要来法国留学时，她又第一个站出来支持我。唉，我真不知道这一切都为了什么？"

他的话让我想起了先前在敖包旁邂逅的那个身着黑色蒙古袍却气质高雅的老额吉。不知为什么，我总有种预感，那位干瘦的老人即使不是巴音孟和的奶奶，也会和他有某一方面的不解之缘。

蓝萌萌的确是我心中的一个谜。尤其当我听到巴音孟和谈到他祖母的神秘身世，愈发滋生我了解老人家的欲望。那天晚上，我回到住的旅馆，满脑子装的都是那个有着传奇色彩的旅法女诗人形象。第二天，我没随考察团去登埃菲尔铁塔，而是悄悄去了巴黎图书馆，找寻有关蓝萌萌的资料。我在电脑上查询了有关蓝萌萌的语条，所获取的资料依旧有限，可也意外地发现其中一个秘密。在一份七十多年前的《华人日报》副刊上，我惊喜地找到了一篇署名蓝萌萌的散文《初恋在塞纳河左岸》，透过那张发黄的报纸，我看到了这样一段优美的文字：

初恋，像塞纳河畔生出的一缕轻风扑进我的心怀，一株来自科尔沁草原的萨日朗花绽放在异国的土地上。坐在左岸的普罗科佩咖啡馆里，我们久久地对视着，仿佛能从对方眼神里读到一首浪漫的爱情诗。

来巴黎这些天，孤寂的我几乎每天傍晚都到这里喝上一杯咖啡，一开始还不大习惯，可到最后居然有些适应了。咖啡的苦涩是苦在口里，但却从中品味出别样的滋味来。道理很简单，因为坐在这儿的第一天，我便见到了临窗读诗的他。我顿时像触了电一样，有种梦里寻他千百度的感觉。

于是，第二天、第三天……一连好多天，我都如约而至地坐在了那里，看似漫不经心，但不安分的眼神，就像一个小偷似的总在瞄着他那张大卫般棱角分明的脸和他手里那不断变换的诗集。我怕他发现我，又希望他发现我。我猜他一定是个诗人，而且是个多情的诗人。有几天，他没到咖啡馆来了，我便极度失落，一副萎靡不振的样子，生怕从此再也见不到他了。私下，我也在嘲笑自己，你这是怎么了，怎么会爱上一个连一句话都没有说过的外国男人呢？

这也许就是少女的初恋吧？那种滋味极度地幸福，又极度地痛苦。终于有天晚上，他走到我的咖啡桌旁说，我可以坐下吗？这句话我等了好久，但真正听到时，我却恐惧得想逃走。我有些语无伦次地说，哦……当然，可以，您请坐。然后便低下头，脸羞得通红，像是红透了的苹果似的。

他说，你知道我为什么爱来这里吗？我摇摇头。他告诉我，这里曾是大文豪出没的地方，像海明威、王尔德等都曾是这里的常客。从此，我们俩坐在了一起，我们谈诗歌，谈人生，谈未来……我们一遍又一遍地重复法国大文豪雨果的话，世界上最宽阔的是海洋，比海洋更宽阔的是天空，比天空更宽阔的是人的胸怀。我们将世外的一片喧嚣和浮躁都隔绝于窗外，让两人的内心得到了温馨的宁静。从此，我和他开始了在左岸咖啡馆的写作。我们分别在这里完成了各自的第一部诗集。尽管这个初恋是短暂的，可那种感觉却是久远的。至今我并不后悔那段铭心刻骨的恋情……

读到这里，我心灵受到了一次强烈震撼。蓝萌萌在文章里写道，他是她在塞纳河左岸咖啡馆里结识的第一个恋人，也可能是最后一个恋人。这个苏格兰小伙子的名字叫贝尔蒙多。他们没有结婚，却在一年后有了一个棕黑色头发的男婴，但孩子的降生似乎预示着他们恋情的终结。

那年六月的一天，希特勒的军队攻入了不设防的城市巴黎。他们失去了经济来源，生活陷入了困窘之中。笃信自由的男友决定移居还没被法西斯染指的苏格兰，蓝萌萌则坚决要带他到中国去。两个人对此吵得不可开交。没过多久，他们便平和地分手了。让她没有想到的是男友居然背着她，将孩子先行送到了苏格兰的外祖母家。蓝萌萌得知这个消息，简直要疯掉了。她焚烧了她专门为男友写的并即将付梓的爱情诗稿《缘》，并几度想自杀。幸亏一位好心的华人资助她购买了回国的船票，才让她从无法自拔的情感泥潭中跳了出来。从此之后，一度蜚声巴黎文坛的蒙古女诗人销声匿迹了，国内国外再也难听到她的声音和诗句，这其中的缘由至今仍是一个谜。

我走出巴黎图书馆，信步进了附近一家咖啡馆，迎面闻到了一股浪漫的艺术气息。今天的巴黎是现实的。今天的巴黎人说：过去的人们在咖啡馆谈文学，现在的人们是在咖啡馆谈咖啡。但无论谈什么，在巴黎都让我体味到了一种文化，一种艺术。蓝萌萌在那个年代和许多旅居法国的诗人、作家、画家、哲学家都曾在这里思索、阅读、讨论和写作。现在的留学生还在继承这个衣钵吗？我想到了蓝萌萌的孙儿巴音孟和，一个同样具有浪漫情怀的流浪诗人。从他的言谈举止中，我看到他身上所散发出的草原人的豪爽和可爱。他对家乡那种情愫是由衷而发的，尤其对家乡的那个女孩儿，感情尤深。我有点搞不懂的是，他明明在巴黎有女朋友的，为什么还忘不掉家乡的女孩儿呢？

回到旅馆，我打开笔记本电脑，写下我的心理感受。这会儿，我还收到朋朋发来的一条短信，告诉我，我的副教授职称批下来了，要我回国后庆祝一下，一定要请客哟。我置之一笑，有什么好庆祝的。如果一年前的话，我还会激动一下，可眼下，我对职称已是心如止水了。去年职称评定的境遇对我打击太大了，系主任为了讨好副校长小姨子，硬把我卡了下来，让我心灰意冷透了。我猛然想起系主任大人对我出国一直不放心的，这会儿是不是又坐卧不安了？要不要发个短信报个平安呢？犹豫了片刻，我还是放弃了这个念头，让他的心高悬几天吧，让他也尝尝受愚弄的滋味。

当天晚上，我给枫打了电话。枫好像刚吃过枪药似的，在电话那头劈头盖脸地说："你小子心里还能有我，我以为你早把哥们儿忘脑后去了呢，巴黎美女如云吧？"

我这会儿也郁闷着呢，自然没好话应对他。我大声说："哎，是不是云又给你气受了，拿我来撒野！我跟你说，这是国际长途，一分钟二十几块呢，没工夫跟你闲扯淡！"

我的话也许触动他的敏感神经了。他气急败坏地说："霍日查，我正式通知你，我向云提出离婚了，请你不要再当我的面提及她的名字，拜托了！"

我马上意识到事情的严重性，云那边肯定摊上大事了，否则，一向温文尔雅的枫是不会不管不顾地大放厥词的。我立马把口气缓和下来，说："枫，你是搞哲学的，别忘了你多次在我跟前引用德国古典哲学家费希特的话：使一切非理性的东西服从于自己，自由地按照自己固有的规律去驾驭一切非理性的东西，这就是人的最终目的。在这方面你是理论的巨人，行动的矮子！"

枫依旧情绪激动地说："别站着说话不知道腰疼。哲学的真谛是什么？你懂吗？如果你遇到了这件事，恐怕比我还不理性！我现在都他妈的想骂人了！"

我悻悻放下手机，不禁想起临来巴黎前与他同去草原，在乌兰哈达苏木醉酒的事儿。那会儿，我为心中的女人喝得酩酊大醉，吐了满卫生间污物，我那会儿不也想骂人吗？男人啊，大凡遇到歇斯底里的事儿，大都为了女人。枫那会儿还大言不惭地说，男人所失去的只是心灵的锁链，男人所得到的将是整个爱情的世界！狗屁！没想到，他也有想不开的时候。那么，云究竟怎么惹他发这么大的火呢？我犯了寻思。

B 巴黎：我的故事

1

我奶奶至今还留恋她在巴黎曾有过的那段无疾而终的初恋。临来巴黎之前，她特意嘱咐我，到了巴黎别忘了去一个叫普罗科佩咖啡馆看看。我有些奇怪，不知老人家这话何意？来之前，我还特意用度娘搜了下这家咖啡馆资料，方知那里是名人荟萃之地，像毕加索、海明威、王尔德那些足以让我顶礼膜拜的大艺术家和文豪都曾在那儿留下过足迹的。来巴黎的第二天，我特意穿件蒙古袍，慕名走进那家位于塞纳河左岸的咖啡馆，人们看我那身装束所流露出的惊异眼神，让我陡然增添了一种受到顶礼膜拜的感觉。当我用蹩脚的法文朗诵爱情诗的时候，竟引来了满堂喝彩。我陶醉了。

今天，这种感觉不见了，取而代之的则是一种复杂心态。在巴黎，几乎所有的大媒体、文艺机构、研究机构和政府机关都设在左岸，还有数不清的画廊、影院、文化公司点缀其间。我坐在这家咖啡馆里，望着窗外行色匆匆的人们，不觉有种迷茫萦绕在脑海里。科尔沁与巴黎是两个世界。当我从草原小城走出来，展现眼前的是一幅万花筒般的缤纷大世界。肤色、语言和习惯的差异远远不像七小时时差那样可以很快适应的。尽管我身在巴黎，但我骨子里还是由华夏文化和草原文化长期浸泡过，泛着一股地道的中国味道。我向往巴黎，但我把自己归结为过客，就像我奶奶当年留学巴黎一样，迟早还是要回归故土的。草原有我的根，还有我心爱的女人。

我环顾这家古老咖啡馆，想象着奶奶当年坐此品味咖啡的场景，眼前居然浮现出充满诗意的画面：那两道细细缭绕出的香气，从两只咖啡杯中喷出，为一对热恋中的少男少女的眼神添加了些许浪漫，一道从黑眼睛里流出，一道从蓝眼睛里流出，就像窗外的塞纳河，默默地流淌着，流淌着……

莫非我奶奶就是坐此写出她的第一本浪漫诗集？我想当然地凝思着。的确，我感受到这里充斥着一种无法复制的忧郁和浪漫。这些忧郁和浪漫幻化为一种叫作情调的东西，并从这充满幽静和暧昧的窗口飘溢而出，弥漫在塞纳河左岸。当年，从这里走出许多作家和艺术家，当然还有从高等学府走出来的教授学者，他们没有政治家的颐指气使，却有文人洁身自傲的气质。在世的时候，很多人并不得志，但百年之后，很多政治家成了过眼烟云，他们却成了历史人物。我奶奶是否沾染了这些文豪仙气了呢？那天晚上，我鬼使神差地给奶奶打了电话，奶奶似乎并不大愿意回顾那段往事。

来巴黎后，我几乎每天早餐都喝一杯咖啡，就像在草原每天喝一碗奶茶那般有规律。我从不大习惯到逐渐适应了，咖啡的苦涩是苦在口里，却可以从中品味出别样滋味来。这是奶奶当年的感觉，我也有了同感。咖啡馆将世外一切喧嚣和浮躁都隔绝于窗外，让人的内心得到片刻的宁静，也许这就是巴黎文人乐此不疲的原因吧。

柳出事儿的前几天，我和她还到普罗科佩咖啡馆坐过。那会儿，我隐隐发觉柳好像真的离不开我了，热辣辣的眼波分明奔涌着一种叫作爱的东西。我虽心领神会，却也明知我们之间是不可能的，我没把实底交给她，也许是男人的诡谲吧。一个男人在海外孤寂生活，让我忍不住想在漂亮的女孩儿中间去寻觅精神寄托。这种想法也许龌龊，也亵渎了柳的那份真挚情感，可我仍自我安慰于没向她承诺过什么。我是把柳当作萨日娜的替身来交往的，所不同的只是若即若离的那种表现，似乎在给柳一点希望。我心里清楚，柳失去了父爱，又失去了大卫后，我成了她唯一的精神寄托了，我若此时拒绝她，无异朝她的伤口上撒盐。

记得那天，柳坐在普罗科佩咖啡馆，情绪出奇地好，还滔滔不绝地向我讲起她童年的趣事。她讲起父亲时充满了感情，眼里闪烁着亮晶晶的泪光。她说父亲是女儿前世的情人，父爱是难以忘怀的，尽管父亲成了跨国潜逃犯，但她并不怨恨他，甚至怀疑父亲受到无端陷害，是冤屈的。

我静静地倾听着她没完没了地唠叨，没有说话，也无话可说。女儿眼中的父亲也许真的就是那个样子。谁能说那些贪官在子女面前没有善良一面呢？我看过一段真实的录像，一个曾在我的家乡做过副盟长的官员临近退休之年，疯狂敛财数百万，不料东窗事发，给判了无期徒刑。法庭宣判之后，他三个女儿中唯一与本案无关的大女儿扑上来，抱着父亲痛哭失声地说："我们什么都不要了，只等着你回来。"我看到这个场景，也不觉动了恻隐之心。唉，早知如此，何必当初！

柳的父亲亡命海外，何尝不令女儿心碎呢？我至今还清晰记起柳含着泪花对我说的那段话："当我在巴黎一家旅馆见到仿佛一夜之间满头白发、变得苍老的父亲，几乎给这突如其来的变故击倒了。这就是从小在我心里伟岸高大的父亲吗？当年，父亲骑着自行车每天接送我去幼儿园，一边骑，还一边给我讲希腊童话故事。有一天，他光顾讲故事了，与迎面一辆三轮摩托车撞上了。我吓得闭上了眼睛，却没有想象中那般可怕，睁开眼才发现父亲在摔倒的那一刻还紧紧把我搂在怀里，为此他重重地摔在马路牙子上，额头淌着血，胳膊有两处骨折了。当我哭着用小手去揩他流到脸上的血迹时，他笑着说，'宝贝，你没伤着就好'。"

柳告诉我，她父亲仓皇逃离时没带多少外汇，她是向大卫借钱给父亲应急的。这也是她第一次孝敬父亲，心里充满了忐忑，究其原因是可想而知的。人啊，有时就是这般不理智，明知不可为却偏为之。在亲情、道德和法律之间，柳选择了父亲。

　　我今晚又坐到普罗科佩咖啡馆二楼一个靠窗户的角落，这是我第一次和柳喝咖啡的座位。我背靠着铜牌上刻有海明威大名的椅子上，并没感到悠然自得，反倒是心里很乱。霍日查的到来，让我的心灵又受到一次激烈撞击，我思乡的念头愈发强烈了。老乡送我那几包牛肉干，嚼在嘴里，唤起了我想家的感觉。年迈的奶奶，远逝的恋人，还有久违的马头琴声填满我空落落的心房。

　　我坐在原本微弱的吊灯光圈死角，杯中咖啡的颜色愈发浓了。看着杯子，我想起在蒙古包里用茶砖煮出来的浓浓奶茶。我何止一次在罕山奶茶馆与萨日娜品味奶茶的芳香啊。可今晚，我孤身一人充满了郁闷。

　　我对面咖啡桌旁坐着一位袭黑色晚礼服的少妇，一看便是华裔。打火机微微颤动的火苗将她白皙的面部映照得忧郁而柔和。这样的光和影让我联想到我此时的神态。她细长并涂着紫色指甲油的手指夹着一根长长的莫尔烟，闷闷地吸着，像在等什么人，又像在百无聊赖中消磨时光。在巴黎咖啡馆，我经常遇到这样的洋女人，有钱有闲，却并不快乐。今晚这个中国女人唱的又是哪一出戏呢？

　　我想过去和她套磁，因为我看她眼神也不断向我这边抛来，同是天涯沦落人，相逢何必曾相识？就在这时，柳从病房打来了电话，说："哎，腾格尔二世，在哪儿？"我撒谎说："在回去的路上。"柳说想我了，能不能过去一趟。我说改日吧，这两天家乡来客人了，我要尽地主之谊的。柳有些失望，在电话那头沉吟了片刻说："那好吧，我等你。我有话对你说。"

　　放下电话，我端着咖啡碗朝那个女人走过去。女人似乎早有所料，悠闲地将烟头插入烟灰缸，扬起那张好看的脸微笑着说："晚上好，先生。"

　　"晚上好。"我很绅士地站在她面前回应说，"我可以坐下吗？"

　　"当然可以，请。"她笑着又补充一句，"不过，我一会儿还有位客人。"

　　"谢谢，我只稍坐片刻。"我坐下了说，"听口音您像湖南人？"

　　她点点头说："没错，不过我从十八岁起就去浙江闯荡了，怎么，莫

129

非还乡音未改？"

我想了想说："让你这么一说，我感觉出来了，还真有那么一点杭州味的。"

她直视着我说："哎，我猜你是内蒙古人吧？"

"听口音？"我有些奇怪地问。

"不，看长相。"她说，"你猜我为什么那么瞅你吗？第一眼，我差点把你看成腾格尔了，心里好激动哦。"

我这才察觉是我刚才自作多情了，便有些尴尬。人家虽说没卷我面子，可还是暗示我不该坐在这里。我便说："对不起，我不会在此久留的。"

她赶忙说："先生误会了，我没那个意思。"

我不愿重复此地无银三百两的客套，想早点结束这个谈话，就换个话题说："去过内蒙古吗？"

她摇了摇头说："不过很想去。小的时候就幻想着天苍苍、野茫茫、风吹草低见牛羊的景象。长大后，一直想去却没机会。不过，我倒很喜欢腾格尔的歌，很粗犷，带着浓浓的草原味。我没想到远在巴黎，会有那么多腾格尔的歌迷，连我也沾光了。"

我坐在她对面细端详后，才发现她已不再年轻，她对面部进行了精心修饰，不过风霜还是给她留下了岁月的梦痕，至少也该临近不惑之年了。我想当然地想，她在年轻时，可是个风姿绰约的美女，身上一定有许多浪漫故事的。

我告诉她："我也是腾格尔的崇拜者，尽管腾格尔一直在故乡之外漂泊，可他的精神家园依然在故乡，故乡是他心灵漂泊的影子，在这点上我们蒙古人是息息相通的。"

她抬起头，叹了口气说："故乡也是我心灵漂泊的影子，有家不能回的痛苦是无法形容的，真的！"

我好笑，怀疑她故意在我面前作秀。拿腔作势的女人，我见得多了。

这时，黑衣女人站了起来，"嗨"了一声，又朝门口招了下手。我意识到我离开的时候到了，也站起身，客套地说："很高兴认识你，我们后会有期。"

不想，我刚把身子转过去就愣住了，门口走来的竟是林楠，他似乎刚接了个电话，手机还攥在手上。我自嘲地说："这世界可真小。"

"怎么，你们认识？"黑衣女人惊异地看着我们在相互拉手。

林楠满脸春风地走过来说："不想我们又见面了，流浪诗人阁下。"

我很反感他对我这般称谓，尽管他是说玩笑话。林楠给我初始的印象就不佳，况且之后又听虹提及往事，愈发反感他了。那天从霍日查的旅馆回来，我向柳谈起林楠，柳居然说认识林楠，先前还是她父亲的属下，但久不来往了。柳父亲那次来巴黎本想先联系他的，他却在手机里说，他人没在巴黎，显然是不想在这个时刻见到他的老上级。

柳愤愤地说："世上最看不透的就是人心了。当初，我还上高中，林楠星期礼拜几乎长在我们家，连买菜刷碗的活，他都抢着干，他是父亲一手提拔起来的处长，没想一夜之间，变脸变得比三伏天都快，真是世态炎凉啊。"

想到此，我笑笑说："林先生，我这个流浪诗人可没你这个流浪公仆得意啊。"

林楠脸色有些不好看，说："你一定是听虹说的吧？其实，我和虹只见过一面，当面连话都没超过十句，她并不了解我的。我来巴黎是光明正大的，谈不上流浪。官场那一套尔虞我诈，活得太累，我是看不惯才主动出局的。"

我心里一阵好笑，也难怪，哪一个贪官在台上不夸夸其谈，不对腐败深恶痛绝呢？林楠虽称不上大贪官，手脚也不会太干净，大同小异而已。

黑衣女人亲昵地扫他一眼，笑着说："楠，别唱高调了，人家不是反贪局的，又远在大巴黎，你表白个啥劲儿呀？"

林楠有些尴尬地说："小芸，当朋友的面，你说啥呢？"

黑衣女人暧昧地瞟他一眼，所答非所问地说："哎，怎么也不介绍一

131

下这位先生呀？"

林楠将手机撂在咖啡桌上，一屁股坐在她对面说："对了，这位巴音孟和先生，北大中文系的高才生，即将到巴黎第三大学攻读硕士，是个来自大草原的诗人，诗里充满豪放大气，好生了得哦。"

林楠扫了我一眼，又将脸朝向她说："这位就是叱咤杭州房地产业的风云人物夏小芸，如今到巴黎发展了，我们的关系可不一般，她是我姐，我是她哥。"

夏小芸将眼一瞪，伸手将他的手捏了一下说："不许胡说，别太自我感觉良好了。"

我不用打量一番，便知晓两个人关系绝非寻常了。我倏然想起虹对我说起的话，林楠出国前与一个房地产女老板同居过，连老婆都不要了，莫非说的就是这个夏小芸不成？我又仔细端详了对面的黑衣女人，感觉她应当比林楠大几岁的。

夏小芸听了这番介绍，马上热情起来，说："认识你我很高兴。气质真不错，我第一眼就觉得你是个才子，不想还是个诗人呢！"

林楠听着有点不顺耳，便说："夏姐，人家孟和身后可是美女如云的，听说还有若干巴黎留学的漂亮女生穷追呢。"

夏小芸有些恼火地说："哎，林楠，你什么意思？想歪了吧？"

林楠忙说："开个玩笑，别当真啊，夏姐。"

夏小芸没理他，回身打了个手势，吩咐侍应生，再来两杯咖啡，要巴西原产的。

原来她就是夏小芸，惊讶之余，我总算对上号了。柳告诉过我，她怀疑那笔住院费就是那个女人悄然交的。因为，她实在想不出在巴黎还会有第二个人主动做这件事儿了。这个夏小芸是欠她父亲一笔良心债的。我唯一没想到的就是：柳父亲先前的情人原来是叫夏小芸，这样说来，事情就复杂了，莫非夏小芸在国内有两个情人？柳的父亲倒台是他俩幕后搞的鬼？为了证实猜测，我故意说："能得到夏总的美言是我的荣幸，林老兄也不会介意我称夏总是美女吧。听说夏总在杭州是出了名的房地产商人，很短时间资产就积累十几个亿了。"

"当然了。"林楠得意地说，"夏姐的才貌在我们那儿是出了名的。虽说没读过大学，知识面广着呢。一个从大山里走出来的湘妹子，走到这一步真不容易，我佩服得五体投地啊！"

夏小芸掩饰不住得意的神态，嘴上却说："别听他胡说，我能干点事儿，还不仰仗朋友帮忙。不过，这两年房地产市场火爆，也算成全了我，我不过是抓住机遇而已。其实，我挺羡慕你们作家的，像我这样的，活到最后只剩下带不走的金钱了，可你们却可以留下传世之作的。"

我连忙掩饰说："哪里哪里，现今当作家是最没出息的那伙。有人不是说，如果能赚到钱就去当老板；如果赚不到钱就去当作家吗？如果我能赚到钱，想必也不会辛苦爬格子了，虽说现在换成了敲键盘，也是个熬心血的苦差事，曹雪芹倒是留下传世之作了，最后不也穷困潦倒而去吗？"

林楠在一旁说："夏姐，孟和兄可是有感而发啊。我听尹骅说，他的祖母当年也是个大诗人，还在巴黎留过学呢，后半生也过得不大如意。哎，有这回事吗？"

我心里有些沉重，点了点头说："我看古今中外的文人很少有发大财的。也难怪，世道就是如此。不过，磨难也是一笔财富，越是磨难多的文人，越容易留下传世之作的。你看看杜甫的《茅屋为秋风所破歌》中的窘迫，再看看写了近百部《人间喜剧》，却一生穷困潦倒的巴尔扎克就全明白了。"

林楠不以为然地说："我最近看了国内媒体搞了一个中国作家财富榜，网上传得很火，像余秋雨、二月河、韩寒、苏童、易中天、郑渊洁可都是千万身价的。"

我摇了摇头说："我最近也听说，上榜的作家在纷纷叫苦，有的还称之为媒体集体搞笑活动。与此同时，国内又传出一个具有讽刺意味的新闻，有个叫杨原的知名作家却在沿街乞讨，还有一个落魄诗人周越引来一个云川富婆的倾心，说是愿意包养他。"

夏小芸听了笑得差点直不起腰来，说："我看你这个诗人还是别当了，干脆也找个人包养起来算了，我算一个候选者，看我像不像个富婆呀？"我心里那个气呀，真想站起身臭骂她一顿，怎么，有钱就牛×呀，真是狗改不了吃屎，可忍了忍，还是把这口气咽了下去。

2

我逃也似的从普罗科佩咖啡馆溜出来，就近去了地铁站。我的判断得到了完全证实。那个夏小芸就是柳向我提到的她父亲的情人。我在想，要不要把真相告诉给柳？看来，那个林楠的确把柳的父亲给出卖了。我奇怪的是，柳的父亲那般精明，怎么也犯如此低级的错误，让平时信任的下属给愚弄了呢？更可气的是，都过这么长时间了，柳父连同女儿都还蒙在鼓里。他在亡命天涯的路上东奔西藏，人家却逍遥自得地喝着咖啡，打情骂俏，享受着惬意。我真是愤愤不平了。

在街上，我接到霍日查一个电话："孟和，你猜我接到谁的电话了？"我想当然地说："该不是来自家乡的问候吧？"

"嘿，还真叫你猜着了。"霍日查兴奋地说，"朋友在广州出差，碰到我失踪女友了，她在广州一所私立学校教学呢。这老兄是我大学同事，后来下海了，发了财，还请我和女友吃过饭。哎呀，我太高兴了，就想把这个好消息第一时间告诉你。"

"哦，那我祝贺你啊。"我对这个消息不大感兴趣，心想，"谁稀罕你这个好消息，若换成朝思暮想的萨日娜还差不多。"

霍日查听出我的话味，马上说："哎，看来你不大关心啊，就不能替我高兴高兴？对了，我还有令你高兴的消息呢，想不想知道呀？"

我又好气，又好笑，心说："你小子不是闲得难受吗？就不想想我有没有情绪来和你扯这个闲片儿。"我不耐烦地说："哎，我要进地铁站了，信号不好，有话抓紧说呀。"

谁料，霍日查又卖了个关子："得了，这话一句两句也说不清楚，等明天当面聊吧，到时我再让你看样稀罕东西。拜拜。"没等我回话，他先把手机挂了，我那个气呀，真想损他两句。

走进地铁通道，我还在想他能让我看什么稀奇古怪的东西呢？往前走，我又见到好几伙卖艺人，他们在用手风琴或吉他伴唱，有白人，也有黑人。我习惯地用眼睛搜索那个黑人歌手，却没在人群中发现，细一想，有点好笑，也难怪，我进的分明不是那个地铁站嘛。

在地铁车厢，我脑子里还在琢磨要不要去柳哪儿，把真相告白她。去的话，再过两站就该下车了，若回家的话还要再坐上几站，然后换乘地铁。我在为柳悲哀，一个可怜的女孩儿，一夜之间从高傲的公主变成无助的孤女。柳曾哭泣着讲述父亲来巴黎之前的变故。此前，她好久没有父亲的音信了，打电话给省城的母亲，却听到了令她难以置信的消息，父亲失踪好几天了，临走还留下了一份离婚协议书，现在省监察厅正满世界找他呢，估计他已潜逃到了境外。

柳流泪对我说，接到电话，她痴呆地把话筒摔在了地板上，大脑一片空白，简直就像天塌下来一般。这太不可思议了，怎么会是这样？父亲在她心目中一直是高大的，是她的骄傲。她眼里的父亲博才多识，高大伟岸，是天底下最好的父亲。一九七七年恢复高考时，还在苏北农村插队的父亲，带着一口袋老乡塞给他的馍和一罐咸菜，连夜走了六十里山路，到了县城应考。当他跌跌撞撞地进了考场时，一屁股便瘫在椅子上，晕了过去。监考老师慌了，急忙找来了考场的值班医生，给他打了针强心剂。他睁开了眼睛，死活也不肯离开考场，就是在这种状况下，他坚持考完了所有科目，以全县文科第一的成绩考入了中国人民大学政治系。毕业后，他同大学认识的女友，也就是她母亲去了省城，进了市府办公厅，走上仕途生涯，可谓一路顺风，只用了十几年便坐上了副市长那把交椅。出国前，柳印象中的父母关系一直非常好，她做梦也没想到他们竟有各自的情人，更没想到父亲还成了贪官，受到国际刑警的通缉。天啊，这世界究竟怎么了？

那段时间，柳刚与大卫认识不久，但大卫的猛追不舍，让柳的芳心活了，整天都一脸幸福的样子。自从经历了突如其来的变故，她就换了一个人似的，整夜整夜睡不着觉，总是在做噩梦，还常常在半夜里惊醒。大卫从她脸色中似乎看到了什么，多次追问，她只是不说，逼问急了，便躲起来不见他。大卫起初怀疑她是移情别恋，多次傻呆呆地站在柳的窗下守望。不久，他们在柳的居所有了第一次正面冲突，大卫摔了送柳的一只花瓶。柳哭着跑了出去，大卫在后边追，并跪在大街上向她忏悔。柳心软了，又跟大卫回到他租住的小屋。

我坐在地铁车厢里，不知不觉错过了去柳那儿的小站，想着回去给柳打个电话，暂时还不能把真相告诉她。如果柳知晓了夏小芸和林楠的关系，一定承受不了这个打击的。

那天晚上，柳在大卫那儿突然接到了一个巴黎街头的 IC 电话，她从大卫的怀里挣脱出来，抄起了放在枕边的手机，听到的竟是父亲的声音。她的眼泪马上涌了出来，哽咽着说："爸爸，您在哪儿啊？"

父亲的声音急促中夹杂着恐惧，说："玲玲，快出来一下，爸爸要见你。不要告诉任何人，我就在你们学院对面的酒吧里。"

柳还想说什么，电话已撂下了。柳跳下床，二话没说，就往身上套衣服。大卫有些惊讶，从身后揽住她的腰说："宝贝，你是要去哪儿啊？都这晚了，要不要我来陪你？"

柳掰开大卫的手，心慌意乱地说："大卫，我必须出去一趟，我父亲来巴黎了，要见我。"

"你父亲？"大卫不解地摇了摇头，说，"你父亲来了，那你哭什么呀？好事儿嘛。"

柳还一直在瞒大卫，不想让他知道自己的境遇。她无法向他袒露这一切，只好说："最近我父亲遇到麻烦了，大卫，容我过后再给你解释好吗？"

大卫似乎看出了什么，一边穿衣服，一边说："那好吧，我开车送你。"

大卫驾车将柳送到了那间酒吧。柳执意不让大卫去见父亲，他也只好留在了车上。柳是流着泪水跑出酒吧的。她打开车门，一头扑在大卫的怀里，哭泣着说："大卫，帮帮我。"

大卫愈发惊讶了，抚爱着她的秀发说："亲爱的，有什么话你就说吧，我会帮你的。"

柳扬起那张泪眼涟涟的脸说："我的父亲卷入了一桩金融诈骗案，有人要害他。他从国内逃出来的，遭遇到国际刑警组织的通缉，可他是冤枉的！"

大卫的神情有些紧张，怪不得柳最近总是神情恍惚呢。他惊愕地说："怎么会这样？柳，法律不是公正的吗？干吗要跑呢？"

柳焦急地说："有些事情一时说不清楚的，大卫，你知道我要说什么吗？"

大卫点了点头说："我明白了，我所能帮助你的，只能是欧元了，说吧，需要多少？不够，我可以朝家里要。"

柳紧紧抱住了大卫，将脸贴上了他的面颊，感激地说："爸爸来巴黎前走得仓促，没带多少钱，原本是想向他先前提拔起来的部下求助的，那人做过他的秘书，后来当了市财政局的副局长。可那人却在手机里推说不在巴黎，让我爸爸很绝望。他知道我是没有钱的，可我总不能眼睁睁着爸爸身无分文，走上绝路吧。"

大卫将柳拥在怀里，善解人意地说："不要解释，你说个数好了。"

柳迟疑了一下，试探地说："一万欧元可以吗？如果没有，少点也可以的。"

大卫拍了拍她的脸蛋说："好吧，就一万欧元，我就去银行提款机上取，你在这儿陪父亲多待一会儿吧。"大卫一抬头，见酒吧门口站着一个穿风衣的中年男人，一脸沧桑，正迎着晚风朝这边张望。不用说，那就是柳的父亲了。

柳是在前不久把这事告诉我的，也就在最近这几个月中，她和大卫的关系遇到了麻烦。柳是个要强的女孩儿，不想一切都依赖大卫，为了解决巴黎艺术学院昂贵的学费和生存问题，她开始偷偷跑到外边兼职，打零工，与大卫在一起的时间自然就少了。大卫起初还能够理解，久而久之两人便产生了矛盾，尤其在柳认识我以后，大卫居然怀疑柳瞒着他与我在拍拖，这让柳伤透了心。

地铁在黑暗中穿行，停靠在换乘的站点。我走出车厢，没有换乘回居所方向的车，而是又上了返程的车。几经犹豫，我决定去柳住的医院。我恍然想起在咖啡馆时，柳电话里吞吞吐吐地想让我去她那儿的语气，像有什么重要的话要对我说的。想来想去，我还是去一下好。我刚落座，眼前就飘过一个中国女孩儿的面孔，挺眼熟的。我的目光追逐着她的背影，仔细回忆了一下，蓦然想起，哎，她不就是那天在地铁上对面坐的女孩儿吗？只见她又往前走了几步，一屁股坐在了一个留着又白又长胡须的老男人怀里。我简直不敢相信自己的眼睛，不久前那个穿 LEE 牛仔裤、一头长发、神色迷茫的中国女孩儿，已经换上了与自己年龄不相符的装束，袒露的后背，超短的迷你裙，还有染成金色的卷发。如果不是那张很有特点的娃娃脸，我不会再认出她的。那天初见，她神色还那般清纯，一个乖乖女的形象，只十几天不见，却俨然一副风尘女子的模样了。我当时猜测她不过是十七八岁的小留学生，但现在居然躺在一个外国老男人的怀里撒娇了。她将一粒泡泡糖往老男人的嘴里送，还挤着媚眼，笑嘻嘻的样子，看得我心一沉，直替她脸红，赶紧把脸扭了过去。难道她万里迢迢来到一个陌生世界就为了找寻这样的生活吗？她可怜的父母知道这一切吗？我的周身一阵发凉。

下了地铁，我急切地朝柳住的医院走去，夏小芸的影子还在我脑海里浮现。柳至今并不知道夏小芸曾和自己的父亲有过一段情人关系，她甚至不了解这个女人如今的音信。所以，当听医院说，有个黑衣女人主动为她交了住院费用时，她很费解，不知这究竟怎么一回事。本来，如果不是虹谈起那事，我也不会了解内情的。可今天偏偏让我同时遇到了林楠和夏小芸，联想到柳平日里鳞爪片羽的讲述，我愈发证实了先前的猜想，看来，夏小芸还不是那种没一点良心的绝情女人。

柳对我的不期而至现出少有的惊喜。她小鸟般地扑了上来，用双手揽住我的脖子，就像小鸡啄米似的在我脸上亲个不停。她撒娇地说："我这样亲近你，你也不激动？我要不高兴了，我长得不漂亮吗？"

我应付似的回了她一个吻，说："柳，你不是有话跟我说吗？"

柳放开手，又一头歪在了床上，淡淡地说："小沈刚才来过了，送了束红玫瑰，还说要和我处朋友。"

我顺着她的目光掠过去，床头柜上果然有束像火一般红的玫瑰花，便笑着说："好啊，小沈这人真不错，对你也一往情深。"

柳将脸一沉，不高兴地说："哎，你什么意思呀？是不是烦我太拖累你了，有话直说好了，用不着转弯抹角的。"

我连忙赔不是，说："对不起啊，一个女孩子有众多追求者是件值得骄傲的事儿嘛。"

柳心事重重地说："得了吧，有的人想逃避还来不及呢。"我知道她是在说我，就故作糊涂地说："谁呀，哪个浑小子这样没有眼光，告诉我，我去教训教训他！"

说话间，我发现柳的脸色陡变，一抬头才看到大卫不知什么时候出现在门口，手里提着大包小包的水果和营养品。柳厌恶地将头扭了过去。我却有点尴尬，没话找话地说："你，来了。"

大卫依旧穿着那件印着东方美女大头像的 T 恤衫，一脸倦容。他将手中的礼品放到桌上，用英文说："对不起，柳，我错了，来向你赔罪，请原谅我。我再也不会动手了。我还是爱你的。"

柳没有回头，但我从她微微抖动的肩头想象得出她此时的心情。大卫小心翼翼地说："柳，你怎么有钱来还我？我本来就没打算要的，不管我们关系如何，我都不会那般绝情的，你哪来的钱？"

我一下想到了夏小芸，那个神秘的女人。一定是她做的，没错！

她这是在用金钱来赎罪。这一切，那个林楠都清楚吗？我不得而知，但我依然恨那个黑衣女人，如果没有她，一个美满的家庭也不会这么快毁灭的。

大卫往前走了几步，扑通一下跪在柳面前，痛哭流涕地说："柳，你真的就不能饶恕我吗？我知道我把你伤害得太深了，我那天是喝了酒的，酒醒后，我就后悔了。亲爱的，我也不知道那天都做了些什么，我太不是东西了！"

柳这会儿开始流泪，亮晶晶的液体在阳光下泛着亮光，泉涌般地从脸颊流淌下来。

大卫从柳的表情中看到了希望，又变戏法似的掏出一张光盘，说："我刚从华人音像店给你买了腾格尔的专辑《草原情唱》，我知道你喜欢的。"

柳霍地跳起来，声嘶力竭地喊道："滚，给我滚！我不想见到你！"

大卫愣住了，不知柳何以又变了脸。他不解地说："柳，你这是？"

柳也不搭话，抄起桌上大卫送的东西，大包小包地砸向了大卫，大卫抱着头，躲闪着、惊叫着……

3

第二天，柳偷偷出院了，让我扑了个空。医院的护士怪怪地对我说，她让一个大个子苏格兰人接走了。怎么，你们闹矛盾了？我顿时晕菜了。女人啊，我真的搞不懂了，昨天对大卫还恨得咬牙切齿的，恨不得"大刀向鬼子们的头上砍去"，怎么隔了一晚上，一觉醒来，就和好如初了呢？莫非柳与大卫还存有真感情？我拿起手机给柳打电话，她就是不接。我没办法，只好怨我自作多情，返身往回走，走了几步猛然想起霍日查电话里提到有话对我讲，就决定去他那儿了。我要把心里的话都抖搂给老乡听，要不然，我也会憋闷死的！

记得昨天，大卫灰溜溜地离开后，柳躺在病床上痛痛快快地大哭一场，直哭得我心也挺不是滋味的。我好言劝慰她，谁知她哭得更厉害了，弄得我也一脸无助的样子。我傻傻地站在一旁想着还要不要把夏小芸和林楠的关系捅开，仔细一想，这种场合还是不说为妙。

柳哭够了，从床上坐起来，一头扑到我怀里，用拳头使劲捶打我的肩头，说："巴音孟和，告诉我，你爱我吗？我只要你一句话！"

我心一阵抽搐，不知该如何回答她。我知道柳是爱我的，我却不能爱她。柳放开手，泪眼涟涟地看着我，说："早知道你放不下你那个萨日娜，她现在还会记挂你吗？在这个世上，也许没人会像我这样爱你了，就像世上没人会像你爱萨日娜那样。"

我无言以对。柳这句话像把刀子剜在我的心口窝。是的，如果没有萨日娜，我会爱上柳的，一定的。柳是个值得男人爱一辈子的女人，她聪慧美丽，她娇柔可爱，她善解人意，这些都在打动我的心。我却处处躲避她的爱，她能不伤心吗？尽管萨日娜在我的视线里失踪许久了，可我一直还心存幻想，她不会不爱我的，我们青梅竹马那么多年，她不会在一个晚上就把这一切都忘却的。真的，我不相信，也不愿意相信。

来巴黎的日子里，我在反复琢磨我与她在星光罗曼酒店那次失败约会，究竟在什么地方得罪了她，让她选择了逃避。时至今日，我眼前还时不时现出那个扎着两根小辫的小女孩儿骑着一匹小白马，手里擎着一瓶塞外狼矿泉水，追上那辆满载去旗里考生的马车，并众目睽睽之下将水递给我的难忘情景。四年以后，我从北大毕业，在人们迷惑不解的目光中回到草原，将那本为她写的诗集《漂流的浪漫》送到她眼前，我看到长成美少女的她眼里闪烁的泪光。

那天晚上，我在奶奶面前袒露心扉，一生一世都爱我心中的女神萨日娜。奶奶好久没有说话，只是呆呆地望着我，又过了好一会儿才说："孩子，萨日娜是个好女孩儿，可奶奶并不赞同你们结合，文化差异太大了，她的学历只是中专，况且还在偏远牧区学校。当今世界这么精彩，在文化和情趣的巨大反差下，你能保证日后爱情不会生变吗？"

我笑了，说："奶奶，只要我不变心，她就不会变心，可我是不会变心的。"

奶奶摇了摇头说："你以为你在施舍爱情吗？你错了，萨日娜是个自尊心极强的姑娘，奶奶是过来人，比你经历得多，世间很多事情并不像你想得那么简单。不瞒你说，我对她父亲没什么好印象的，如果看他，我绝对不同意你们相处的。"

我急了，说："我和萨日娜好，是我们自己的事儿，和她父亲又有多大关系。再说，我看道尔吉大叔挺好的呀。"

奶奶摇了摇头说："唉，你小小的年纪懂得什么？好了，奶奶也不想过多干涉你们的婚姻大事，我老天巴地的，还能活多久，管不了那么多了，你们先处处看，处得好，奶奶也就没什么意见了。"

我把奶奶后半句话讲给了萨日娜，她很开心，说："奶奶说得不错，我不会赖着给你做新娘的。要看不上我，就早点吱声，我会像一朵云悄悄离开你这片蓝天的。"

我一把捂住她的嘴说："你休想，我赖上你了，不管你飘到哪里，就是飘到了天边，我也要把你追回来。"

没想才过了几年，奶奶的话就不幸言中了。萨日娜在一夜之间，骤然变了一个人似的，大有拒我于千里之外的感觉。在星光罗曼酒店，当我充满自信地大谈出国前举办一个简朴婚礼时。萨日娜脸上浮现的那丝冷笑深深刺痛了我，那句绝情的话至今还鲜血淋漓地戳在我心尖上。她说："你不觉得你这话说得有点太滑稽吗？我什么时候说过嫁给你了？"我完全给她的话击晕了，无法形容我那种瞠目结舌的表情，以至好半天说不出一句话。她板着生硬的面孔说："你尽管走好了，我早有意中人了。"

来巴黎后，我好长时间都无法摆脱萨日娜那句话对我的刺激。多少个不眠的夜晚，我都想着忘却她，甚至想从柳身上转移我对她的思念。我不清楚，她说的意中人何许人也？是现实，还是梦幻？难道我们这么长的依恋，在一个晚上只用一句绝情的话就消逝了吗？我不明白，也不能接受。我痛苦地意识到，这我真的做不到，那份发自内心的爱是无法忘却的，除非我死了。

柳是在我送她的那本诗集中读到我对萨日娜的爱恋的。她是个绝顶聪明的女孩儿，读了我写给萨日娜的诗，便意识到她没戏了。柳在临别和我拥抱时，都念念不忘那个未曾谋面的女孩儿。她含着泪花说："我知道你不会和我结婚的，除非那个女孩儿不在人世了。"

我上了一辆双层巴士，从香榭丽舍大街穿过，对过往的风景与美女，都早已熟视无睹了。香榭丽舍大街不愧是世界上最繁忙的大街。宽阔的大街能并行十辆汽车，可每天仍是川流不息的车子。车没开出多远，便碰上巴黎近几月来最大一次塞车。事后才知道，我这个不常坐巴士的人偏巧赶上了巴黎中小学开学的日子，很多都是接送孩子的车。我心里焦急，便给霍日查打手机，手机里传来了纷乱的嘈杂声。他问过我所在的方位，大声说："嘿，巧了，我们就在离你不远的协和广场呢，你到站就下来，我们在埃及方尖碑下见面好了。"

我就近下了车，好在离协和广场不过五百米。来巴黎一年多了，我还真没闲心到此走一遭呢。这座位于巴黎市中心的广场南北长三百米，东西宽二百米，面积还不到天安门广场的七分之一，但却颇有气势。广场呈八角形，四周共有八组形态各异的女神雕塑，分别代表了里昂、马赛、南特、里尔、卢昂、布雷斯特、波尔多和斯特拉斯堡等八座在法国各个历史时期发挥过重要作用的城市。每次乘车路过时，我都忍不住透过车窗张望一下。

有天傍晚，我和柳心血来潮地来到香榭丽舍大街散步，柳想到协和广场转转，我却找个理由搪塞了过去。记得奶奶对我说过，协和广场是她初恋的地方，也是个充满血腥的地方。这二者没有必然的联系，却给了她一个永久的痛。我对奶奶的话迷惑不解。关于后者，我在来巴黎前，曾从雨果的长篇小说《九三年》里看到过这种场景描写。小说再现了法国民众怒地砸碎了路易十五的骑像，还在协和广场搭起了断头台，把原

143

本象征至高无上王权的广场，变成了处死路易十六皇帝和皇后玛丽·安东妮特的革命广场。书中说：所有看过断头台的人，都会发出一种神秘的战栗，所有的社会问题都会在那锋利的板斧四周举起他们的问号。

我小时候，听奶奶谈起过，从一七九三年断头台正式投入使用，到一七九四年短短一年间，断头台刀起刀落，先后砍下四千多颗人头，最快的记录是在三十八分钟里砍下了二十一颗头颅。巴黎流传过一个传说：当时广场的上空飘荡着让人窒息的血腥味道，以至有牛群途经此地都戛然止步，转头改道而行了。想起来，这种场景也实在够残忍的。也许后来人们也感到革命广场味道过于血腥，所以一七九五年又将其改称为协和广场。对此，我总有一种排斥的感觉。

我把奶奶的讲述说给柳听，使得柳对奶奶突然产生了浓厚的兴趣。她说："大卫的爷爷好像也给他讲过相类似的故事。哎，对了，大卫身上也有中国人的血统。哎，你奶奶不会是当年与大卫爷爷相恋的中国女人吧？"

我不屑一顾地说："哼，他也配！再说，我奶奶初恋男友是生活在法兰西的诗人，他的爷爷算是哪钻出来的一根葱！"

柳自言自语说："也是啊。哎，这么说你奶奶在巴黎当年挺有名气喽？"

我自豪地说："那是当然了。巴黎那会儿有谁不知有个旅法华人女诗人蓝萌萌啊！若不是战争，奶奶也不会那么快回国，说不定就在巴黎定居了呢。"

柳鼻子一翘，调皮地挖苦我："得了，说你胖，你还就喘了。别以为你就是黄金家族后裔了，有什么证据？拿出来呀！"柳见我不说话了，就说，"怎么，开个玩笑就生气了，亏你还是个男子汉！"

我火了，说："跟你说一千遍了，请你不要用这样的语气对我，好吗？"

柳没理解我的心思，不大高兴地说："真没劲儿！"甩下我便走了。我知道柳误会我了，在她看来，我是在敷衍她，她真有些伤心了。这次，为了老乡一句话，我才来到协和广场的，我实在找不出理由回绝他。

我远远看到方尖碑下的霍日查，身边女人不用说就是虹了。我和虹只见过两面，可我察觉到她对我这位老乡过分热情。只见她正拿数码相机为他拍照，不停地按着快门，嘴里还不知笑着说着什么。见我走来，霍日查便朝我摆了摆手说："来，让虹给我俩照张相吧。"

我走近他，用右手揽着他的肩，以方尖碑为背景拍了两张照片。虹利落地将相机塞到我手上，说："孟和，麻烦你给我和老师照一张吧。"她说着便跑到霍日查身边亲昵地挽起他的胳膊。霍日查有些难为情，在虹耳边悄声说了句什么，可虹挽得更紧了。我笑着将这个镜头抢拍下来，说："绝了，这张照片你们可要好好保存啊。"

虹冲我跑过来，接过相机，回看了一下，满意地说："谢谢了，腾格尔二世。你们接着聊，我去那边再拍两张。"

我看着虹的背影说："巴黎不愧是浪漫之都，到处都充满着浪漫的。"

霍日查笑着冲我捶了一拳，说："别胡说八道，我可是坐怀不乱的正人君子！"

我退后一步，说："别解释，男人嘛，很正常的，再说，我又没说什么，大可不必的。"

他正色说："你来巴黎才几天就忘本了，我告诉你，草原文化和欧洲文化是有天壤之别的。别看我教好几年欧洲文学，我还会沉醉在草原文化那片沃土，去寻找爱情真谛的，不会像你的奶奶那样去寻找不靠谱的异国之恋。"

我给他说糊涂了，说："哎，等等，你说不会像我奶奶那样去寻找异国之恋，你什么意思呀？"我蓦然想起了霍日查在电话里说的话，莫非与奶奶有关？

霍日查没言语，带我走到方尖碑一侧的喷水池旁。他指着池中活灵活现的雕塑说："来巴黎之前，我就梦想写一部草原女诗人闯荡巴黎的爱情故事，这想法就像这一圈铜雕的人像，谜一样吸引着我。可我万万也没想到，这个女诗人会是你奶奶。我太兴奋了，预感这是一个好兆头，回去后，我就去找你奶奶。哎，能给我讲讲蓝萌萌的故事吗？我太感兴趣了。"

我陷入沉思，不知如何回应他热辣辣的眼神和期待。我小时候，祖母讲过协和广场的故事，那里有她的初恋。不过，她没直说，而是假托同室女孩儿之口道出来。长大后，我才悟出，其实，那个女孩儿就是我奶奶，她同她的初恋男友曾手挽着手来到这里。我几乎每周都和家人和奶奶通一次电话，但奶奶每次都对我谈些草原的话题，似乎很忌讳谈到巴黎。我不明白，莫非奶奶真把巴黎全然忘却了吗？

协和广场方尖碑的两侧各有一座喷水池。池中有活灵活现的雕塑。来巴黎之前，奶奶告诉我，协和广场有两座效仿梵蒂冈圣彼得大广场喷泉而建的塔形大喷泉，喷泉分为三层，环绕底层的是一圈铜雕人像，雕像后面水池中跃出对称的八条美人鱼，在美人的怀抱里活蹦乱跳似的非常逼真，从鱼嘴中喷射出来的水柱穿越塔顶，交叉在蓝天下，形成了一道道漂亮的弧线，从顶层喷泉射出的泉水从塔顶飞流直下，让每一层喷泉都挂上了一道晶莹剔透的珠帘。

我今天走近它，方发现奶奶的记忆力真好，描述得那么真切。奶奶说，那个女孩儿是蒙古黄金家族的后裔，从小的优越家庭环境和聪明好学的天分，让她享有了一个快乐的童年。她小的时候，父亲是科尔沁王爷的堂弟，但家却安在了北平，每年的清明，女孩儿都要跟父辈回科尔沁草原祭祀先祖和敖包。女孩儿向往科尔沁大草原，不喜欢北京豪华的宅院，所以，她就像穷人盼过年那般盼着去科尔沁老家。女孩儿作为黄金家族的一员，也为自己是成吉思汗的嫡系子孙而自豪过，但当她长大懂事后，这种优越感却随着世道的风云突变在日渐消退。

她十一岁时，她的故乡变成了"满洲国"的兴安南省。那一年她没能回去，又过了两年，她随父母悄然回了一趟老家，不想，她却变成了外国人。在回北平的路上，她流泪了，在火车上，她用笔写出了平生第一首诗《告别草原》：

草原的草还是绿油油的，

可草原的天气变了。

草原的天还是蓝萌萌的，

可草原的主人变了。

草原的羊还是白净净的，

可草原的牧人哭了。

草原的敖包还是人多多的，

可草原的我却要走了……

奶奶临走那天晚上，她听到阿爸和当王爷的堂兄发生了激烈争吵。她隐隐感到，从此后她就很难再回草原了。回来的路上，当阿爸无意看到她写在本子上的稚嫩笔迹时，一把抱住了女儿也流泪了。

几年后，刚满十六岁的蓝萌萌从上海登上一艘开往法国马赛的客轮，开始了她漂泊的欧洲生涯。阿爸将女儿送到码头上，抚摸着她的肩膀，久久不愿离去。阿爸年轻时就有一个梦，在家乡草原开办一所西式学校，这个梦却因日本人的入侵破碎了。于是他转而将这个梦想寄托到女儿身上。让他深感意外的是，在北平国立蒙藏学校读书的蓝萌萌很快便融入了进步学生的行列，她积极主张抗日，多次在北平参加抗日学生运动。阿爸是爱国的，但却担心宝贝女儿卷入危险的进步活动中，那可是掉脑袋的事儿，女儿的激进思想让阿爸很担忧，生怕有一天生出事端来。他便想出个冠冕堂皇的理由要将女儿送到巴黎留学。女儿一直崇拜留法归来的中共领导人周恩来，所以阿爸没费多少周折，女儿就痛快答应了。

额吉舍不得女儿远涉重洋到异国求学，在女儿临行前哭肿了眼睛。天性快乐的女儿不理解额吉的心，反倒有些奇怪地说，草原的羊羔一生没走出草原，只能默默地死去；草原的鸿雁从小就展翅远行，才能看到美丽的天堂。额吉，你该为我高兴才是啊。阿爸用惊异的目光欣赏着女儿，对额吉说："女儿将来说不定会成为诗人的。"

4

　　我站在协和广场水池边放眼四望，整个广场都尽收我的眼帘。我想象着奶奶是如何在巴黎生活的。一个充满青春活力的蒙古族少女，带着对自己未来生活的向往，带着对异国风情的憧憬来到浪漫之都巴黎，就读于法兰西文学院预科班。但生活并非想象得那般美好，语言的障碍让她不得不全身心地投入法语补习上，连钟爱的诗歌也放在了一边。初来的日子，举目无亲的苦闷让她失去了快乐，她一度变得忧郁和无助。

　　来巴黎的前一天晚上，奶奶以过来人的口吻拉着我的手说："孩子，到了巴黎要做好吃苦的准备啊，我当年就缺乏这样的准备。"奶奶说，要不是来巴黎的第二年，国内发生了七七事变，她说不准真就跑回国了。事变之后，奶奶的阿爸一家南迁到了重庆，一度和她失去了联系，奶奶想回国，可连路费都筹不到，生活也吃尽了苦头。

　　霍日查眉梢紧锁，在凝神听我的故事，完全沉浸在那久远的年代。好一会儿，他突然对我说："孟和，你真了解你的祖母吗？"

　　"当然了，什么可怀疑的吗？"我觉得他的问题好可笑。在草原，我的整个童年是在奶奶的呵护下成长起来的。那会儿，"文革"刚过去，奶奶的历史问题还没平反，她却从中看到了光明和希望。她带我走进草原深处的白音那，拿出在牛棚里偷偷写的诗，大声朗读给我听。我虽听不懂，但也从中体味到奶奶那种悲愤中的激情。长大后，当我问及此事，奶奶说，她并不是读给我听的，她是在向大草原宣泄心中的郁闷，读出来，心就畅快多了。我写诗，其实很大程度是受了奶奶的影响和熏陶的。清晨，我起床后时常会跑到不远处的绿野去读诗，就像歌唱演员练功一样，陪伴我的是绿色无垠的大草原和染红东方天边的早霞，还有那像云朵一般的滚滚羊群……

　　我滔滔不绝地讲述着，丝毫没注意到霍日查的神色变幻。过了许久，霍日查打断我的话，指着对面说："孟和，注意到没有，协和广场的南面是那条横贯巴黎东西的塞纳河，它的左岸才是造就一代蒙古族女诗人蓝萌萌的摇篮。你如果怀旧的话，最好先选择到那里才好。"

我笑了，说："好，那我就拣你关心的话题说说，我来巴黎的第二天就遵从奶奶嘱托去了左岸的普罗科佩咖啡馆，我那身蒙古袍还引起轰动了呢。"

他直勾勾地看着我说："你知道奶奶为什么让你去那儿吗？"

我想当然地说："奶奶是诗人，当然要推荐我去巴黎最有文化品味的左岸了。"

他摇了摇头，从挎包掏出了一个复印件，递给我："是，也不全是，你看看就明白了。"

当我将那份《华人日报》拿到手上才大梦初醒。那篇充满柔情的散文每一个字符都跳跃着收进我的眼帘。我眼睛湿润了，一把抓住他的手兴奋地说："天啊，你从哪儿淘到的，太珍贵了！"

我大声地朗诵着那优美得令心发颤的句子：

"初恋，像塞纳河畔生出的一缕轻风扑进了我的心怀。一株来自科尔沁草原的萨日朗花绽放在异国土地上。坐在左岸的普罗科佩咖啡馆里，我们久久地对视着，仿佛能从对方的眼神里读到一首浪漫的爱情诗……"

我的声情并茂吸引来周围不少游客，很多人虽说听不懂，可还是驻足观看，也许是对我飘然长发和黑色胡须发生兴趣了吧。读着读着，当"贝尔蒙多"这几个字眼跳闪到眼前时，我停了下来。贝尔蒙多？我愣了下，原来奶奶初恋的情人叫贝尔蒙多，这正是我苦寻多年的名字！之前，奶奶一直不愿告诉我异国恋人的名字。

贝尔蒙多？我自言自语地念叨着，恍然觉得这个名字有点耳熟，一时又想不起在哪儿听到过。思来想去，我一拍脑袋，大叫了一声："大卫，对，是大卫！"柳曾亲口对我提到过贝尔蒙多，这不是大卫爷爷的名字吗？我太想证实这个消息了，当下给柳挂电话。柳警觉地问："你问这干什么？"

我说："我奶奶的初恋男友就叫贝尔蒙多。"柳不以为然地说："外国人叫这名字多了去了，有个著名影星还叫贝尔蒙多呢！"

我顾不上和柳争论了，一下跳了起来，搞得霍日查也莫名其妙。先前，我一直想象祖母年轻时在巴黎是什么样子，披肩秀发？一袭长裙？笑若晨风？奶奶越不愿说，我就越想知道。除此之外，我一直想知道奶奶的异国之恋是什么样子。来巴黎后，这种欲念愈发强烈了。贝尔蒙多这个名字的闪现，让我有了想象的空间。面对不远处充满浪漫气息的香榭丽舍大街，蓝萌萌和贝尔蒙多在我的脑海里的印象愈发清晰起来。

之前，我对奶奶的巴黎生活充满了神秘感，尤其在孤寂的夜晚，当我想到遥远的科尔沁有我心爱的姑娘萨日娜的时候，蓝萌萌的清纯形象也会交替闪现在我的面前，我会一遍又一遍地背诵奶奶的那首《从梦中，飞回我的草原》：

> 枕着塞纳河的波涛，
>
> 吻着科尔沁的草浪，
>
> 一个倚在蒙古包的幽灵，
>
> 一个驮在马背上的想象，
>
> 让一个喝着奶茶长大的女孩儿，
>
> 从梦中，飞回我的草原故乡……

此刻，读起奶奶那篇优美散文，我豁然明白了奶奶为何对她那段异国恋情忌讳颇深了。原来，奶奶心底还珍藏那样一段美好记忆，不忍让后来不堪回首的记忆破坏或冲淡它。在稍微懂事之后，我隐隐听父亲向母亲讲起过奶奶在巴黎的那段恋情。父亲说："咱妈在巴黎认识一个外国小伙子，他们有过一段短暂的婚姻，后来为了回国，和那人离婚了，几经周折才回到故土。他们生了一个混血儿，分手时，孩子才一岁多。那个男人为了阻止奶奶的抚养权，悄悄把孩子送到苏格兰的外祖母家。"现在看来，奶奶当时是同居，并没有结婚。父亲那样说，也许只是为了维护奶奶的名誉和形象。但依我看这并没有什么，在那个动荡的年代，一切都是可以发生的，包括恋情和恋爱的方式。

奶奶是让人用担架抬着返回祖国的。她先是去了重庆，抗战胜利后，又辗转回到了科尔沁草原。新中国成立后，她先是在盟文化局工作，并和从事戏剧创作的爷爷结了婚，生下了我大伯和父亲。在四清时，由于她的诗小资味太浓，给下放到了旗里的图书馆。那一年，爷爷患肺癌去世了，奶奶也大病了一场。

当年，造反派在揪斗奶奶时，又对这段历史演绎出了新的版本，说奶奶在巴黎时参加了境外的一个情报组织，她的上司就是和她结婚的法国人。新中国成立后，为了打入国内搜集新生共和国的情报，她便和外国丈夫办了个假离婚。回到国内后，借速成的婚姻，合法潜入了科尔沁草原从事间谍活动，二十世纪六十年代，怕暴露境外特务的身份，还阴险地毒死了自己的丈夫。

我父亲那会儿还在上小学，亲眼看到奶奶脖子上挂着一个沉重的榆木牌子，上面写"法国间谍、反革命文艺黑线分子莎仁托雅"。两个戴红袖章的女红卫兵，手持红缨枪立在她的身后。我父亲认识那两个女孩儿，就住在旗文化局宿舍大院里，先前，她们对奶奶可亲了，一口一个阿姨地叫着，没想到"文革"一来，竟像换了个人似的。我父亲蜷缩在人群里，又恨又怕又心痛。他不相信自己的母亲会是一个大坏蛋、大特务。他只是惊愕自己的母亲怎么会找一个外国人结婚呢？这是他最纠结的事儿了。

台下一通打倒莎仁托雅的呼喊声，说要打翻在地，再踏上千万只脚，我父亲吓得闭上了眼睛，生怕那些脚真的踏上去。他怯生生地看到，奶奶倔强地抬起头，大声争辩说，她的那个男友不是法国人，而是苏格兰人，他们最后也并没结婚。造反派呵斥她不老实，还用马鞭抽打她，打得浑身都是血痕。

听我父亲说，有一次，旗师范学校一群戴着红袖章的红卫兵拎着棍棒半夜闯进家里，说要在屋里寻找敌特的地下电台，将全家人都给赶到院子里，把桌子下面的地都挖了三尺，结果什么也没挖出来。那会儿，还远没我呢，但把还是中学生的大伯和父亲吓得够呛。奶奶在牛棚整整被关了四年，后来组织上给平了反，重新安排到旗图书馆工作，奶奶只干了两年就退休了。退休后的奶奶从旗里搬到了乌兰哈达公社附近的白音那，从此，曾红极一时的草原女诗人就在人们的视线里销声匿迹了。

霍日查也和我一样沉浸在对往事的回忆中。他猛然抓住我的手，肯定地说："我见过你奶奶，对，一定是她，不会错的！那天我和云的丈夫去珠日河，路过一个敖包时看到一个穿黑色蒙古袍的老额吉，那会儿，我就把老人和蓝萌萌联系到一起了，看来我的直觉没有错！"

我没有言语，但意识到霍日查的猜测不会错，从他对老人家的体貌特征和言谈举止的表述来看，那位穿黑色蒙古袍的老额吉就是我奶奶，而那个天真小女孩儿就是我的小侄女乌兰。我来巴黎前，奶奶的装束就已经变成他描述的那个样子了，换个人实在无法想象一个留学巴黎、穿着西裙的女诗人会在半个世纪后又回归到草原牧民的装束。谁会想到那个孱弱身材的老人会是通晓几国语言的才女呢？

至于他提到的"枫"，我印象中还是模糊的。霍日查看我露出诧异的神色，便补充了一句："对了，枫就是你那个网友的老公。"

我说："哦，怪不得呢。"

霍日查喋喋不休地说："我原以为跟在老额吉后边的小女孩儿是她的孙女，看来我错了，她原来是你奶奶的重孙女了。"接着，他将他在乌兰哈达敖包所经历的那一幕讲给我听。他说他眼前又浮现出老奶奶在乌兰哈达敖包前的情景，仿佛重又听到老人喃喃地诉说："我的敖包是用诗来堆砌的，我的诗是马背上驮过来，它像是蒙古包的缕缕炊烟，在我梦的蓝天上飘荡。"

我和霍日查坐在协和广场的石阶上，向北是法国海军部大楼，远远望去，依稀可见因拿破仑而闻名于世的玛德琳娜大教堂。据说，当年拿破仑为了炫耀法国陆军的荣誉，才将这座由路易十五奠基、换了数位建筑师、建了几十年未果的教堂建成。他想将这个希腊神殿风格的教堂作为他新婚典礼的地方，却由于婚约解除未能举行。当初，我和柳曾慕名走进那座教堂，柳还虔诚地对我说，她并不羡慕那种豪华婚礼，只希望有一个人真心爱她就足矣。现在我猛然想到，柳在巴黎的境遇倒有几分与奶奶相似，怜悯之心又油然而生了。我对霍日查说："你说，假如有两个女孩儿，有一个是痴情爱你的，有一个是你痴情爱的，你该如何选择呢？"

"那我会选择我痴情爱的。"他想了想说。

"确定吗？"我学着央视王牌主持人王小丫的语气盯着他。

"确定。"他毫不犹豫地回答我。

"我也会这样做。"我随即说，"我会为我痴情而爱的人承受人生的一切痛苦和磨难，尽管可能伤害到另外一个人，那也是没有法子的事。"

"这么说，我们俩都是情痴了。"他笑了，说，"对我们男人来说，也许这是一件很傻的事，是海市蜃楼，是一场空梦。"

我情不自禁地吟诵道：

　　在寂静的灵魂深处，

　　我找回了一片失落的梦幻。

　　含蓄的梦流淌着执着的情，

　　一颗心栖息在多梦的夜晚。

　　我把目光折叠成伸向窗外的云梯，

　　追逐着情人浪迹天涯的远帆。

　　不寂静的是心灵，

　　寂静的是夜晚……

他感叹地说："不愧为流浪诗人，情真意切，写得真好！怎么，为那个草原女孩儿写的？"

我点了点头说："我所有的情诗几乎都为她一个人写的。她是我的至爱，她是我的诗魂。"

他深有感触地说："孟和啊，很多女人都说男人花心，可男人并不都是那个样子的，就像女人也不都是淑女一样。我只是不明白，我们都透支了那么多的情感，为什么就换不回一颗女孩儿的芳心呢？"

我叹了口气："唉，人生最琢磨不透的就是女孩子的心了。我到现在也搞不明白，她为什么离我而去，我做错了什么吗？没有，真的没有！我给她打了那么多的电话，写了那么多信，却没一点回音，唉，太伤自尊了！"

我的话触动了霍日查敏感的神经，他也变得抑郁起来。他说："你说她为什么会突然离开草原去广州，难道就为躲避我吗？我在巴黎听到这个消息，心里那个冷啊，像是遭遇到草原白毛风一样。我真没心思待在巴黎了，恨不得立马就飞广州去找她。"

我颇有同感地说："我也一样，真想马上飞回科尔沁，到大草原寻找她，为了那份爱，我情愿抛弃一切。"

他说："那个女孩儿一定非常优秀，才让你这般失魂落魄的，哎，有照片吗？让我也分享分享她的美丽？"

我说："算了吧，让你这一说，我一点心情都没有了。如果有一天，她真回到我的身边，我会在第一时间把她的照片用微信传给你。对不住了，哥们儿。"

虹从远处走来说："打扰了，霍老师，团长让我告诉您，下一站卢浮宫，马上就走啊。"

我站起身，拍了下他的肩，说："老乡，我就不打搅了，来一趟巴黎不容易，卢浮宫值得一去，多走走，多看看，也不枉此行的。"

回的路上，我接到尹骅的电话，问我是否和霍日查在一块？

我说："你那老同学刚离开，怎么，有事儿吗？"

尹骅吞吞吐吐地说："也没什么事儿，只想和他随便聊聊。"

我警觉地问道："找他聊，干吗给我打电话，这不是舍近求远吗？"

尹骅关切地说："这次来，他好像心事重重，是不是遇到解不开的疙瘩了，你好好开导开导他。"

我苦笑着说："尹姐，你对老同学倒挺上心呀，我也和他犯了一个毛病，你怎么就没看出来呢？"

尹骅在电话里半开玩笑地说："我说，腾格尔二世，你不要挑我的毛病。我和他是亲同学，就是比你要近，有气，你就生去吧。干气猴儿！"

5

我回到寓所，见魂不守舍的小沈正在给柳打电话呢。看我进了屋，他朝我眨了眨眼睛又旁若无人地继续说："柳，你听我说，我是认真的，没开玩笑……"

话还没说完，人家就把电话撂了。小沈对着话筒喂了两声，尴尬地放下话筒，自嘲地说："唉，苦啊，可惜我这份诚心了。"

我又好气又好笑，说："你小子，说话也不看个时辰，柳前脚刚让大卫接走了，说不定这会儿还在老外怀里躺着呢，你竟敢打电话？人家不挂，那才叫怪呢！"

小沈一脸失望地说："怎么会这样？大卫也太赖皮了，还好意思找柳！柳也是，身上的伤疤还没好利索呢，就忘了疼，又跟他走。天啊，这世界究竟怎么了！"

我烦着呢，没心思听他絮叨，一头扎到床上，拿起枕边惠特曼的《草叶集》胡乱翻了起来。小沈到我的床边，悄声说："哎，孟和兄，你说，我和柳还有戏吗？"

我将书放在脸上，没好气地说："那是你俩的事儿，我哪儿知道？"

小沈振振有词地说："我琢磨着，柳是不会爱上大卫的，她受的伤害太深了，只要我不放弃，就有希望。"

我挖苦说："小沈，别自作多情了，你以为你真是亿万富豪的公子哥啊，你到底能给柳什么？是别墅，还是轿车？这是一个现实的社会，现实社会是不能奢谈爱情的。"

小沈脸红了，嘟嘟囔囔地说："反正我相信我的直觉，我和柳还挺有希望的。"

155

我以讥讽的语气说："对，对，精诚所至，金石为开，你就继续努力吧。"

小沈不知是没听出我的话味，还是故意装傻，反倒高兴地说："孟和兄，有你这句话垫底，我就有信心了，什么样的女人我都能对付！"

我实在懒得跟他废话了，转过脸继续看我的《草叶集》了。我不止一次用心语来默念惠特曼这位美国的伟大诗人已镌刻于我心灵中的散文诗句：

> 我是肉体的诗人也是灵魂的诗人，我占有天堂的愉快也占有地狱的苦痛，前者我把它嫁接在自己身上使它增值，后者我把它翻译成一种新的语言。

> 我既是男子的诗人也是妇女的诗人，我是说作为妇女和作为男子同样伟大，我是说再没有比人们的母亲更加伟大的。我歌颂扩张或骄傲，我们已经低头求免得够了，我是在说明体积只不过是发展的结果……

每当读到这里，我会联想到我的祖母。她是个蜚声海外的女诗人，也是个伟大的母亲。很少有人能有她那般传奇经历，也很少有人有她那般纷至沓来的磨难。她却能坦然面对这一切，没有怨天尤人，没有自命不凡，这是常人无法企及的境界。我崇拜我的祖母，胜过崇拜任何人，尽管她是个普通得不能再普通的蒙古女人。尤其在我看到那份《华人日报》的散文后，我对她的崇拜和思念就愈发强烈了。

七七事变后，蓝萌萌像一叶浮萍漂泊在塞纳河畔，生活的艰辛是可想而知的。她的生活也一落千丈，再也没有财力和心思跑到普罗科佩咖啡馆来接续他和贝尔蒙多的恋情了。一连好多天，她都躲着不见他，还不得不靠勤工俭学来维持生计。她从先前在普罗科佩咖啡馆悠闲自得地喝咖啡，转换到在左岸的另一家咖啡馆打零工，尽管生活似乎在艰辛中趋于平静，她却平添了许多失落。她很伤心贝尔蒙多对她的熟视无睹，原以为他会不顾一切地找上门来示爱的，可他没有。他似乎并没因见不到她而觉得失去什么。难道她的初恋这么快就过去了吗？她伤心地想，她偷偷地哭泣。

那天傍晚，她又来那家咖啡馆上班，老板却笑着对她说："今天晚上，你什么都不用干了，有个男士请你喝咖啡的。"她有些茫然，以为马上失去这份工作了。她礼貌地道了声谢谢，转身朝门外走去。这时，贝尔蒙多抱着一束玫瑰，出乎意料地站在她眼前。原来，他这几天一直在找她，走遍了塞纳河左岸，最后却在他叔叔开的这家咖啡馆找到了她。他将花扔到一旁，不容分说地将她揽在怀里，让她在怀里痛痛快快地哭了一场。那天晚上，她和贝尔蒙多在他叔叔的咖啡馆聊了一晚上，巴黎月光陪伴着他们，两个人一会儿哭，一会儿笑，不知不觉聊到月落，聊到天亮。

这是我奶奶在那篇散文《初恋在塞纳河左岸》中披露的恋情，真的让我很感动。奶奶对我说过，巴黎的咖啡馆有一种无法复制的忧郁和浪漫。这些忧郁和浪漫幻化作一种叫作情调的东西，从那些潮湿阴暗或温暖暧昧的窗口飘溢而出，弥漫在塞纳河左岸。我百思不解的是，这样一对风雨恋人怎么最终也没能逃过劳燕分飞的结局呢？我不由也为自己的恋情而担忧起来了。

我寄希望与萨日娜的疏远是缘于相互间的误会，就像我奶奶和贝尔蒙多先前那样。这是挽救我们恋情的最后稻草了。我多么希望有一天，她突然给我打过来越洋电话，或是发来一条短信，告诉我，她一直都在深深地爱着我。如果那样，我会死死地抓住这根稻草的，我会马上飞回草原去见她，并争取早一点把她办出国。

小沈在屋里焦躁不安地踱着步，几次拿起手机，又放下了。我忍不住了，说："哎，你能不能稳当点儿，别在我眼皮底下瞎晃悠了，我闹心，你知道不？"

小沈没好气地说："我怎么瞎晃悠了？我眼睛不比你小，别找碴儿好不好，你心不顺，也别冲我发泄呀。"

我火了，从床上一骨碌跳起来，大声说："不愿待，就滚到外边去，别说我脾气不好，不小心碰了你。"

小沈打量打量我这五大三粗的身板，小声嘀咕："完全是强权政治，我惹不起，还躲不起吗？我走，行了吧。"说完，他穿上外套推门走了。

　　看小沈可怜兮兮的样子，我有点后悔了。平时我们处得还挺好的，我不过是气话，他却当真了。这个大连男孩儿正值青春期，不过是迷上一个漂亮女孩儿，又有什么过错呢？我想喊他回来，向他道歉，可犹豫了一下，终究没能张开那张嘴。

　　我看了看手表，国内这会儿正是午夜，百无聊赖中，我便上网打开了QQ，很久没和云聊天了，碰巧她在线上就聊开了。

　　云："哦，稀客啊，怎么想起我来了？"

　　我："唉，无聊至极，想找你解解闷。"

　　云："去，拿我当你的情人了？想得倒美。我这儿烦着呢。"

　　我："哪能呢，远水解不了近渴的，过过嘴瘾而已，呵呵。"

　　云："哎，你那个老乡还在巴黎吗？给你添麻烦了。"

　　我："不麻烦，我们今天还一起谈到你和枫呢。他还说在和你爱人去草原的路上碰到了我的奶奶。你说巧不巧？"

　　云："我爱人？这都过去时了，从深圳回来，我们就离了。"

　　我："真的？为什么？"

　　云："一言难尽。算了，不说了，闹心！"

　　……

　　我们又在网上聊了好一会儿。知道云心情郁闷，我一直在安慰她，心里却在犯嘀咕，这也有点太快了吧，几天前，她还热心替丈夫的朋友帮忙，去了趟深圳怎么就分手了？云的心情不好，也不愿多说，很快便找个借口下线了。

　　我当下将消息电话告诉了霍日查。谁知霍日查并不意外，还说这是迟早的事儿，他早有预感了，只是没料到事情发展得这么突然。其实，枫在前天就把这事告诉霍日查了，他只是没对我说起而已。在我一再追问下，他还告诉一个云的秘密。原来，云和她的副院长去深圳开学术会议期间搅到了一起，还到外边开了房间，岂料让有心人偷窥，还录了像，并通过微博挂到了网上。结果，人没等回来，许多人就在网上看到了这场恶作剧，一时间竟闹得满城风雨。枫实在无法忍受这般奇耻大辱，结果云一迈进家门，他就把离婚协议书甩在她的面前。我这才明白，怪不得云今天说话怪怪的，原来出了这档子事儿。

我撂下电话，用百度一搜，竟一下子搜出近百条视频。我替云难过，在巴黎这类的绯闻多了，大家还不都相安无事吗？怎么倒霉的事儿偏给她摊上了。日后，云还怎么做人呢？唉，"女人啊，你的名字是弱者。"我冷不丁想起这样一句很多人曾说过的格言。

我倒在床上，一抬头，又看到墙上那幅柳给我画的油画。那茫茫大草原和蜿蜒小河又勾起我的思绪，那身着红色蒙古袍、在忘情拉马头琴的女孩儿又让我眼睛湿润了。萨日娜，我一生的至爱，我心中的女神，你在哪里啊？离开了生活的固有轨迹，离开了故乡科尔沁，行走在巴黎滚滚红尘中，才发现原来的梦过于浪漫。我不禁想起腾格尔的那首《爱你的日子》：

把鲜花揉来揉去
没有勇气献给你
抬头低头　走来走去
没能引起　你的注意

把诗篇撕来撕去
没有勇气念给你
笑脸笑语　咖啡奶茶
没能把你请过来

无论是早晨
无论是夜晚

159

当我最需要你的时候

请你不要离开我

……

柳后来说，很后悔给我画了那幅油画。她自嘲在为他人做嫁衣裳。她那会儿正和大卫热恋，压根也没想她会爱上我。有次来我这，她甚至想把这幅油画从墙上取走，我差点没和她吵起来。

我此时想，柳又让大卫接走了，这意味什么呢？一个漂泊海外的孤寂女人，空有满腹才华，却既无法，又无力，去和命运抗争，可怜、可叹、可悲！面对这一切，我一个大男人又无能为力，想起便不免黯然伤神。

"哎，你的电话。"小沈将话筒递给我，小声说，"女的。"我从沉思中猛醒过来，还以为是柳打来的，一接才发现是夏小芸。我好奇怪，我们只一面之交，连话都没说上两句，她怎么想起给我打电话呢？

夏小芸的声音很性感，听不出是快四十岁的女人了。她听说了我和柳的关系，想约我到塞纳河边的老地方聊聊。我推托说："我和柳没关系了，有那个必要吗？"她却固执地说："不，我一定要见见你，你和柳有没有关系并不重要。"

我如约来到普罗科佩咖啡馆，上了二楼，选了个僻静的座位等候她的到来。上次无意间的邂逅，让我发现一个秘密，那个穿黑色晚礼服的少妇居然和柳有那样一层关系。先前，我从柳口中多多少少也知道些她父亲和夏小芸的故事，但却没想到她会和林楠共同上演一出双簧，让柳的父亲一直蒙在鼓里。我由此推断，柳的父亲是让夏小芸和林楠合伙耍了，误入了玫瑰色的陷阱。结果呢，他弄得个身败名裂，那个女人和林楠却赚个盆满钵满。对和这种女人打交道，我有如履薄冰的感觉，不知晓她意在何为？

我先要了一杯咖啡，等待不速之客的降临。当夏小芸翩翩而至时，那杯咖啡还没喝两口。她一脸微笑地向我致歉："真对不起，晚了两分钟。"我看了看表，幽默地说："不算晚，你的表有点快，我的时间刚好。"

160

夏小芸坐我对面，端庄而秀丽，让我无论如何也无法将她同阴谋女人联系起来。我在揣测她约我的目的，听尹骅说她在国内是出了名的房地产商人，很短时间就聚集了十几亿财富。除却她经商的天赋，与柳的父亲也不能说没有关系。很多漂亮女人如今都成了大款，透过漂亮的外表，或多或少都与有权人有过风花雪月的故事。柳是从母亲那里听到夏小芸这个名字的。柳的母亲虽说对女人的嗅觉比狗还要灵敏，但也没能发现夏小芸除了和自己丈夫之外，还有一个男人林楠。这一来，夏小芸便拥有了两个情人，一个有权有势，一个年轻潇洒；一个逢场作戏，一个坐收渔利。在两个男人之间，她能做到游刃有余，也真不容易。最可怜的还属柳的父亲，时至今日，还不知晓夏小芸和林楠的那层关系呢。

　　侍应生又端来一杯咖啡。夏小芸一边用调羹搅动着杯里的咖啡，一边用微笑的目光注视着我说："听说你奶奶年轻时就在巴黎留学，是个有名气的旅法诗人，真是了不起。"

　　我淡淡一笑说："谢谢，我也算步老人家后尘了。"

　　夏小芸慨叹说："那个时代，人的境界是后人所无法企及的。老人若不回国，也不会吃那么多苦。你没见现在的留学生一到巴黎，便挖空心思想留下来，虽然法国没有绿卡，但也可办永久居留的。"

　　我心里好笑，夏美女怎么跑咖啡馆发思古之幽情了。我琢磨不透她的真实来意，总不至于为当我的面夸我奶奶吧。我便说："夏总，尽管我和柳没有瓜葛了，但我还是替她谢谢您的那笔住院费，解了燃眉之急。柳也说了，一旦有了钱就会马上还给您的。"

　　夏小芸脸色变了，坦诚地说："我是欠她父亲一笔良心债的。如果世上真有卖后悔药的，我会毫不怜惜把我所得到的一切财富都当掉，来还这笔情账的。真的，我太对不起柳的父亲了。"

　　我愣了，一下子分辨不出夏说的是真心话，还是虚情假意在蒙我。我又仔细端详她，看到她眼里藏着泪花。我的心在告诉我，夏是动了情的，毕竟有过同眠共枕的日子，说她只为了金钱，就无法解释前些时候

161

那笔突如其来的住院费了。我无法知道,这中间究竟出了什么意料之外?

我百思不得其解地问:"柳的父亲究竟犯了多大的罪,要出国逃避呢?在我印象中,只有捞上个几千万,才有资格出逃国外的,否则,连生活都混不下去的。"

夏小芸点点头,说:"我也觉得他这个贪官当得有点窝囊,依我看,如果不出逃,他顶多判个渎职罪,实际上,他并没有捞到多少钱。"

我惊讶了:"那他跑出来干吗?"

夏小芸欲言又止,叹了口气:"唉,一言难尽啊。柳以为我落井下石,可我也一肚子苦水呀。我确实做了对不起她父亲的事儿,可也不至于干伤天害理的事啊!"

话说到这份上,我才明白夏来找我的目的,原来是想自我表白,让我把话递给柳。她所说的伤天害理的事儿,分明是指那次意外的车祸,柳的父亲差点死于非命。也正是那场车祸才导致她父亲仓皇出逃的。

夏小芸临走前,执意要我转给柳一张两万欧元的支票。我反复解释我和柳没任何关系了,她还是硬将支票塞我手上。看得出她的内心异常痛苦,自始至终也没提到林楠的名字。这是为什么?我彻彻底底被她搞糊涂了。

C 草原：我的故事

1

巴黎是我一个梦。还在孩提时代，我就在懵懂中跟着大人看了《巴黎圣母院》那部电影。好多年过去了，许多记忆都幻化作烟云飘散，唯独影片中那座尖塔直插苍穹的哥特式教堂，长年流浪街头的吉卜赛姑娘艾斯美拉达和那个被父母遗弃的驼背敲钟人卡西莫多的形象还深深印记在脑海中。长大后，我一遍又一遍地读着雨果那本同名小说，并从茫茫人海中寻找着我心中的艾斯美拉达。

那天，当我真切地走近巴黎圣母院时，我并没有之前所想象的那般激动，因为我心中的艾斯美拉达离我去了，去了一个无人知晓的地方。

从巴黎圣母院回来，我的情绪很低落。虹来到房间问我哪儿不舒服？我直言不讳地说："一只梦鸟从我心中的天空飞走了，我感到了失落和忧伤。"

虹善解人意地说："男人少有像你这般痴情的，真的令我很感动。我若有这样一个男人爱着就好了。"

我苦笑了笑说："你是不是觉得我好可笑，我是不是该看心理医生了？"

虹惊愕地说："霍老师，您想哪儿去了。我说的是真心话，绝对没有虚假成分的。等回国后，我一定帮您寻找那个萨日娜。其实，我并不像

163

您想得那般想入非非，也不像外界传闻得那样放荡。但有一点，我确实很崇拜老师的。"

我的脸倏地一下红了，在巴黎这几天，我一直像防贼似的防着虹，生怕她像糯米那样黏上我，看来，我有点小人之心了。也许是虹外露的个性让许多人误解了她，不过她的不拘小节，也的确很出格的。

我那位同学尹骅就说我挺有女人缘的。这两天她一直陪我在巴黎转，耳濡目染我身边发生的一切，时不时会发一番感慨。尤其注意到朋朋像完成课堂作业一样准时发出的短信，她就忍不住带着羡慕嫉妒恨的语气说："男人若总能让女孩儿宠着，肯定会很幸福的，霍日查，感觉如何呀？"

我只有苦笑置之。朋朋的锲而不舍让我吃惊的同时，又有些莫名感动。我不明不白的是，她为何在我的冷遇面前还孜孜以求呢？

萨日娜在广州现身的消息给我意外的惊喜。接到朋友那个电话，我顿时有种"漫卷诗书喜欲狂"的感觉，当下把这个喜讯告诉了我的老乡，没想到巴音孟和的反响是那般淡漠，连起码的礼节都没有，只草草说了句："哦，那我祝贺你吧。"话轻飘飘的，一说也就过去了。

我心里一凉，但转瞬间不愉快便遁逝了。知道了萨日娜的行踪，我终于长长地舒了一口气。我想好了，回国后，我要直飞广州去找我心中的艾斯美拉达，实在没什么能比这个消息更令我激动不已的了。

虹推门进来，通知我后天下午法中文化交流协会要为考察团举办一次与当地作家、艺术家和出版界的见面会。她看我那副魂不守舍的样子，便开起了玩笑，说："霍老师，您要做好精神准备，多说两句啊，听说人家法方有好几个美女作家要出席的。"

我反唇相讥地说："我无所谓，只怕你不甘寂寞哟。"

虹笑了，说："刚才是开玩笑，对老师失敬了。团里就您对法国文学了解得多，指点江山，当仁不让嘛。"虹说着，像变戏法似的从兜里掏出一块口香糖塞我手心里。我剥开糖纸，放到口中，可思绪还没能离开萨日娜。

虹早已看出我的心思，说："老师，还为那个女孩儿伤心呢？何不把她写出来，让我也感动感动呀。"

虹的话启发了我，是啊，多好的一部小说素材啊。

来巴黎前一天，我带着复杂的心情又一次来到珠日河草原。我开着那辆白色捷达车悄悄地来了，又悄悄地走了。路过道尔吉大叔门前时，我踩了一脚刹车，车子颤动了一下，随即又跑开了。我真怕见到道尔吉大叔，不知是无言以对，还是心中有愧。

我依稀还记得那个痛苦非凡的夜晚。我脸肿得像个大南瓜，胳膊肿得像刚出炉的火腿肠。我是带着对爱情的绝望来自虐的，疯狂的蚊虫在我脸上和身上过足了瘾。当道尔吉大叔在那个没有一丝光亮的夜晚将我抱上勒勒车时，我麻痹了的大脑神经虽说在潜意识里安详了，可思维仍然在单调地进行。不过，除了萨日娜，我心已装不下任何东西了。我至今还能记起大叔将我背入牧铺后那张难看的面孔和那声吼叫："不要动，我真想再扇你狗日的！"

我透过那盏昏暗的马灯，睨到大叔布满皱纹的眼角噙着泪花。我也不知当时说了句什么话，让大叔伤透了心。事后，我拼命回忆当时的场景，却怎么也想不起究竟讲什么了。记得第二天一大早，大叔便下了逐客令，让苏木农电所的司机布和给我那辆车加满油，并代驾送我去我所在大学的附属医院。我那会儿样子狼狈透顶了，像刚从战场上下来的伤兵，脸上和胳膊上都缠了白花花的纱布，只露出了一双黯然伤神的眼睛。大叔连牧铺都没有出，依然蒙着一件大羊皮袄躺在毛毡上。我临走时还傻乎乎地说了句："大叔，谢谢了。"大叔哼了一声，把头扭了过去。

在路上，布和一直都在埋怨我："哎，霍日查，你怎么信口开河呢，你知道道尔吉大叔有多伤心吗？"

我给这句没头没脑的话搞愣了，好半天也没反过味来，不解地问："我说什么了？莫名其妙！"

布和是大叔的外甥，平日也混得挺熟的。可这一路，布和始终绷着脸，连点同情心都没有了，搞得我也挺没面子的。进了市区，我几度提出改变方向，不愿去本校的附属医院。就我这个凄惨的样子，太丢人了，人家不把我当成从阿富汗下来的恐怖分子才怪呢。谁知，他居然无动于衷的样子，把握着方向盘目视前方。

马上临近医院了，我终于发火了，伸手去夺方向盘，差点没和迎面驶来的货车撞上。幸亏那个司机机灵，打了下方向盘，才和我的车擦肩而过。我从倒车镜里看到货车司机跳下车叉着腰破口大骂。这次，布和真的动怒了，狠踩了脚刹车，一把揪住我的脖领，大吼道："你想找死啊！我可不想成你寻死垫背的。我他妈的真不该来送你！"他说着跳下车，挥手招了一辆夏利出租，头也不回地走了。

我将头俯在方向盘上，突然感到全身火烧火燎的。我心里清楚，这些伤痕不光是蚊虫叮咬的，更可怕的还是心灵受到了疯狂叮咬。我没敢去附属医院，而是在大街上漫无边际地开着车，直到夜幕像个大锅底罩在这座城市上，才敢把车开进教工宿舍小区。我像做贼似的将车停好，先是左右看看有没有人，然后就一路小跑上了楼，再一头钻进房间，回手把门反锁上。

第二天一大早，我给系主任打了个电话，声称我患重感冒起不来床了，要调课，想休几天。系主任假心假意地说，现在正在流行甲型流感，大意不得，还装模作样地说要来看看我。我赶忙说，谢谢了，没事的，再说您这么忙，就别劳您大驾了。系主任也就坡下驴地说，那好吧，有什么事儿，再来电话好了，千万要安心静养呀。我这才松了口气。其实，我的担心挺多余的，怎么会把领导的客套当真呢？

朋朋看我这般狼狈相，心疼得哭了。她是全校唯一来看望我的人。我这会儿才感受到了朋朋的温柔、体贴和心细。但我此时却不安分地想，要换上萨日娜就好了。一连几天，朋朋都按时来我这儿为我换药，替我做饭，还喂我小米粥喝。我孤寂的心生成了一种无言的感动。朋朋外表活泼开朗，实际却是个乖巧的女孩儿。她在默默为我做着一切，却很少提出什么。那几天，三个在我看来很古老又很时尚的字眼不止一次闪现在脑海里：师生恋。

有人说，失恋的男人最易让女人乘虚而入的。尽管我还力不从心地为萨日娜固守着爱情的最后一道防线，可在朋朋的凌厉攻势下，我情感的大堤也开始动摇了。我是个男人，在性爱面前，也不会甘当一成不变的卫道士。如果不是那晚有一个莫名电话，我可能已和朋朋住在一起了。当我和朋朋在经过几天看似平淡、实则暗泉奔涌的交流之后，终于在那天晚上忘情地抱在了一起，滚到了床上。正当我们急不可耐地去解对方衣扣的那一刻，床头柜上的电话铃响了。我迟疑了一下，伸手去接，可朋朋却用双手死死地按住我那只手。铃声倔强地响个不停，搅乱了我那颗不安分的心。我感受到朋朋平日那双纤弱的手是那般有力和顽强。她似乎有预感，如果我接了那个电话，那种欲念就会动摇似的。

我的预感告诉我，这么晚了，除了她，没有谁还会给我打电话。尤其在这种夜深电话对我已很陌生了的节点，我有种去接它的渴望。

"不要接。"朋朋小声哀求我。这会儿，她的内衣已经脱了，半裸着身子跪在了床上，紧紧地按着我的手。我动摇了，心想如果这铃声不能再持续半分钟，我就选择放弃。毕竟在这种场合，当着一个激情若渴的女孩儿去接另一个女孩儿的电话，是一件很尴尬的事情。我的手尽管还按在手柄上，可力量已经削弱了许多。我抬头看了一眼头发有些凌乱的朋朋，那双充满渴望的眼神分明在乞求我，像是一只可怜的小花猫。我心有些软了，在进行最后的倒计时中，甚至企盼那铃声最好马上停下来，这样，我就可以是个男人了。遗憾的是，那铃声依旧在固执地响着，声声都在敲击我那颗近似脆弱的心扉。

当我鬼使神差地挣脱朋朋的手，操起话筒时，我见朋朋眼里射出一种绝望的眼神，一丝晶亮的东西在眼眶里闪烁。那一刻，我的心抽搐了一下，顿时觉得这几天，我和她的努力都白费了。

话筒里除了电流声，还有隐隐的喘息声。我听出来了，是萨日娜的喘息，很微弱，又很强烈。我对着话筒大声喊叫，萨日娜，你说话呀！我知道是你！

话筒里传来轻轻抽泣的声音。朋朋在一旁默默地穿着衣服，等我放下话筒时，她已经捂着双泪横流的脸推门跑了出去，空旷的楼梯里传来杂乱的踢踏声。我呆呆地坐在床头发傻，从话机的来电显示看，这是一个不显示区号的电话号码。我打电话到电信公司查询，对方先是不肯，后来我求助一个电信内部朋友，他偷偷告诉我，这个号码来自厦门市内一部公用电话。我开始胡思乱想起来，莫非她从哪个渠道得知我为她"殉情"的事儿了？抑或她在远方耐不住寂寞，又想起两人相拥的曼妙时刻了？不管怎么说，她虽逃离了我，可心里还是装着我的。

萨日娜虽没留下一句话，却让我重新燃起寻找她的希望。我那颗近乎僵死的心，又怦然跳动起来，我夜不能寐，我茶饭不思，我心乱如麻，可大千世界，人海茫茫，我到哪里去寻觅她呢？

我当时就在想，我算把朋朋彻底得罪了，也好，她再不用理我了，我解脱了。没想到朋朋第二天还是来了，只是变得沉闷了。她依旧为我换药，替我做饭，还喂我小米粥，只是脸上的笑容没有了。我很难受，为昨晚的事儿，再三向她道歉。她好像没听着似的，只是默默地做她该做的事儿。我实在忍受不了了，便说："朋朋，你骂我两句，打两下也行，这样我也许好受些。"朋朋低垂着眼睑，不说话，只是默默地流泪。

我把这个故事讲给了虹，多情的虹居然动了情，落了泪。她不解地说："朋朋对你这般钟情，你为什么这样对待她？你的心也太狠了吧。"

我无言以对。感情这个东西怎能说得清呢？我始终相信萨日娜是爱我的，否则，那个晚上，她也不会远在厦门给我打来电话。以往，她躲避我，甚至冷言伤我，自有难以言表的道理。我只是无从找到一个答案，这究竟为什么？但我仍从那个无言的电话中寻到了渺茫的希望。

萨日娜现身广州的消息让先前的一线希望又放大了一圈。我莫名地问虹一个很费解的问题："你说，女人会因为爱而离开心爱的男人吗？"

虹想了想说："这似乎从小说或电视里见得多一些，现实嘛，并不多见。"

我从虹的话语中得到鼓舞，想当然地说："我和她的恋情也是不多见的，多情应笑我，早生华发，人生如梦，一尊还酹江月。"

虹心领神会地说："你意思是说，她对你的爱是真诚的？"

我肯定地说："我找到答案了！萨日娜的心从来就没有离开我，真的！"

虹以异样的眼神来注视我，说："老师，我看您比法国人还要浪漫一百倍。您的自我感觉是不是有点太好了？如果把您的恋情故事当作《红楼梦》来解读。那萨日娜就像是林黛玉，朋朋就像是薛宝钗，您这个贾宝玉，只有娶朋朋的命了。不信，您走着瞧吧。"

我一听这话，就火了，说："哎，你怎能这么比呢，想象力太丰富了吧！我哪点像贾宝玉了，萨日娜哪点像林黛玉了，朋朋又哪点像薛宝钗了呢？"

虹笑着说："你的痴情，萨日娜的孤傲，朋朋的善解人意啊。"

我恍然想起那次去珠日河，枫对我与萨日娜近似的评价，自觉晦气，连连摇头，说："没有道理，半点道理都没有，得，我们还是换个话题吧。"

2

走在巴黎，很难将那飘香的香榭丽舍大街与飘香的科尔沁大草原联系到一起。当我迎着晚霞和巴音孟和漫步在这条大街时，我陡然发现我的心还放牧在草原上。巴黎的浪漫是虚幻的，草原的浪漫才是真实的。因为，那连着蓝天的绿色草场会把我的心也染绿的。小时候，我热衷于和小伙伴一块儿在草上打滚，翻跟头；长大了，我热衷于拉着心爱女孩儿的手在草上奔跑，然后双双喘着粗气，仰面朝天地躺在绿毯般松软的草地上，呼吸着清新的空气和花草的馨香。这样的感觉，在巴黎是无论如何也寻觅不到的。

巴音孟和告诉我:"香榭丽舍的法文意为田园乐土。香榭丽舍大街以南北走向的隆布万街为界,分成了田园与乐土两个截然迥异的风格。东段有以绿阴花草为主情调的田园式幽静,西段有以时尚娱乐为主情调的乐土般喧闹。不管你什么样的性格,在这里都可以找到一片适合自己的休闲之处。当我置身在这片田园乐土之中,并没感到有多么惬意。这毕竟不是自己的家园,总有种来去匆匆的游客感觉。"

晚霞映照下的香榭丽舍大街西段充满了时尚和情趣。大街两侧,高档写字楼、富豪俱乐部、高级饭店、大银行、航空办事处、时装店、食品店、咖啡厅、夜总会、餐馆、影剧院等应有尽有,且都是高消费的场所。世界著名品牌都在这里设有分店,招引得满世界富人们蜂拥而至,来享受一掷千金的购物乐趣。还没入夜,喜好夜生活的法国人便围坐在街边的咖啡馆或酒吧门前的小桌旁,开始悠闲自得地品味人生乐趣了。

我倏然想起来巴黎之前,一位到过巴黎的朋友讲的那种人生体验,如今身临其境,真的感受颇多。朋朋又发来一条挺黏人的短信,我只扫了一眼就删除了,虹说的那句话又响在了我的耳边,我就不信我只有娶朋朋的命了。

孟和看了我一眼,笑着说:"哎,是那个朋朋吧?还真有种锲而不舍的劲头呢。你老兄挺有女人缘的,我都有点嫉妒了。"

我苦笑了下,说:"你就别逗苦恼人的笑了。我若有女人缘,人家就不会躲出去千里之遥,不想见我了。唉,人生如梦,醒来也许就是一场空啊。"

孟和叹了口气,说:"唉,我们也许同病相怜啊,我爱的人,人家不爱我,爱我的人,我又不爱人家,苦啊!对了,像云和枫倒是相爱了,结婚了,最后不也分手了吗?还有,当年我奶奶在巴黎也经历过一场刻骨铭心的恋情,最终不也破碎了?所以,我现在是爱情悲观主义者,不如当个单身贵族好了,一个人吃饱了,全家都不饿。"

我抬眼望着落日余晖下香榭丽舍大街行色匆匆的人群和穿梭如

织的车流，却莫名体味到了断肠人在天涯的孤寂感。我计算下时差，此时的太阳已在广州的上空升起来了。这会儿，萨日娜说不定正在南国给十几岁的孩子们上音乐课，也说不定正躺在床上睡懒觉呢。想到这儿，我的嘴角就浮出一丝苦笑，别再胡思乱想了，人家也许压根就把你当猴耍了呢。

孟和洞若观火地说："是不是又想她了？我也有这样的感受，失恋的痛苦真可怕，郁闷得要死，走在大街上真想一闭眼睛，迎头往汽车上撞，然后了却一生，真的。"

我同情地说："是吗？看来失恋的感觉都一样的。哎，你还没把她的名字告诉给我呢，过些天，我回国给你查寻一下，不管如何，也算了却你的一番心愿了。"

他摇了摇头，说："谢了，哥们儿，你还是忙着去寻找你的爱情去吧。奶奶说，一有她的消息就会告诉我的，就不劳你费心劳神了。"

我笑了，捶了他肩头一下，说："鬼心眼还不少呢，是不是对我不放心啊？告诉你吧，她就是天女下凡，我也不动心的。我可是爱情专一的典范。"

他睨了我一眼说："小心眼了不是？我朝你要张照片看看，你都不敢拿出来，还说回去从网上给我传过来，骗鬼去吧。我听尹骅说，你的手机里头存着她的芳照呢，连她都看到了，还以为我不知道？"

我的脸倏地一下红了，我也说不清为啥不愿意把萨日娜的照片拿出来让他欣赏。莫非我心里早就预感到我俩会成为情敌？当然，这也是后话了。幸福的爱情都是相似的，不幸的爱情却各有各的不幸。我不禁套用了托尔斯泰《安娜·卡列尼娜》中那句经典的话来宽慰自己。

我俩在香榭丽舍大街漫无边际地散着步，天色不知不觉便黑了下来。入夜的香榭丽舍大街似乎比白日更有魅力。逶迤起伏的地势让这条街愈发增添了迷人的色彩。望不断的车流，望不断的灯河，望不断的风景，在我的眼前跳跃着，闪烁着。极目望去，香榭丽舍大街的尽头就是那座位于戴高乐广场最高点，声名赫赫的凯旋门了。我问巴音孟和："还往前走吗？"他停住了脚步说："你说呢？你是客人，听你的。"

我想了想说："距离产生美，这种感觉挺好的。"

孟和笑着说："看来英雄所见略同啊。来巴黎前，我特意去了一趟锡林郭勒大草原。当我站在半山坡上，看到九曲回溯的锡林河在绿野中穿过，非常美，我简直陶醉了。可当我从山上下来，走近锡林河时，那种美妙的视觉效果却不见了，只有满眼的河水在流淌。从那一刻起，我就领悟到这个道理。"

我感叹地说："是啊，这也是我至今不能忘怀她的原因。她离我越远，我就越思念她。"我从随身的挎包掏出两瓶香奈尔香水，说："这是我和虹上午在香榭丽舍逛街时买下的，我知道她不喜欢喷香水，可我还是买了，不管能不能送她手上，我的心也算尽到了，心到佛知呗。"

他拍了我肩膀一下，说："你真能联想，还是万变不离其宗啊。得，我算服你了。我倒真想看看，究竟什么样的绝世美女把老兄搞得如此神魂颠倒的。"

走累了，我们索性找了个临街咖啡馆落座，巴音孟和要了两杯咖啡，动情地说："很久没闲心跑这儿享受夜生活了，能在巴黎认识老乡，我真的很高兴。来巴黎之前，总幻想着能到国外去闯一闯，好像国外的月亮比国内圆似的。到了巴黎，我才发现，根本不是那回事儿，我几次都产生打马回山的念头，可虚荣心又让我望而止步，如果在巴黎不混出个人样子，我也无颜见江东父老啊。"

我凝神倾听着，看到他眼里闪烁着晶晶亮的东西。我虽没有深究，但我知道他在巴黎生活得很苦。来巴黎这么长时间，连个车还没有买，更不要说房子了。我问他："读研的费用解决了吗？"他苦笑了笑说："第一笔学费总算凑齐了，生活费还没着落呢。这不，正在想辙呢，我联系业余时间给家华人报纸打工，才有点眉目，过几天去，薪水低得可怜。"

我若有所思地说："很多人都把出国留学看作很值得炫耀的事儿，殊不知这其中的甘苦啊！像你还行，多大难处都能够自己扛着，只可怜那些小留学生了。我们系的曲老师倾其全家财力把读高中的儿子送到澳大利亚，去一所大学读预科，没想到那是个无底洞。孩子每隔几个月就朝家里要钱，结果父母连住的房子都卖了，在校外租了间小房子，还拉了一屁股的债。三年后，儿子再也混不下去了，只得回国。曲老师原想儿子会带回一张文凭来，让他伤心的是，儿子根本就没读书，在国外玩了三年，每天都沉迷在虚幻的网络游戏上，人瘦得像个麻秆似的。孩子的母亲在机场便气昏了过去，曲老师也急火攻心住进了医院。"

孟和叹了口气，说："其实，像这样的事儿，在巴黎也发生过，还有一些更凄惨的呢。一些黑心的留学中介抓住人们望子成龙的心理，靠欺骗手段诱人上钩，只苦了那些可怜的孩子和家长了。我刚来巴黎，坐地铁时碰到一个穿 LEE、一头长发、面色苍白的中国女孩儿。她那么柔弱、娇小，长着一张娃娃脸，一看便知是刚到法国的小留学生。我现在还能想象出她那无助的目光和迷茫的神态。前不久，当我再次遇到那女孩儿时，惊讶地发现那个神色迷茫的女孩儿，已经换上了与自己年龄不相符的装束，袒露的后背，超短的迷你裙，还染上了金色卷发，如果不是那张很有特点的脸，我不会再认出她的。她居然躺在了外国男人的怀里撒娇，还将嘴里嚼的泡泡糖往那个老男人的嘴里送，一副风尘女子模样，看得我心直打战，真替她羞得慌。你说，难道不远万里到个陌生国度的漂亮女孩儿，就为寻找这样一种醉生梦死的生活吗？唉，她可怜的父母知道吗？"

巴音孟和说这话时，眼里闪动着泪光。我的心和他的心在一起滴血。巴黎的夜景是美丽的，巴黎的街区是诱人的，但透过色彩缤纷的香榭丽舍大街，我恍然发现巴黎浮光掠影的背影，也并不都是浪漫。走在街上，随处可见华人，却各有各的活法，腰缠万贯的阔佬，毕竟是凤毛麟角，很多人都像是巴音孟和，在艰难生存着。也许若干年之后，他们中间有人会成为亿万富翁，但更多的人还只能过普普通通甚至悲惨的生活。

"霍日查，在异国他乡，我很高兴能认识你这个朋友。"巴音孟和说，"不管日后遇到什么事儿，我们都是好朋友的，你要相信我。"

　　我给这没头没脑的话说愣了，这是哪儿跟哪儿呀？我们萍水相逢，又将天各一方，还能遇到什么事儿？他似乎看出我的疑问，就笑了笑说："日后，你真和女友破镜重圆了，就代我祝福她。"

　　我机械地点着头，心里还在画魂儿，巴音孟和今天是怎么了，说话怎么有点云山雾罩的呢？我便顺着说："那我先代她谢谢你喽。如果真有那一天，我请你回科尔沁喝喜酒。"

　　巴音孟和沉默了，没有回答，而是向侍者打个手势，用法语说："再来两杯咖啡，谢谢。"

　　侍者是个扎着白围裙的亚裔女孩儿，一头乌黑秀发，一双不大但挺有神的眼睛。她微笑着点了下头，飘然而去。就在这时，巴音孟和的手机不合时宜地响了，居然又是柳的号码。他眉头一皱，自言自语地说："怎么又想起我了，走的时候，连个招呼都不打。"

　　手机里的声音很响，连坐在对面的我都听得一清二楚。柳带着哭腔，而且是泣不成声："孟和，快来救救我，我，我就要死了。"

　　孟和惊愕地从座位上跳起来说："柳，别急，有话慢慢说，出了什么事儿了。"

　　柳急切地说："你不要问了，快来呀，我在大卫那儿。"

　　电话又传来一阵厮打声和辱骂声，孟和接连喊了几声，"喂！喂！喂！"电话就中断了。

　　巴音孟和急了，冲我说："那个大卫又发飙了。"言罢，替我拎起挎包，一把拉着我的手就往门外跑。跑了两步才发现咖啡钱还没付呢，便将一张二十欧元的钞票扔到咖啡桌上。身后传来侍女的叫喊声："先生，您的咖啡！"

　　我给这突如其来的变故搞蒙了，不知又发生什么诡异的事情，坐进出租车才顾上问。孟和心烦意乱地说："鬼才知道呢！柳简直是不可理喻，世界上的男人那么多，怎么就偏看上那个虐待狂了。"

我没见过柳，可没少听孟和讲她，柳在网上看过我写的小说，在医院里就说想见见我。孟和还逗我，说柳是我的粉丝。说心里话，我挺同情柳的境遇，来巴黎当晚，我在旅馆里，便从孟和的讲述中对这个杭州女孩儿有了初步印象。我想象得出，柳从一个高傲公主到落难少女所经历的撕心裂肺的痛楚。我倒真希望孟和能够爱上她，应当说，这是一个并不遥远的爱情。

我没想到第一次见到的柳会是那样一副可怜兮兮的样子。下了出租车，我看到那幢楼门台阶上坐着一个披头散发的女孩儿，额头和嘴角还流着血。巴音孟和被激怒了，二话没说，便朝楼上冲去。我怕出事儿，紧随其后喊道："孟和，你千万别胡来呀！"

柳霍地站起身，也跟上来，还拉着我的衣袖哀求说："快拦住他，要出人命的！"

尽管我努力了，不该发生的情况还是发生了，以巴音孟和豪爽的个性，是无法容忍大卫对柳粗暴施虐的。孟和一脚踹开门，将正收拾东西想溜的大卫堵在了屋里。大卫此前就挨过孟和的拳脚，深知这个蒙古大汉的厉害，所以一见他进来，就条件反射似的把脑袋抱起来，缩进了墙角。孟和也不搭话，大步跨上前，一把拽住了他的衣领，当胸就是一拳。大卫惨叫一声，重重地摔倒在地板上。孟和一边继续抡着拳头狠砸，一边大声道："我叫你欺负中国人，我叫你欺负中国人！"

大卫杀猪般地哀号着，嘴角和额头上都流出了血。我上前阻拦，谁知孟和用胳膊一搡，便把我推到了墙角。孟和还不解气，从桌上抄起水果刀一步步地向大卫逼过去。大卫几乎吓傻了，一脸绝望地瘫在地板上，惊恐地闭上了眼睛。

这时，柳发疯般地扑了上来，用身体护住了大卫！我惊呆了，几乎与此同时，那把本该刺中大卫的水果刀却扎在了柳的后背上。一股殷红的鲜血从柳的身后喷涌出来，猩红得像是一股红色的喷泉，溅到了巴音孟和的脸上。

我惊叫着："混蛋，巴音孟和，要出人命的！"

柳痛苦地回过头，喃喃地说："巴音孟和，要杀，你就杀了我吧。"

孟和惊慌地喊了声："玲玲！"手中的刀子随即也滑落到地板上。

柳面色苍白地笑了笑说："你怎么不往我心口扎啊，那样，我就解脱了。"

我与孟和一道手忙脚乱地从床上扯下一条白床单为她包扎伤口。大卫不知何时趁着乱劲儿逃走了。看到柳那张凄惨的脸，孟和用拳头狠狠地捶自己的脑门，痛心疾首地说："柳，你不该跟他再回来呀。我是心疼你啊！你以为我真会杀了大卫吗？不会的，我和大卫的关系也许比你还要亲近的。"

柳已是精疲力竭了，像一头从森林虎口中逃出的小鹿，带着遍体鳞伤，躺在孟和怀里，不解地说："孟和，你怎么能和他亲近？你是不是气糊涂了？"

我虽不知孟和话的真正含义，可我知道，这话里肯定包含着隐情，很多时候，爱恨情仇是说不清楚的。于是，我提醒道："别说了，快把柳送医院吧，先打一针破伤风，再看看伤得重不重。"

柳连忙说："不用，我伤不重，千万别去医院，警察要问起来，你们就麻烦了。"

孟和焦急地说："霍日查，你先去叫车，我随后就到。"

柳急了，一把推开孟和要站起来。孟和不容分说，拦腰抱起柳就往外走。这时，房门被踢开了，几个法国警察提着手枪闯进来，冲着我俩喝道："把身子背过去！"

面对黑洞洞的枪口，我和孟和只得乖乖就犯。

身后有人厉声问："你俩谁叫巴音孟和？"

孟和一愣，回头说："警察先生，我就是。"

那高个子警察亮了一下证件，说，"有人告发你在室内持械行凶，跟我们去警察所一趟吧，这是拘留证。"

巴音孟和怔了一下，看了怀里的柳一眼说："能让我把她送到医院吗？然后，我再跟你们走。"几个警察相互交换了一下目光，说："行吧，我们一起走。"

一个警察指了一下我，说："还有你，也去，做一下证人。"

我顿时傻眼了，没想到我在无意中竟也被卷入了一场近似疯狂的情爱风波中去了。天啊，我该如何向考察团解释啊！在去医院的路上，巴音孟和居然低声对我说："事情已出了，就不要再把大卫供出去，坏人由我一个人担着好了。"

我百思不得其解，刚想问，他使了个眼色，我才省悟，当着巴黎警察的面，这不是说话的地方，心说："巴音孟和呀、巴音孟和，你今天是怎么了？说话奇怪，处事也奇怪，莫非有难言之隐？反正我越来越搞不懂你了！"

3

我接受完讯问已是午夜了，只好在警察所里待上一个晚上。第二天一早，当我垂头丧气地走出警察所，一眼看到虹正等在门口呢。她快步朝我跑来，接过我肩上的挎包，半开玩笑地说："行啊，大作家，跑到巴黎警察所体验生活来了。"

我惊讶地说："哎，你怎么知道的？"

虹眼睛一瞪，夸张地说："我怎么知道的？没准全巴黎的人都知道了呢，听说还惊动了驻法大使馆。您啊，说不定明早就成了巴黎各大媒体的焦点人物了！"

我听了这番话，吓了一大跳，惶恐地说："天啊，怎么回事儿，哎，这不关我事呀，我不过在警察所笔录一下证言而已。"

虹咯咯笑了起来，说："看把您吓得，逗您玩的。不过啊，当巴黎警察所来电话，说您在局子里，还真把全团人吓得够呛，以为是您犯事儿了呢。咱团里的头儿拿着电话，吓得脸都发白了，好半天都没说出话来，后来人家一解释，温主席才松了一口气，自言自语地说，我觉得霍日查也不是那种不靠谱的人嘛。可撂下电话后，他还是咬牙切齿地把你骂了一通，说你不该和不三不四的人混在一起。唉，也难怪，谁听了这消息能不紧张呢。这不是在国内，弄不好就酿成国际事件了。"

虹讲得绘声绘色，表白地说："今天上午考察团要参观卢浮宫。我可是作了不小的个人牺牲过来接你的。"

我忙说："知道了，我领情还不行吗？"

虹说："就知道耍嘴，我才不稀罕呢。"

我是安然无恙出来了，巴音孟和却远没我幸运，尽管我一再证实，他确实是出于义愤才出手打人的，可还得刑事拘留十天。

我和虹跑到医院，把情况告诉了还在病房等待观察结果的柳。柳流着眼泪说："一定是大卫搞的鬼，恶人先告状。我知道孟和是为我好，都怪我，让他受苦了，我对不起他！"

直到这时，我才顾得上认真端详一下柳，果真名不虚传的苏杭美女，虽说还一脸伤痕，却也掩盖不住那张俊俏的脸。我安慰她几句，说孟和过几天就出来了，没大事儿的，就和虹离开了。

在医院走廊里，虹是这样评价柳的："天生一副公主的脸，可惜了，只是一个丫鬟的命。"

我说："你不知道，柳还是个才女，不光画画得好，还写得一手好诗呢。唉，偏偏割舍不下那个苏格兰男人，真不知她是咋想的。如果她跟了孟和，绝不会发生那种破事儿了。"

虹一脸省悟的样子说："哎，还别说，巴音孟和和柳玲玲还真就是郎才女貌，一对绝配呢。要不，我给他们撮合撮合？没准能成人之美呢！"

我叹口气说："你是只知其一，不知其二呀。人家巴音孟和早就有心上人了，柳倒有心，人家却无意。"

虹有些失望地说："真的？那就不好办了。唉，看她给大卫打成那个惨样子，怪可怜的。"

我们说着话，迎面走来一个穿黑色长裙的女人。她低着头，脚步匆匆，在与我擦肩而过的那一瞬，我就觉得眼熟，走出两步，忍不住回头扫她一眼，谁知她也回头看我呢。我这才想起来，黑色长裙女人不就是夏小芸吗？她来这干什么？

虹不认识夏小芸，但却知道她与林楠的关系。当我告诉虹，那女人就是林楠的情人时，虹立马警觉起来，说："哎，她消息好灵通啊。你说，她找柳做什么？"

我也莫名其妙地说："天知道啊，这个女人简直像个黑色的幽灵，无时无刻不在柳的身边游荡着。"

我在虹的陪同下刚回下榻的旅馆，就让温主席叫了去，心想坏了，一定为警察所的事了。果然，温主席板着冷面孔，全然不见往日那种亲和力了。他不高兴地说："这几天你在巴黎都干了些什么？我们在巴黎文化考察和交流，你却出去惹事！你还以为在大学教书呢，下了课就是自由神，可以散散漫漫吗？要考虑国际影响，考虑内蒙古作家的形象，我定一个规矩，今后再出去一定要和团里打声招呼！"

我自知理亏，一个劲儿地虚心检讨，还上纲上线地说："由于我的原因，给考察团抹了黑，给内蒙古作家抹了黑，我心情非常沉痛，对不起您，我情愿接受组织的严厉处置。"

温主席这时脸才开始多云转晴，说："你小子就嘴好，再出这样的事儿，我就先把你打发回去。"

我知道他说的是气话，便顺着杆往上爬说："好啊，我在巴黎真的一天也不想多待了，咱是草原人，离开了大草原，看不到蓝蓝的天上白云飘，白云下面马儿跑，就是再好的地儿，也水土不服，不习惯的。"

温主席像看透了我的心思似的，说："该不是草原有女孩子拴住你的心了吧？"

我挠了挠脑袋，说："领导，还真就让您猜对了，我失踪的女友找到了，在广州呢，我还巴不得您把我早一天遣送回国呢。"

温主席眼睛一瞪，大声说："想得美，做梦去吧！"

我笑了，说："这不结了，我就知道就是有心提前走，也走不成的。"

温主席拍我肩一下，说："我听虹说了，你对那个家乡女孩儿挺痴情的，从上飞机就像丢了魂似的，我真不明白那你干吗还到巴黎来呀？"

我争辩说："哪的话，这个虹真会添油加醋，我是很认真对待这次考察的。每天我都在电脑上记日记，积累素材。真的，我脑子里已有初步创作计划了。"

"这就对了嘛。"温主席满意地点点头，说，"出来一趟也不容易，总要有所收获才是啊。对了，你可以写一本旅法游记，给自己留下人生的纪念。你看人家剑钧去了一趟巴黎，连《浪漫之都录梦》的书都出来了。我老了，写不动了。对了，明天还要和法中文化交流协会的作家学者交流，你搞欧洲文学的，准备一卜做重点发言。"

我心不在焉地听他的训话，外表还得装出认真的样子。温主席是个大好人，就是嘴碎了点，总爱将一个意思用多种方式重复表达出来，生怕人家不理解似的。年轻的时候，他写了好多大部头小说，只是这些年来忙于行政事务工作，写作反倒成了副业。所以十来年也没写出一部作品，也情有可原了。

我好不容易才从温主席嘴里听到结束语："今天就谈到这儿吧。"我就像又一次从警察所里走出来一样，长长地舒了口气。

虹待在我房间里有些时候了，见我进来，打趣地说："领导训话结束了？"

我关上门，煞有介事地说："我有了种一九七六年金秋十月的感觉。"

我进了警察所，没能随团去卢浮宫，这是我很大的遗憾。我给尹骅打电话，希望她能陪我和虹去一趟，否则我就等于巴黎白来了！她连想都没想就答应了，到底老同学，就是好说话。

就在我和虹准备出门找尹骅时，柳的一个电话又让这事儿泡了汤。

柳情绪很低落，说话也吞吞吐吐，说不好意思，想请我过去一下。我生怕她出什么意外，便按她电话提供的地址去了她新搬的家。原来柳一从医院出来，先前的房东就下了逐客令，只留下先前那个小女生。想想也是，短短几个月，这儿就出了好几起"血案"，太恐怖了，人家实在不想让这个漂亮的女孩儿再招惹是非了。柳只得把衣物用旅行箱装好，又找个新住处。我赶到时，柳还在一边流泪，一边打扫房间。看来，搬出的住户是个邋遢男人，很窄小的房子让他住得像个猪窝，到处都是油腻和污垢，害得我也帮她收拾了大半天才有了眉目。

柳擦着额上的汗，不好意思地说："辛苦你了，快歇歇，让我来吧。"

我看她那张带伤的脸，不免有些怜香惜玉，说："没关系，这点活小菜一碟，算不了什么。"

柳还没完全从那场噩梦中醒来，情绪低落到极点。她擦着擦着玻璃，就失声痛哭起来，放下手中的抹布就要去看巴音孟和。

我连忙劝她："不就十天嘛，很快会过去的，还是别去了。看你现在的样子，他见了反倒会更伤心的。"

柳抽泣着说："我对不起他，让他跟着我遭罪。"

我也让她哭得很不是滋味，心里直想骂娘："这个混蛋的苏格兰人，太不是东西了。"

门外传来轻轻的敲门声。我打开门，出现在面前的却是夏小芸。我惊讶地说："你怎么找到这儿了？太神了！"

夏小芸有些意外，浅浅地笑了笑说："没想到你也在，我可以进来吗？"

我自作主张地说："当然了，请。"

谁知，身后的柳却发出了一声狂怒的吼叫："滚，给我滚！我不想见到你！"

我大惑不解了，回过头冲柳直发愣。夏小芸有些尴尬，进也不是，退也不是了。柳大步走过来，狠狠地将门摔上了。我还没见过柳发这么大的火。初次见柳留下的那种温柔甜美的印象顿时荡然无存了。接着我便听到一阵噼里啪啦的摔击声，柳在发疯般地摔着一切可以听到响动的器物。我慌了，跑过去抓住她的手，喊道："柳，你疯了！"

柳依然没有从冲动中解脱出来，在极力挣脱我的手腕。我能从中体味到一个柔弱女孩儿激怒时所爆发出的力量。

这时，柳放在桌上的手机响了。我们同时都松开了手。柳迟疑了一下，娇喘着拿起电话，静静地听着里边的声音，好半天都没说一句话。我在猜测谁打来的电话。过了好半天，柳才说了句："你不用过来了，我挺好的，有人在帮我。"随后她便把电话挂了。

我没敢问谁的电话，反正不会是那个大卫的。在经过一通发泄之后，柳似乎也觉得过头了，歉意地对我说："对不起，我太冲动了，你不会笑我不淑女了吧。"

我给柳这一系列的意外举动搞糊涂了，不知该说些什么，只能敷衍道："没关系，人，谁都难免遇到感情冲动，我就做过疯癫的傻事，还殉过情，闯过鬼门关，其实也没什么的。"我不由想起临来巴黎前自己在草原干的那桩自虐傻事儿，那一晚若不是道尔吉大叔相救，蚊虫也许就把我的血吸干了。一回想起来，就觉得那会儿的我何等愚蠢，何等不可理喻！

我从巴音孟和那儿隐隐得知夏小芸和柳玲玲父亲之间的隐私。柳忌恨夏小芸也在情理之中。可自上次柳住院，一个神秘女人代交了住院费，就让我开始以另外的眼光来看待这个女人了。我想到这，又看了一眼收拾床铺的柳，忽然生出一个念头，这个可怜的女人，真该有个男人来疼了。

那天傍晚，我在柳那儿吃点便饭便告辞了。柳把我送出门，忧郁地说："请你来，本来是想让你陪我去看看他的。"

我看了看表说："如果实在想去的话，我们就去吧。"

她摇了摇头说："算了，太晚了，过两天再说吧。"

我一脸茫然地走出柳的新居，一想到出国考察却遇到这么多烦心事儿，不觉有点扫兴。都怪枫给我介绍了巴音孟和这个老乡，光没借多少，却碰到许多匪夷所思的怪事。出了楼院，想招辆出租车，不想一辆白色雪铁龙却开到了我身旁。车窗玻璃摇开了，夏小芸探出头，微笑着说："上车吧，我送您。"

"谢谢，不麻烦了。"我警惕地四下看了看，连连摆手。我实在搞不清这个女人为何在此守了这么久，不会只为送我吧。我甚至怀疑会有什么阴谋的，柳父亲的遭遇就是前车之鉴。

夏小芸见我不上车，就推开车门走下来说："我没有什么恶意的，作家先生。我只想和您讲讲我和一个男人的故事，如果耽误您的时间，我可以付费，您开价好了。"

我愈发让她的话说糊涂了，将信将疑地上了她的车，坐在副驾驶位置上。夏小芸在车上点燃了一支摩尔烟，瞅了我一眼说："在您眼里，我是不是一个很阴毒的女人？"

我急忙否认说："没有的事儿，柳对我什么也没有说过。"

夏小芸将车启动，说："此地无银三百两，不过，也情有可原。我承认做了许多亏心事儿，人生，如果有卖后悔药的话，我情愿付出我现有的一切财富来赎罪。"

我睨她一眼，说："这么说，柳的住院费是你结了的？"

夏小芸说："我很想帮她一把，可她不领情，我也没有办法。"

夏小芸一边开车，一边给我讲着她的故事。我侧目扫她一眼，在光线暗淡的车里，我依然能看到她眼里闪烁的泪光。她说自从来到了巴黎，几乎每晚上都在做噩梦。在柳父亲的事情上，她不是有意落井下石的，就像下棋一样，一旦走到了那一步，就没有退路了，她别无选择。

我迷惑不解地问："柳的父亲究竟犯了多大的罪？值得亡命国外吗？在我的印象里，只有千万级以上的贪官才有资格逃到国外，否则，很难生存的。"

夏小芸没正面回答我，只是说："柳市长也许是冤枉的，不过钻进别人一个精心设计的套儿。说句俗话，就是人家偷驴他拔橛了。"

我心说："既然如此，你为何不站出来说话，却转弯抹角地跑我这儿充好人呢？"我很想尽快结束这场无聊的谈话便说，"我快到了，有些话，你直接跟柳说好了。"

夏小芸叹了口气说："我何尝不想这样呢，可你看她今天的态度，容我有说话的空儿吗？唉，一言难尽啊。"

我在考察团驻地下了车，临别还说了几句客套话。夏小芸似乎还想说些什么，我却逃也似的跑开了。夏小芸这些话，好像也对巴音孟和说过，原本想让他传个话，可人家压根就没对柳谈起过。她今天对我说是不是也有这个意思呢？不过，我过几天就回国了，可不想再卷进这件事情上去。

4

我实在搞不懂了，我在巴黎警察所里不过待了一个晚上，消息却像长了翅膀似的飞到了国内，该死的互联网！不出半天，我就接到两个电话。先是系主任大人，言语激烈，好像我做了大逆不道之事似的。他谆谆教诲我，出国不只代表你一个人，还代表着一个群体，甚至一个国家。不管我怎么解释，他都认为，这事儿好说不好听，毕竟进了巴黎的警察所，现在社会上传得沸沸扬扬，有损学校声誉云云。说到最后，我也就不争辩了，反正我说什么，他都听不进去的。我倒很想问问："你是怎么知道的？"话到了嗓子眼，还是咽了回去。这不明摆着的吗？数码科技时代，偌大一个世界都变成地球村了。

我刚撂下电话，枫的电话就打来了。先是问候了几句，天南海北地闲扯。我心里明镜似的，便捅开了那层窗户纸，说："枫，是不是听到我的什么小道消息了？直说了吧，我扛得住。"

枫在电话那头沉默了片刻，才说："唉，也怪我，不该让你和那个巴音孟和认识的，要不，怎会出这档子事呢？"

我又好气又好笑，说："哎，你从哪个嚼舌头的嘴里听到的？还是搞

184

哲学的呢，连点思辨能力都没有。怪不得云跟你离婚！"

话一说出口，我就后悔了，打人别打脸，说话别揭短，这话是狠了点，人家本来是关心我，我却不领情，反正够伤人的。

枫果然火了，在电话里骂道："你小子够阴损的！狗咬吕洞宾，不识好人心。好，你等着，回国后，我找你算总账！"

我的手机随即传来了一阵忙音，看来枫真生气了。枫和云的事儿，我最初是从枫那听到的，是从巴音孟和那儿获知详情的。枫的女人云和她的副院长去深圳开学术研讨会果然生出事儿了。他们去一家酒店开房，不想却让人偷窥并录了像，随之便是赤裸裸地敲诈。副院长想息事宁人，便答应了人家的要求，云却不听那个邪，执意阻挠，还抢过电话大骂敲诈者。结果那一分半钟的视频录像挂上了一家网站，转瞬间便传播开来，不光闹得满城风雨，传得满世界都知道了。如果说，先前枫和云闹离婚还有些意气用事，这次就不然了，枫觉得丢尽了面子，离婚终于排到了急事特办的议事日程，并在最短时间速战速决，办好了离婚手续。我手里攥着手机，越想越不是滋味，就想把电话打回去，向枫赔罪。这家伙就是不接。没办法，我也只好发短信告饶了。枫是我为数不多的好朋友，我可不想失去他。

当天下午，我随团应法中文化交流协会之邀，来到巴黎市中心一座古老的建筑物法国工业之家，出席与当地作家艺术家和出版界的见面会。说是法国工业之家，我们在这里却没感到一丝一毫的工业气息，倒有几分艺术氛围，尤其会议厅那几幅人物油画，非常逼真。尹骅跟我介绍说，法国工业之家是人类第一部电影的拍摄场地，法国卢米埃尔兄弟当年在此开创了一种新的艺术形式，因而，这也常常是文人聚会的地方。我笑了笑说："我说呢，老同学怎么也不至于把我领到一家工厂去参观吧。"

在见面会上，我并没有见虹所说的法国美女作家，倒见到一个叫艾丽斯的女出版商，三十多岁的样子，还算楚楚动人。她为了参加这次文化交流活动，特意穿了一件深红色的中国旗袍。她告诉说："她刚刚在北京参加过中国图书展，听到中国作家来访的消息就赶来了。她对北京有着很好的印象，北京有许多神奇的地方，让她流连忘返。她所从事的小说版权工作，让她有机会和中国出版界建立直接联系。"虹嘴快，指着我介绍说："这位是小说家霍日查，出过英文版的小说，还没出过法文版的呢。"

艾丽斯颔首微笑倾听着，并主动索要了我的名片。当她把名片拿在了手上，端详了片刻，突然像不认识似的盯住我，张大了嘴巴。就在这一刻，我才猛然省悟到，她一定联想到近几天法文报纸有一则来巴黎考察的中国作家进了警察所的新闻了。

我尴尬地笑了笑，说："对不起，我就是那个中国作家。"

温主席连忙接过话茬儿说："误会，完全是一个误会，他不过做了一下证人而已。"

艾丽斯愣了一下，瞅了身旁的尹骅一眼。尹骅不失时机地做了解释。艾丽斯恍然笑起来，说："我并不知道这个消息啊！我只是想说，我在图书展上看到您参展的小说了，在我印象里，您不该这个样子，那本小说写得很青春的，我以为你该是个青春少年。"我这才松了口气，几天来的郁闷心情顿时减轻了许多。

在见面会上，我又认识了几个法国作家。生于葡萄牙的法国女作家特里奥对具有悠久历史的中国文化表现了浓郁的兴趣。她告诉我们，她的父亲是西班牙人，她生活在法国，先后出版过四部小说、两部诗集。作品被翻译成多国文字，但还没有中文版本。

她说："我愿意了解中国文化，了解他人也是了解自我的过程。我这次还特意将我的出版商带过来，希望日后能有合作的机会。"

曾是喜剧演员出身的法国作家阿拉贡出版过十几本书。他说："我的小说更多是童话世界，用童话、传说来进行创作是一件很美妙的事情。中国人的想象力很丰富的，出版发行了许多富有传奇的好书，我很喜欢。"

我也即席发言，谈了这次来巴黎的印象并将我出版的小说赠给法国的朋友。随后，法方为考察团举行了冷餐会。艾丽斯端着一杯红酒向我走过来。她似乎对我的书很感兴趣，再三说，一定好好拜读。我连声致谢，可心里明镜似的，这话不可太当真的。艾丽斯微笑着还想和我说点什么，我的手机却不合时宜地响了，一个陌生的号码出现在显示屏上。我歉意地用英语说了声"对不起"，便走到一边。我对着手机喊了好几声"喂"，对方却奇怪地挂机了。

"莫名其妙。"我心里嘀咕着，又仔细地翻看了一眼手机的最近通话记录，顿生一阵狂喜，电话区号是在广州，说不定就是萨日娜打来的呢！我马上回拨了过去，对方却无人应答，想必又是街上 IC 电话亭了。我陡然发现，这几次无言的电话都是在我摊上大事儿的时候打来的，也许是巧合，也许是刻意，可不管是什么，都让我体味到一种温暖，感受到一种力量！萨日娜呀，萨日娜，莫非我们之间有一条看不见的红线在连接着，万里之遥却咫尺之间，让我欢喜，让我忧！

在回驻地的路上，我都在想那个让我心动的电话，望着车窗外直愣神儿，脑海里不时闪现出萨日娜的影像。虹在旁边叫我好几声，我都没反应，惹得邻座的尹骅憋不住笑了起来，说："哎，想入非非了吧？是不是看上了那个美女出版商了？"

我这才省过神来，猛一回头，恰好碰在了虹的额头上。虹夸张似的惊叫一声，说："哎呀，疼死我了！"

我也不自然地揉了揉自己的头，故意傻模傻样地说："美女出版商在哪儿？快告诉我,苍天呀,大地呀,我这个凡夫俗子怎么就没看出来啊？"

我全然没了心思，一进屋便紧闭房门，将我的笔记本电脑连接到客房宽带网线上，我坚信萨日娜心里还是有我的，否则她就不会拨打我的手机了。我想通过邮箱给她发一个 E-mail，不管她那个邮箱是否还在使用，我都要试一试。我一打开邮箱，却意外收到一封新邮件。尽管地址是陌生的，留言也是匿名的，但我还是能感受到这封邮件非萨日娜莫属。这留言的字里行间，都跳荡着她颤抖的心音：

远方有个村子叫遗忘，我现在就生活在那里。那里没有昨天，只有今天和明天。我在那里喝的是忘却水，吃的是忘却饭，穿的是忘却衣。我把这个村子介绍给你，是想让你把这个村名记住。遗忘是最好的一瓶酒，可以解去忧愁的；遗忘是最好的一味药，可以包治百病的，你不妨来试一试，我先来做一个免费的广告。

　　是她，不会错的！只有她才会这么对我说话。我欣喜若狂。我手舞足蹈。我心潮澎湃。我忘乎所以。我迅速给了她一个回复，说了许多不能忘怀的话，还说要去广州找她。然后，我关掉笔记本电脑，在地上兴奋地转了一个圈，让刚好推门进屋的虹莫名其妙地张大了嘴巴。我看她那张愣得变形的脸，笑着说：“虹，她给我发邮件了！”

　　虹长出了口气，疑惑地说：“谁呀？你今天怎么了，你没事儿吧？”

　　我大声说：“萨日娜！是萨日娜！我心中的女神！”

　　虹试探地说：“可以让我看看吗？”

　　“当然了。”我兴冲冲地重新启动电脑，打开那封邮件。

　　虹看了一眼，又回身失望地看了看我，说：“就这儿还让你兴奋成这样？我真搞不懂了！”

　　我不以为然地说：“你不懂！这是一个信号，说明萨日娜心里还装着我呢，还没忘记我！说是忘却难忘却，此时无声胜有声！你不该替我高兴吗？”

　　虹没有直接回答我，而是绕了个圈子给我讲了个故事，说在万恶的旧社会，有个长工总也难见财主和他说上一句话，甚至连见上一面都很难。长工便挖空心思想和财主套近乎。有一天，他兴冲冲地从财主的院里跑了出来，疯狂地向他见到的每个人喊：“老爷跟我说话了！老爷跟我说话了！老爷跟我说话了！哈哈！”有人好奇，便问他老爷跟你说啥了。长工连想都没想地说，老爷对我说：“滚！”

　　我狠狠地瞪了虹一眼，不满地说：“你是不是嫉妒我了？我和那个长工是不可类比的，你懂不懂？这里面有本质的不同，你这分明在挖苦人嘛！”

虹笑着说："好啦，我不过开了个玩笑，霍老师，千万别往心里边去啊。"

我没有生气，我怎么会生气呢？萨日娜给我发邮件了，这对我无疑是漫漫黑夜里的一道星光。那一晚，我兴奋得没睡着觉，在床上翻来覆去地烙饼。我主意已经打定，只要飞机在北京机场一落地，我就要直奔售票厅去买飞广州的机票，至于系主任大人那一头急否，怒否？由他去吧。

随后几天，我是在焦虑的状态中度过的。尽管我还是去了卢浮宫，登了埃菲尔铁塔，游了塞纳河左岸，可这丝毫也没让我产生激动的感觉，我的心早就飞回了广州。归国的日程终于快到了，我掰着指头盘算着飞机着陆北京机场的时间。

我要走了，可巴音孟和还待在巴黎拘留所里。临行前一天，我拉着尹骅又一次去了拘留所向他道别。巴音孟和似乎在所里待得很舒服，丝毫也没苦大仇深的样子。我和尹骅坐在会见室里，见他昂首挺胸走了进来，甚至还有点红光满面的模样，不觉有些吃惊。

"要走了吧？"他微笑着说，"看来我不能给你送行了，还劳你来看我，真不好意思。"

来之前，我和尹骅的心情都很沉重，一路都在琢磨该如何安慰我这位仗义的老乡，看来，我们一切担心都是多余的了。应当说，巴黎拘留所还是很人性化的。巴音孟和掰着手指头对我说："还有三天，我就出去了，也不知柳那儿怎么样了。"

尹骅告诉他："柳的情绪很低落，整天躲在屋子里哭，我和霍日查还特意去看过她，见到你同屋那个小沈在她那儿，还给她削苹果呢。"

巴音孟和没有说话，看得出他心里不是滋味的，似乎欲言又止的样子。我说："孟和，你是不是有话要对我说呀？直说好了，我们是好朋友嘛。"

过了好一会儿，他对我说："霍日查，回国后，代我看看奶奶，说我好想她老人家。对了，我出不去，你替我给她买点巴黎产的巧克力吧。她说过，在巴黎时，她很喜欢吃的。钱过后我给你寄过去。"

我生气地说："你说什么呢？瞧不起人是不是？"

他不好意思地笑了，说："我不是那个意思，只是……"

"只是什么？"我瞪他一眼说，"你要还把我当哥们儿，就不要再提这茬儿了！"

尹骅见我这个样子，忙给我使眼神说："算了，人家也没说什么嘛，你多什么心呢，真是的！"

我想想，也是这个理儿，顿觉失言了，便说："对不起，我的话有点过头了，别介意啊。"

他笑了，拍我的肩膀一下，说："大草原有多宽阔，咱蒙古男人的心就有多宽阔，我没事的。"

我给他的话感染了，拉着他的手说："这次来巴黎，结识你这样一个朋友，一个字：值！你还有什么吩咐？尽管说好了。"

他想了想说："没了。"

我盯着他追问了一句："真的没了？"

他似乎有些不解地摊开双手说："你这么看着我干嘛？真的没了。"

我说："你呀，真是健忘，忘了我刚来时，你对我说的话了？还信誓旦旦地让我回去后替你找心上人？怎么，才这几天就忘了？"

他笑了，说："既然你这么说，那就说说到底谁健忘了？一开始，我是说了，不假；可后来我的话，你怎么就忘了呢？谢了，你还是赶快寻找你自己的真爱吧。"

尹骅在一旁有些不知所云了，看了一眼墙上的石英钟愣愣地说："哎，你们打什么哑谜，我都听糊涂了，你们抓紧时间，说点正经的好不好，还剩两分钟了。"

巴音孟和苦笑着说："我说得就够正经的了，我混得这么惨，哪还有心思谈情说爱呀。"

尹骅连忙说，混得好与坏，与谈情说爱有什么关系？别太看轻自己，说不定有女孩子在灯火阑珊处等你呢。

尹骅的话提醒了我。我又仔细看了看她说："哎，大骅，我看你俩挺般配的，要不要我来说合说合？"

尹骅的脸倏地红到耳根，伸手就要打我。我一闪身躲到了一边，心里想："怪不得她这么积极地陪我一次一次地看他呢。再看她那几分羞涩的样子，也许有门儿。"

临别时，巴音孟和说了一句让我费解的话："霍日查，回到了草原，若见到你心爱的女孩儿，替我向她问好。"

我机械地点了下头，心里却很费解。这话什么意思呢？莫非他知道什么了？我握了下他的手，眼睛有些湿润了，一种说不出的感受涌上心头。

巴音孟和也动了情，说："哥们儿，来日我若回到科尔沁草原，我会第一个去找你的。

我恍然想到了什么，说："要不要我给你心中的最爱捎个口信？哥们儿，你也别不好意思，为朋友两肋插刀嘛。"

巴音孟和摇了摇头，苦笑着说："谢谢，这种事儿就不劳烦你了，我心里有数，你还是忙你自己的事儿吧。"

"心里有数？什么意思啊？"我感觉到他伸出的手掌力量，那是一个蒙古汉子的力量，我心在说："别了，巴黎；别了，巴音孟和。我回草原了，祝你在巴黎好运！"

5

告别巴黎那一刻，我内心突然生成一种失落感。我忘不了巴音孟和那深情的目光，那是远在异国思乡的目光，那是告别草原去流浪的目光，那是走在巴黎心系初恋的目光。从那闪烁泪花的目光里，我仿佛看到了那位叫蓝萌萌的女诗人塞纳河畔徘徊的身影，我仿佛看到了那位叫柳玲玲的杭州女孩儿病榻上无助地呻吟，我仿佛看到了那位叫尹骅的女强人微笑背后的泪水，我仿佛看到了巴音孟和对心中那个草原女孩儿的牵挂。蓦然，一部小说的标题"巴黎，结伴草原的浪漫"闪现在我的脑海里。当下，我便决定回国后着手这部小说的创作。蓝萌萌、柳玲玲、尹骅和巴音孟和就是这本书的主人公。我自信，我会写好这部书的。

来巴黎时间虽短，我却经历了太多太多。我教授欧洲文学史多年，来到巴黎方发现我并没有真正了解巴黎的文化。我一直以为，我读了许多法国作家的书，但我并没有真正了解到法兰西的浪漫，这些知识像塞纳河水那般浩瀚，那般绵延，不亲身领略，单凭书本是永远也不会得到的。法国文化乃至欧洲文化带给我更多的是启迪，而不是范本。我喜欢巴黎的大气，我羡慕巴黎的文化，但我更痴情于我的故土草原。那里有生我养我的父母，有我钟情的女孩儿。我是草原人，我熟悉的是草原的文化，我期待的是欧洲文化与草原文化碰撞所产生的创作灵感。所以，我不会像我的老同学尹骅那样定居巴黎，那样我会水土不服的。

在登机前，我接到朋朋发来的一条短信，是祝我一路平安的。在送别人群中，我又一次见到那个穿黑色连衣裙的女人。她不引人注目地挽着那个男人的胳膊，冲我挥了挥手。尹骅将几张我们在巴黎的合影递给我，闪着泪花说了句："老同学，后会有期。"我伸出双手，与她有了一个亲密的拥抱，我感受到她身子在瑟瑟颤抖。过了好一会儿，她才和我分开，掏出面巾揩了下眼角，哽咽着说："回到草原，告诉你所见到的每一位同学，别忘了远在巴黎孤独的我。"我的眼泪也在眼圈里转，强笑说："我会的，大骅，我们可以建一个同学微信群，这样就可以经常在微信里见面了嘛。"

我手里的照片有好几张是我和尹骅的合影，想起大学四年，我们未曾这般亲近过。我翻着照片，看到其中有一张是我和巴音孟和的合影，心里便有些不是滋味。尹骅的目光也落在了那张照片上,说:"还有两天。"我咬了下嘴唇,说:"拜托了,替我去接他。"

当飞机从戴高乐国际机场起飞的一刹那,我将脸贴在了舷窗上,看着机身负重离开跑道,一头扑进蓝天的怀抱。我长长地出了口气,心儿已飞回了遥远的蔚蓝色故乡。虹依旧坐在我旁边的座位上,默默地注视着我在搜索座位前显示屏上的飞行坐标图。那是一条飞往东方的航线,十个小时的航程,将穿越芬兰、俄罗斯、蒙古等九国领空,直指闪烁红星的北京。

虹似乎无意地碰了我的手一下,说:"想什么呢?魂不守舍的样儿?"

我淡淡一笑,说:"我思念草原了。"

虹诡秘地笑笑,小声说:"是思念草原女孩儿了吧。我看到你买香奈儿香水了,送她的?"

我不置可否地说:"天知道我该送给谁呢。"

虹半开玩笑地说:"总不会是送我的吧。"

我说:"如果你喜欢,拿去好了。"

虹连忙说:"岂敢,淑女不抢人之美,还是送你真心想送的女孩子吧。"

我说:"行啊,来巴黎才几天就变淑女了?我怎么没看出来?"

飞机在上万米的高空飞翔,我的心也随之飞翔。我不清楚这次巴黎之行是不是该来,在返程的天路上,我全然没了来巴黎之前的那种心情。巴黎,结伴草原的浪漫,让我见识了许多许多,也让我伤感了许多许多。萨日娜那挥之不去的倩影,给我的巴黎之行蒙上了一层淡淡的忧伤。我的脑海会时不时闪现出她在那年那月的姣好容颜,从篝火旁帮我添艾蒿的脏兮兮小女孩儿,到草原蒙古包前活蹦乱跳的小公主;从牧区小学生簇拥的圣母玛利亚,到生活在南国大都市为生计奔波的音乐教师。一个比一个让我牵肠挂肚,一个比一个让我难以忘怀!

让我欢喜让我忧愁的萨日娜啊,你真忍心让我做断肠人在天涯吗?

枫不止一次告诫我:"你和她是不会有结果的。"可我仍锲而不舍地追求她。每次她的眼神都好像在说："霍日查，不要再做徒劳的努力了。我们的缘分不到，不会走到一起的。"

可她是美的化身，是我钟情的女神，总让我在酩酊之中不能自制。我这个教授外国文学的老师，是否很职业地把自己当成了《少年维特之烦恼》的主人公了？静下心来，回味一下，我也觉得滑稽和可笑，可最终我还忍不住要犯傻。我甚至开始怀疑，是不是精神出了什么问题，该看看心理医生了？

虹随手递过一块法国口香糖，是在巴黎超市买的。我嚼在口里也没觉出什么滋味。法航空姐推着饮料车，微笑地走过来，用法语和汉语问我们来点什么？我盯着车上各种饮料，要了一杯咖啡，虹则要了一杯雪碧。客舱很寂静，每一个乘客似乎都在闭目养神。几个小时后，我将重回祖国，重回自己的世界。我表面沉静，心里却乱成了一团麻，以至虹叫了我两声，我都没听到。虹下意识地在我大腿上捏了一把，我才激灵一下省过神来。虹怪怪地看着我，说："你没事儿吧？"

我苦笑一下，说："我能有什么事儿，马上就要到家了。"

虹鬼笑着说："我们在北京机场就要分手了，不会把我忘了吧，以后还会不会和我联系？"

我夸张地说："我怎么敢忘了美女作家呢？在考察团里，你是给我印象最深的人了。"

"那你还算有良心。"虹说，"不过，我们是革命友谊呀，你不要想歪了。"

我半开玩笑地说："这话好像该由我来说的，你怎么先入为主了。"

我和虹漫无边际地闲聊了一会儿，飞机突然碰到了高空气流，机体剧烈颠簸着，像坐了过山车一样，搞得乘客都紧张了。空姐用法语和汉语提醒大家系好安全带，不要随意走动。一阵骚动过后，虹悄悄对我说："你猜我当时想了什么？"我想当然地说："你还能想什么？无非是在做最坏的打算呗。"

虹柔情地望了我一眼，说："我啊，当时在想，如果真'光荣'了，我就紧紧抱着你，我们一同奔赴天堂。"

虹说得那般露骨，搞得我也说不准她说的是不是真心话。不过，有一点，虹对我有好感是没有疑义的了。我呢，也只好装聋作哑了。虹在我眼里是只可以做朋友不能做太太的那种女人。我欣赏她的开朗，欣赏她的才华，可我无法爱上她。在我心目中，萨日娜永远是我唯一心爱的女人。

客机准时着陆在北京国际机场跑道上。我站起身，友好地拍了拍虹的肩膀，说："我们来回都挨在了一起，不是天意，也是一种缘分，我们相处得很愉快，不是吗？"

虹的眼里流露出几分依恋的神情，说："霍老师，相见恨晚，很希望在创作上得到您的赐教，我日后和您联系时，您不会烦我骚扰吧？"

我爽快地说："没问题,我手机二十四小时都开机的,尽管骚扰好了。"

虹笑了，说："我不会那般不识时务的，还是留出时间和空间，请您那个萨日娜骚扰好了。"

下了飞机，考察团便解体了，呈鸟雀散状。我从环形的传送带上取下行李箱，过了海关，径直去售票大厅订飞广州的机票，还好，两小时后的那趟航班还有剩余机票，我毫不犹豫地买下了。当我拖着行李箱去托运时，朋朋像幽灵般地打过来电话。我很奇怪她为何对我的行踪了解得这般透彻，似乎就是掐着我的行程表一样，毫秒不差地追踪着我。

我没敢接电话，随她去好了。当我把一切事情办利索，过了安检，才想起该给枫打个电话了。我坐在国内候机厅长长的座椅上，拨通了枫的手机。

"回来了？"枫劈头便说，"你小子还知道给我打个电话呀，我以为你乐不思蜀了呢！怎么样，听说你在巴黎又碰到了老同学了？是不是又演绎了一曲《同桌的你》呀？巴黎是浪漫之都，这可是将同学时期的意淫变成现实的好时机。"

枫的嘴是够损的,就差没把那句"同学会同学就是搞破鞋"的不雅之语搬到台面上了。看来枫还在为我在巴黎的那次揭短耿耿于怀呢。我连忙赔罪,再三说是不经意的。枫没好气地说:"哼,谁还会像你那样小肚鸡肠,那也太不男人了。"枫告诉我,他想离开省社科院了,他实在无法直面背弃自己的前妻和那个狗日的副院长,在单位同事面前,感觉就像给人剥光衣服一样难堪。

我问他:"那你去哪呀,总不能把铁饭碗砸了,不吃饭了吧?"

枫说:"我在联系省城一所大学的学报编辑部,那里正好有个编辑部主任的空缺。"

我很同情我这个朋友,但对云也没什么恶感,感情这个问题真是说不清的。云的婚外情,也绝非一日冰冻之故,离婚对他俩是迟早的事儿,就我所知,枫也有放纵的时候,只是不为外人所知而已。

枫在电话里追问:"你要去哪儿呀?"

我说:"想去广州一趟。"

枫马上就猜到了,说:"哎,这么说萨日娜去广州了?"

我说:"有人在广州见到了她,在一所私立学校教音乐。"

枫叹了口气,说:"霍日查,我看你就是不撞南墙不回头,萨日娜是不可能再回到你身边了,你怎么还弄不明白呢!"

我没好气地说:"你不要咒我好不好!精诚所至,金石为开,这是有哲学道理的。"

枫说:"嗬,你也敢在我面前卖弄哲学来了,至少你还得自学两年,再来和我讨论哲学。"

我挖苦他说:"你还是把你的哲学理论运用到你自己的爱情与婚姻上去吧。我光凭感性认识就够了。"

枫让我这话噎得好半天没说话,过一会儿才说:"我也不和你争了,事实胜于雄辩,还是让事实来验证真理和谬误吧。"

我看了下表,时间快到了就说:"好了,要登机了,我们的争论先到此止步吧。回头我给你打电话，看到了云，代我问声好。"话说出去了，才发觉不对味，刚想解释，枫就把电话挂了。

这会儿，我的心早就先于航班飞到广州了，急于要见萨日娜的冲动撞击着我的心房。我不知这次能否打动她的芳心。我想即使无功而返，我也会锲而不舍的。两个半小时以后，我飞到了广州新白云国际机场。这是我第二次乘飞机来广州。先前那次是在六年前，我来广州中山大学进修外国文学。当时白云机场还在白云山附近，这次来，新机场搬迁到了花都区。一下飞机，我就感受到新机场的大气和豪华。我乘上机场的豪华大巴直奔市区，一路都在琢磨，我这个不速之客见到了萨日娜，头一句话说个啥？

我不禁想到临去巴黎前，我与萨日娜见的最后一面。也许由于我的鲁莽才使她下决心逃离我。那次在乌兰哈达中心小学的境遇让我至今还后悔不迭。枫见证了萨日娜给我的那记虽然柔弱无但也很清脆的耳光。那天晚上，我在乌兰哈达醉得一塌糊涂，那种失态全然没有了大学教师的儒雅风范，以至于招待所的服务员都以为是碰到了精神病患者了呢。

在我启身去巴黎的前十多天，萨日娜神秘地消失了，如果不是宝泉那个电话，说不定我至今还蒙在鼓里呢。当我疯狂地驾车赶到了乌兰哈达苏木中心小学，走进她的宿舍，展现在我眼前的已是一片狼藉的空巢了。我心中的女神走了，带走了她的心，甚至没给我留下只言片语。那会儿，我的感觉是玛雅人预言的世界末日真的到了。我驾车在草原狂奔，只差一点就走进了死亡领地。当道尔吉大叔将我从昏死中抱上勒勒车，送回蒙古包时，我麻痹了的大脑神经在潜意识中似乎安详了，可思维还装着萨日娜那飘然而逝的身影。我依稀记得大叔将我背入牧铺后，那张动怒的面孔和那声炸雷般的吼叫："不要动！我真想再扇你狗日的！"

大巴一进广州市区，我便从车上下来，拖着提箱，挥手招了一辆的士，一头钻了进去。司机不解地看我一眼，说："先生去哪儿？"

197

我将头伸出窗外，望了望，问了一句连我都觉得有点滑稽的话："也不知这广州有几所私立音乐学校？"

司机用异样的眼神打量我一下，说："你是新来的吧？"

我听这话有些好笑，便说："不错，我是新来的，可我精神还算正常。"

司机不好意思了，忙解释说："我没那个意思，我只是不知车子该往哪儿开。"

我说："随便开，我付钱就是了。"

司机这下真怀疑我精神有毛病了，盯着我，把着方向盘迟迟不开车。

我急了，说："师傅，我要找一个人，一个我心爱的人，你知道我心有多急吗？"

司机苦笑着说："再急，也得有个方位啊？总不能南辕北辙吧？"

我没脾气地摆了下手说："也好，那我先找个住的地方，这你总该知道往哪儿开了吧？"

司机说："那也要看去什么档次的宾馆啊。"

我不耐烦地说："那你就闭眼睛开吧，找到哪儿算哪，只要不是总统套房，我都消费得起。"

司机善解人意地说："话是这样说，我还是给你找个中档的吧。广州华海大酒店怎么样？三星级的，位于秀丽的珠江南畔，江南大道中二三二号，地理位置优越，交通购物便利，房价嘛，也不贵，标间二百三十元。"

司机介绍得很到位，让我除了感到惊异之外，还生出几分感动。我说："谢谢，我就听您安排了。"

车上，我知道这位司机是广州的优秀出租车司机，当过市劳模，怪不得呢。如果换了个司机，还不把人家气个半死？我从车上下来时，我们俨然成多年好朋友了，我把来意讲给了他，我对萨日娜的痴情让他也感动得一塌糊涂，他记下我的手机号码，说一旦打听到她的消息就告知我。

我登记了住处，就匆忙拿着从酒店服务台买的广州交通图上了一辆出租车。一路我边走边打听，倒是去了几所私立音乐学校，可到夜幕降临，也没能找到萨日娜所在的那所学校。我心绪坏到了极点，恍然发现我先前的想法太幼稚了，偌大个广州，人海茫茫，想找个外来女孩儿，无异于大海捞针，谈何容易！我心灰意冷地走进我的房间，连外衣都没脱，一头栽在了床上，眼泪也随之流下来。都说男儿有泪不轻弹，只因未到伤心处。也不知过了多久，我才昏昏沉沉地从床上爬起来，进了卫生间，打开水龙头冲洗起头来。

这时，我隐隐听到房间门铃响了。我很奇怪，这么晚了，会有谁呢？也就没理会。又过了一会儿，门铃换成了敲门声，我用手甩一下头上的洗发液，没好气地冲外边喊："干什么！还有完没完？我要报警了！"

"喂，快开门，你说的萨日娜，我给你找到了！"

房间外的声音让我简直不相信自己的耳朵了。我连头都没顾得上擦，就一步冲到门边，将房门打开，一把拉起那司机的胳膊，急不可耐地说："萨日娜她在哪儿？她在哪儿？快告诉我！"

司机惊愕地看我一身赤裸、一头洗发水泡沫的样子，说了句："你还是先把头冲冲，穿上衣服再问吧。"

我用手抹了一把脸，说："哎呀，你都急死我了，萨日娜她究竟在哪儿啊？"

C 巴黎：我的故事

1

在霍日查回国的第三天，我离开了巴黎远郊的拘留所。当走出大铁门，呼吸到高墙外第一口清新空气时，我诧异地见到了柳身着一袭绣花锦缎旗袍，像高雅的公主，静静地守候在大门外，手里还拎着一个法国鳄鱼服饰手袋，似乎装的是一件 T 恤衫。

"怎么是你？"我惊愕地脱口而出，随即便后悔了。女为悦己者容，我不禁想到了这句中国老话。在我印象里，站在门外的不该是柳，而应该是尹骅。

柳没有说话，只是眼圈红了。

"对不起。"我连忙道歉说，"我不是故意的，我的意思是你怎么知道我今天会出来？"

柳咬了一下嘴唇，难过地说："都怪我害了你。"

我一愣，随即现出不以为然的微笑，说："哪儿的话，也怪我不识时务，自找的。"

我仔细打量一下柳的脸庞，那几道大卫留下的伤痕还没有消去，只是结了一层暗红色的痂，还不至于毁容。我油然生出怜悯之心，可怜的柳，晦气的事儿怎么都让她给摊上了？她这般处境还来接我，足以让我感动至极了。我半开玩笑地说："在国内我也算两劳解释人员了，好在这是巴黎，不会有人注意的。"

柳将 T 恤衫递给我，说特意为我买的。我责怪她，你过得这般拮据，怎么还给我破费呢？柳委屈地落下泪来，随手将手袋扔到路边的垃圾箱里，我急忙将手袋从箱里拣出来，告饶地说："我又没说什么，发这么大脾气干吗呀！我收下还不行吗？我天天穿在身上好了。"

柳破涕为笑，瞪了我一眼，说："都这样了，还有闲心说笑话，你心可够大的了。"

我放目远眺，高声说："我是草原人啊，就得有个草原的广阔胸怀。天苍苍，野茫茫，我的心儿在飞翔！"

柳挥手招了一辆的士，说了声："别扯景了，咱们去市区。"

我跟着她钻进去，挨她坐下了，心头生出几分感动。柳是个难得的好女孩儿，虽说做不成恋人，也算患难挚友了。如果不是对萨日娜心存幻想，我也许会向她求爱的。

柳告诉我："你的那个老乡来电话了，很关心你的处境。"还告诉我，"他在广州找到那个女孩儿了。"

我的心不由得抽搐了一下，有种说不出的酸楚。其实，霍日查走之前，我便证实了我的猜测，他钟爱的那个女孩儿就是萨日娜，也是我念念不忘的初恋女友。只是我不忍心把这层窗户纸捅破，所以，在霍日查反反复复提出要为我寻找女友，我都以各种理由谢绝了。我爱萨日娜，至今仍深爱着她。可我知道，我们之间已是不可能的了。萨日娜可能更爱霍日查，尽管他也遭遇了与我相同的境遇。

萨日娜在我心中是一个谜。我搞不懂她究竟在想什么？"爱情"在我的词典里是一个最难破解的词儿，多少次都令我这个所谓北大中文系才子一筹莫展。在巴黎期间，我一次次地给她写信，给她打电话，都泥牛入海无消息。我隐隐听家乡那边人说，她爱上另外一个男人了，是一位大学老师。我不止一次想见识一下这个男人，何以有这般魅力。让我始料不及的是，这个男人有一天竟来到巴黎，而且居然就是那个痴心不改的霍日查。

我只是没有料到，那个男人也遭遇了与我如出一辙的命运。我从霍日查对萨日娜那份执着的真情中，体味到一种失落，一种彻彻底底的失落。

柳用胳膊肘碰了我一下，说："哎，想什么呢？失魂落魄的样子，你没事儿吧！"

我苦笑着说："哪能呢，我是该打个电话祝贺一下他了。"

柳神秘兮兮地说："哎，那个女孩儿也是你老乡？你难道不认识？"

我掩饰说："他又没有告诉我女友的名字，我怎么知道认识不认识？"

柳摇了摇头，说："我不信！你们男人都是这样，表面一本正经，心里头想的却是另外一回事儿，让人琢磨不透。"

我知道柳的意思是什么，她好多次向我流露过这番心思了，我却只能装聋作哑。我实在不想把藏在心底的话直说出来，让她伤心。柳是个善解人意的好女孩儿，是个可以把心袒露给我的女孩儿，我却一直认为，我们不合适。

柳沉默了一会儿，突然说："巴音孟和，我想告你一件事，小沈昨天向我求婚了。"

我一怔，试探地问了句："你答应了？"

她摇了摇头，说："我还不想草草把自己嫁出去，不过，日后我也许会同意的。对了，他本想和我一道来接你，我没让他来。"

我松了口气，说："小沈倒是个人选，对你真是没得说，只是有点配不上你。"

"配不上？"柳苦涩地笑了，说，"你太高抬我了，我算什么？一无所有的大女孩儿而已。我和大卫同居过了，又是这样一个家境，能有人乐意娶我就让我很感动了。"

我不由有些酸楚，小沈在柳面前的那种殷勤相又浮现在我眼前，连我也弄不清楚我这到底为什么？既然你不爱她，那又为何酸溜溜的呢？

柳见我没说话，有意无意地点了一句："我以为尹骅也会来接你呢，也许她太忙了，没顾上。"

我连忙说："我哪敢有那非分之想，人家尹骅的心气高着呢，还看得上咱这种落魄文人？"

"哎，听这话的意思，你还真有点想法呢，要不要我传个话。真的，人家对你印象蛮好的，我一向愿成人之美的。"柳话里有话地说。

我慌了忙说："千万别，柳，我求你了，我是不敢有这份奢望的。"

"看看，原形毕露了不是。"柳的脸色有些难看地说，"如果单单有情，而没有爱，那将是件很可怕的事情。你心灵的深处将永远都布满了阴霾。"

车子驶入了巴黎市区，我反倒忐忑不安起来。家人已有些日子没接到我的电话了，他们一定等急了，可我不敢将我遭拘留的事告诉家人，尤其不敢告诉给奶奶。我在想是否给霍日查打个电话？这会儿，说不定他和萨日娜正待在一块起腻呢。所以，临近地铁站了，我主动要下车。柳的忍耐到了极点，冲我大声喊道："你瞧不起人！"

我自知又触动她那根脆弱而敏感的神经了，只好任由她一直将我送到住的地方。柳好像不大情愿这个时候见到小沈，没上楼便悄然离开了。我走在似乎有些陌生的楼梯上，虽不过短短十天，却恍然有种隔世之感。

小沈听到我熟悉的脚步声，惊喜地拉开房门，大声说："哥们儿，你可回来了，我想死你了！"随即他伸长了脖子，见柳并没跟在我身后，不免有些失望，说，"哎，她怎么没上来？不是接你去了吗？"

我说："我让她上来，她说有事就走了。"

小沈摇了摇头，说："这个柳，也太难接近了，真拿她没办法！"

我看小沈一眼，投过鼓励的目光说："柳对你印象还不错，努力吧，我看有门儿，加油，我等着吃你的喜糖呢。"

小沈露出欣喜的目光，说："借老兄吉言了。如果真那样，我一定连请三天客不落桌，唉，话是那么说，只怕柳不会看上我的。"

我这会儿还想着我那个科尔沁老乡和萨日娜的事儿，根本无心听他表白，便有口无心地说："小沈，听我一句话，精诚所至，金石为开。你不要错过机会哦。"

203

小沈眼里放光，说："对，我这就去找她，你说，我该换件什么衣服呢？"

他的目光落在我手上的鳄鱼服饰手袋上。我懂他的心思，便将手袋递给他说："送给你好了，不过现在还不能穿，你懂我的意思吗？"

小沈不愧是聪明人，连忙说："柳给你买的吧？我怎么好意思要呢？"

我说："给你，你就拿着，装什么相！天底下一个牌子的服装多着呢，有什么不好意思呢？再说，你又那么爱她，我根本不配穿它。"

小沈如获珍宝般地将它接过来，贴在脸上，不无羡慕地说："要是亲手送给我就好了。不过，这也不错，我会好好保存起来，谢谢你了。"

小沈返身从衣架上选了件小方格半袖T恤，又照了下镜子，满怀期冀去找柳了。

我站在窗下目送小沈心急火燎地跑到大街上，登上了一辆双层巴士。心想，这个小沈啊，也够得上情痴了。

我惦着霍日查那边的事儿，拨通他的手机。手机里传来一阵乱哄哄的嘈杂声，好像在大街上。我连说了两句，他似乎也没听清谁的声音。于是，我就冲着手机高声喊："喂，听见了吗？我是巴音孟和啊！"

霍日查总算听出我的声音来了，兴奋地说："我刚想给你打电话，怎么样，出来了，还好吧？对了，我正和她在一起呢！"

我心里清楚那个她就是萨日娜了，可还是不情愿接受这个现实。我想，这个电话我可能打得不是时候，一旦她知道我是巴音孟和，我们之间谁都很尴尬的，于是便说："如果这样，我还是不打扰了，你们好好聊，过后再打给你好了。"

谁知，霍日查不依不饶地说："不行，我话还没说完呢，我告诉她了，在巴黎我遇到了科尔沁老乡，一提你的名字，巧了，她说你们还认识。哎，你怎么在巴黎不说呢？跟我玩什么深沉？"

我故作糊涂地说："你连她的名字都没讲，我哪儿能知道她姓甚名谁呀。"

这时，我在电话那边隐隐听到一个女孩儿的声音，虽听不清在说什么，可我能真切地辨出是她的声音，这声音太熟悉了，我心口一热，差一点直呼出她的名字来。我激动地说："霍日查，你把电话给她，我和她说两句话好吗？"

这时，我听电话那头一阵窃窃私语，她似乎在推托着，他似乎在坚持，最后她还是接过了电话。

"你，现在还好吗？"她的声音还是那般动听，却多少有些尴尬。

我的心几乎蹦了出来，我隔着远渡重洋的电流也能感觉到，她还没忘却我！我将手机紧紧贴在耳边，生怕漏掉一丝让我心动的气息。几年前，去巴黎前与她在星光罗曼酒店那令人沮丧的一幕又浮现在眼前。我还清晰地记得当我提起出国前举办一场婚礼时，她那复杂的神情、莫名的冷笑和令我寒心的话："你不觉得你提出这个要求有点太滑稽吗？我什么时候说过要嫁给你了？"我当时真恨不得钻到餐桌底下去，窘困得好半天都不知该说点什么。

"我还好，没想到还能听到你的声音。"我有些激动，真想问她为什么这么长时间不理我？话到了嘴边还是咽了回去。随即是足有几秒钟的沉默，双方谁也没有开口，都在静静地倾听着对方有些急促的喘息声。

也许霍日查察觉到其中的奥妙，他从萨日娜手中抢过手机，半开玩笑地说："哎，巴音孟和，原来你小子一直把我蒙在鼓里啊，我还以为你真不知道呢。我明白了，原来你就是她的前男友啊，我也上宝泉那小子的当了，你并没有抛弃她，好了，我算服你了！"

说罢，霍日查挂断了手机。我知道他一定后悔让我接那个电话了。他肯定生气了，脸色一定红得像猪肝一样。爱情是自私的，即便最要好的朋友，在爱情面前，有时也会反目为仇的。

当晚，我是在极度不安中度过的。小沈凌晨时分才回来，看我还坐在电脑前发呆，奇怪地说："哥呀，还没睡啊？怎么了，这么憔悴？"

我头也不回地说："一边去，烦着呢！"

小沈笑嘻嘻地凑到我跟前："说，别价儿，你就不想听听我的好消息吗？"我手把着鼠标，浏览着凤凰网，心不在焉地说："有什么好听的，无非你又向柳讨好献殷勤了，人家对你笑了笑，是吧？"

"你小瞧人了，是不是？"小沈依旧乐此不疲地说，"告诉你吧，我和柳的事有门儿了。真的，我不骗你。她说，我只要有了立身之本，她就会考虑嫁给我。"

"那好啊，祝贺你了。"我言不由衷地说，"不过，日后别忘了谁给你牵的线，搭的桥呀。"

"哎呀，我的亲哥呀，我小沈是那样的人吗？"他从口袋里掏出一块巧克力塞到了我嘴里，说，"我对全能的圣主耶稣发誓，如果柳玲玲嫁给我，今生今世我都会到教堂祝祷，感激老兄的大恩大德的。"

我无心听他的肉麻话，连连摆手说："好了，我信还不行吗！"

小沈吐了下舌头，到卫生间洗了洗，便一头倒在床上做他的美梦去了。

我却毫无睡意，在百无聊赖中打开了QQ，进入了许久都没有显像的好友群。这时，我发现电脑下方的任务栏上闪动着QQ好友的标记。那个图形左右晃动，提示与我聊天。我马上猜出是谁了，打开一看，果真是云，一个未曾谋面却关系亲密的QQ好友。

云看来和我一样，也百无聊赖了，看我在线，便找上门来了。这次我没敢贸然提及她婚姻上的事儿，只是客套地问候一下。云却没好气地说："你不要猫哭老鼠假慈悲了。我知道霍日查把什么都告诉你了。我怎么那么傻呢，把掏心窝子的话都说给了你！"

我让云劈头盖脸一通训斥搞得一头雾水，不知怎么一回事？我说："我都让你搞糊涂了，我说什么了？犯得上发这么大的火吗？"

云气呼呼地说："你没说什么，可我们院的人都传开了，说连巴黎人都知道我和枫的事儿了，传播者就是我在巴黎的网友。你说说，不是你又是谁呢？"

我蓦然想起来了，霍日查在巴黎的时候的确跟我提起过枫和云的事儿，云在深圳的绯闻也是他告诉我的，可我从没往外扩散过，反倒替云

206

说了几句公道话。一想到这儿，我就晦气，原本想向她发泄一下失去萨日娜的郁闷，不想却成了云的出气筒，真窝囊。我没好气地说："这不关我的事，你去问霍日查好了。"

云说："你以为我会饶了他啊，我刚给他打过电话，狠狠地臭骂他一通！"

我计算下时差。广州现在刚好晚上八点多，便说："人家霍日查在广州正和女友花前月下呢，你怎么也得给人家留点面子吧？"

"面子？面子多少钱一斤？"云没好气地说，"我就想当着他女友的面，让他丢丢面子。不过，我打电话时，他说他在往机场赶呢。"

"不会吧，我刚跟他通完电话，他和女友在逛街呢，怎么这么快就走了呢？"我将信将疑。

"得了吧，那是霍日查自我感觉太好了。据我了解，他和那个女孩子根本就不是那么回事儿，还不是死乞白赖地追人家，人家不得已应付他一下而已。"云不屑一顾的口吻让我对这个虽未谋面却从 QQ 聊天中感知并熟悉的网友有了全新认识。云 QQ 空间照片的形象不错：齐耳短发，圆脸凤眼，是蛮漂亮的知识女性，可发起火也挺恐惧的。看来，人都有两面性的，无论是巾帼英雄，还是窈窕淑女都是如此。

2

事后，我从霍日查发来的邮件中得知云的猜测并没有错。他这次广州之行注定无功而返，空欢喜了一场。那天，霍日查随好心的的士司机驱车来到广州近郊那所私立音乐学校时，已是晚上十点多钟了。下了车，他直奔校门口传达室。值班的是位退休的老教师，先是验了他的身份证，接着又问他有预约吗？

他赔着笑脸说："刚下的飞机，还没来得及呢。"

老教师随手拨通了萨日娜宿舍的电话，说有个叫霍日查的老乡看她

207

来了。不知她在电话里说了什么，老教师的脸马上沉下来，捂住话筒冷冷地说："萨老师不想见你，你还是请回吧。"

霍日查急了，投来乞怜的目光说："不会吧？我几千里之外赶到这儿，她怎会不见我呢？麻烦您让我跟她说两句话吧，就两句。"

老教师迟疑了一下，还是把话筒递给了他。

霍日查的心狂野地跳动着，急切地说："萨日娜，你让我找得好苦啊！能出来见见我吗？"

她对他的突然造访很意外，说："你怎么找到我的？"

他激动地说："你知道这么多天我是怎么过的吗？度日如年啊！"接着他便将他刚从巴黎回来，就急匆匆赶到广州的来由说了一遍。

她在电话那头默默地倾听着，过了好一会儿，才叹了口气说："好吧，你等一下，我这就过去。"

霍日查在收发室里焦急地踱着步，惹得那位老教师狠狠瞪他好几眼，沉着脸说："哎，我说，你能不能稳当一会儿，你晃得我都眼晕了。"

他这才发现自己的失态，连忙赔罪说："对不起，老先生，打扰您了。"

老教师打量着他说："你和萨老师仅仅是老乡？"

他点了点头，随即又补充说："还是朋友。"

"这就对了。"老教师的态度好多了，说，"年轻人嘛，可以理解，先坐着等吧。"

"谢谢了。"他客套着，却没有心思坐，一双眼睛还不时地往窗外瞅，直到那个飘逸的身影从窗前闪过，他的心才霍地一下落了地。

萨日娜没有迈进收发室，只是站在门口，先和那位老教师打了声招呼，然后才把目光投向他。霍日查的目光与她的目光碰撞的那一刻，心里不由涌起一阵狂潮。那种朝思暮想的感觉顿时化为一种冲动，真想扑上去马上拥抱心中的恋人。萨日娜的表情却冷得像块冰，只是淡淡地伸出手来说："你好，霍日查。"

"你好。"他机械地回应着，不免有些失望，也把手伸了过去。当他握住那双柔弱无力的纤手时，油然有种异样的感觉。她很快便把手抽了回去，平淡地说，"宿舍里说话不方便，我们出去走走吧。"于是，他们两人步出校园，融入了广州城朦胧的夜色中。

霍日查在给我发来的邮件是这样写的：

　　我和她无言地沿着珠江大堤栏杆往前走，江面上闪烁着璀璨灯光和渔火。她目不斜视，像是一个冰美人，很不情愿的样子。我心里很难受，我满怀憧憬而来，不意却碰到了这般尴尬。来广州的路上酝酿好的激情和悄悄话都像泄了气的皮球似的无从表现了。我在想，我是不是有点自作多情了？她还是那个在篝火旁帮我添艾蒿的女孩儿吗？她还是那个洋溢着爱意捧读我小说的女孩儿吗？她还是那个与我双双躺在绿草地上仰望蓝天的女孩儿吗？

　　那会儿，我满脑子都在胡思乱想，情绪沮丧到了极点。也不知过了多长时间，她才回过头瞅我一眼，说，你就做我永远的哥哥吧。就在她回眸那一瞬间，我看到了她眼里闪烁的泪光。我的心一下子释然了，一把将她的手拉住，恳切地说，萨日娜，我是专程看你来的。能告诉我这是为什么吗？我究竟哪儿做得对不住你，让你这样对待我？你不是说过，愿意和我永远生活在一起吗？她说，你就不要再问了，我，我不想做解释。我的心像是突遭北方寒流的袭击，凉透了。一路上酝酿好了的感情都给封冻了起来。

　　我情绪激动地说，萨日娜，你心好狠，看来，我就不应该来找你！算我自作多情好了！说罢，我抬腿就走。她下意识地拽了我衣襟一下，随即又松开了。我走了几步，又回过身来，走到还失神愣在那儿的她跟前，将我从巴黎带回来的香奈尔香水塞到她的手上，便头也不回地走开了。走了好远，我猛然听到身后声嘶力竭的一声呼喊：霍日查大哥！她哭泣着扑了上来，将头紧紧埋在我的后背上。我呆住了，感受得到她瑟瑟抖动的身体和久违了的体香。我抑制不住内心的冲动，回身将她紧紧拥入怀中便是一阵狂吻。她似乎也很冲动，将沾着泪花的脸贴在我的脸颊上，那带着咸味的液体流到我的唇边。那是一种带着咸味的苦涩，但却像在巴黎喝到的苦咖啡那样，让我从苦中品味到甜蜜。

我们相拥走在珠江的堤岸上，享受着来来往往行人的美慕目光。我豁然有种柳暗花明之感。可经历了短暂的情意缠绵之后，一切又恢复到了先前的样子。我没有料到，萨日娜在留给我最后一个香吻之后，还是流着泪离开了我。我茫然了，不知道这究竟怎么一回事儿了。我只记得她临走时说给我的一句话，大哥，你还是把我忘记吧，我是不值得你这般投入去爱的女孩儿。

我心绪复杂地看完这封邮件，像打碎了五味瓶，也说不上是什么滋味了。听霍日查说，先前宝泉曾对他说过，萨日娜的前男友出国后就抛弃了她。我听了这话，还气得不行。历经了时间的打磨，我恍然发现，我对萨日娜的感情丝毫也不比霍日查差的。宝泉这个混蛋，出于什么目的，居然编造这种谎言？当萨日娜终于又出现在我的视野中时，我却一点也兴奋不起来。我在想，该不该把我和萨日娜的故事也讲给霍日查呢？那将是一个美丽而又悲伤的童话。对他写小说是大有裨益的。思来想去，还是算了，我不想往霍日查的伤口再撒把盐了，更何况我伤口还没有愈合呢。让我奇怪的是，萨日娜何以做出这般匪夷所思的举动呢？难道两个好男人都不值得她去爱吗？这其中究竟发生了什么事情？

我不由想起我奶奶，一个让人遗忘的旅法女诗人蓝萌萌，尽管奶奶早就不叫这个名字了，而且奶奶自从叫了莎仁托雅就不再写诗了。我奶奶对萨日娜有着很好的印象，但对其阿爸却积怨颇深。后来，我才知道道尔吉大叔在"文革"期间曾经担任过乌兰哈达公社（苏木）白音那大队（嘎查）的革委会副主任，曾经主持过"批判潜伏的法国特务蓝萌萌大会"。

从我懂事那天起，奶奶就没讲起过那些辛酸的往事，我只是在一次意外场合才了解到事情起因的。当时我正读大一，寒假回来，我几乎每天都泡在萨日娜的毡房里。我的家和她的家相隔不算远，骑上马跑上二十分钟就到了，那是一座还不算太旧的蒙古包，坐落在嘎查东边的公路旁。道尔吉大叔在我眼里是个非常和蔼的老人，老伴几年前就去世了，萨日娜就是他的掌上明珠。

我印象里，除了我，很少有男孩子胆敢上门找他女儿玩的。令我不解的是，道尔吉大叔似乎很忌讳提及我的家人，尤其奶奶的名字，就像我奶奶和家人很少提及道尔吉大叔一样。道尔吉大叔当时只管放牧他家里的二百多头羊，对身外的事儿一概漠不关心。那天，我来到她家，他照例出去牧羊了。萨日娜为我煮沸了奶茶，端到我手边，看着我一口气将冒着热气的奶茶喝下，笑盈盈地说："哎，这么急干吗，就不怕烫着？"

我开玩笑说："不急哪成啊，毛主席都说了，一万年太久，只争朝夕嘛。"

她笑得前仰后合地说："这是哪儿到哪啊！知道你是北大中文系的，向我这个中专生卖弄哪门子呀？"

萨日娜那会儿刚考上市艺术学校音乐班，一度情绪很低落。她本来想报考沈阳音乐学院民族声乐系的，专业考试排在了前几名，却出人意料地落了榜。看来艺术院校招考还是有许多不确定因素的。我放假一回来，她快乐了许多，还像小时候那样调皮地缠着我，让我讲述在她眼里十分遥远的京城，讲述她心目中的天安门、八达岭、颐和园、十三陵、故宫……

那会儿，我眼里的萨日娜是那样清纯，清纯得像草原一颗晶莹剔透的露珠。没人的时候，她会像小羊羔似的依偎在我怀里，听我讲她闻所未闻的京城故事。我也乐于在她面前卖弄，不管怎么说，能让心爱的女孩子开心是件很惬意的事情。

可一天晚上，当我兴冲冲地从萨日娜那儿回来，却意外地从毡房门外听到奶奶和阿爸在为我和萨日娜的事争吵。奶奶说："这都是孩子们的事，我们就别太管了，萨日娜还是不错的，除了学历低，没有配不上咱孟和的地方。"阿爸却固执地说："额吉，你难道把先前的事情都忘了，我没忘，一辈子也忘不掉的。道尔吉做的缺德事，应当遭到报应的，他的女儿没资格和咱孩子谈对象！"

我的脑子嗡的一下涨了好大，最不愿看到的事情还是发生了。很久以来，我就隐隐听说过两家之间的传闻，却一直得不到证实，莫非道尔吉大叔真像人们说的那样，在"文革"中做了不光彩的事？我猛地推开门，毡房里的争吵戛然而止。他们显然没料到我此刻会出现在他们面前。奶奶最先从沉闷的氛围中反应过来，不自然地笑了笑说："你回来了，快进屋呀，门外愣着干啥？"

阿爸却板着脸说："你都听到了？也好，以后不要再去她那儿了。"

"为什么？"我情绪有些激动，"老一辈人的恩怨，干吗由我们这一代来承担？这不公平！"

"我说不行，就是不行！你就死了这份心吧！"阿爸将手中的奶茶碗啪的一下摔在了地上。我惊惶地跳起脚，那溅起的奶茶将我那条新买的牛仔裤弄得斑痕点点。

我的泪水在眼眶里转着，好半天才落下来。我狠狠地关上包门，头也不回地消逝在夜色中。那天晚上，我骑着马在寒风刺骨的荒原狂奔着，如果不是阿爸赶过来，我还不知要跑到哪里去呢。阿爸在万般无奈中默许了我和萨日娜的恋情，他在权衡利弊之后，还是不愿失去我这个宝贝儿子，再说，我奶奶的宽容也使阿爸很无奈。

不久，萨日娜从嘎查牧人的窃窃私语中知晓了这一切，她哭了，哭得很伤心。她开始回避我了，说不想因为她使我的家庭失去和睦。那段日子，我的心绪乱成了一团解不开的麻。尽管后来，我和萨日娜又和好如初，可我心里明镜似的，心理的伤痕是很难熨平的，说不清什么时候就会凸显出来。果然，在我即将去巴黎的前夜，潜在的危机还是爆发了。萨日娜说了绝情的话，一夜之间就离开了我，我一下子从爱的波峰坠入到谷底。我无法理解萨日娜的举动，究竟出于什么动机？仅仅是父辈之间的恩怨吗？我看远远不是！但又为什么呢？我想不出来，也说不出来。

来巴黎的这些日子，我一直缠绕着挥之不去的痛楚。霍日查的到来，

212

更让我平添了几分忧伤。噩梦醒来，我会想起，来巴黎之前星光罗曼酒店发生的那桩伤心事。忧伤时，我会用写诗来排遣。我在一首诗中写道：

雨中梦你，任由你的美丽从我身边逝去。我对你的爱给苦水浸泡过，给烈焰燃烧过，也给细雨浸润过，但雨丝般苦恋，会连缀起一条思念的小溪，让斑驳的爱，顺着它流向大海，流向远方，让寻梦的男孩儿，骑上漂流瓶到处流浪，到处寻觅……

一度，我也想用一场新的爱情来排遣心中的苦闷。柳就是在这时出现的。对我来说，这无异于医治心灵创伤的一剂良药。我心里清楚，与一个尽管喜欢却又不愿最终结婚的女人交往是不道德的。尽管我也犹豫过要不要继续和柳走下去，可我还是那样做了，情感这个东西真是琢磨不透的，有时爱与不爱是说不清的。我不知道大卫和柳的情感瓜葛与我的介入有多大关系，不过我知道没有我的出现，柳和大卫迟早也要分道扬镳的，就像两条平行的线，永远无法连到一起。

萨日娜是留存在我心头永久的痛。我却又把这种痛转嫁给了另一个痴情的女孩。我知道柳会很伤心的，是我欺骗了她的感情，以至让她情感伤疤又添新痕。带着这种负罪感，我比谁都希望柳能够找到她真正的幸福。

3

一连许多天，我都在焦虑之中蒙受煎熬。转眼过去了两个月，萨日娜的影子还是挥之不去，巴黎第三大学攻读硕士研究生的注册又由于我进了警察所遇到了麻烦。我整个人几乎都崩溃了，甚至产生了打马归山的念头。草原是我的根，来到巴黎，我方知晓故土对我意味着什么，那是我的根啊！没有根，那就是随波逐流的浮萍，那就是随风飘荡的云朵。无助的惆怅像夏日疯长的乱草侵袭着我的灵魂，让我忍不住摔打一切不顺眼的东西，并冲无辜的小沈声嘶力竭地大吼。

小沈以为我心理方面出了问题，溜出屋外给柳挂电话。我跑出去，一把夺过他新买的三星手机抛向窗外。小沈的脸都吓白了，惊叫着顺着楼梯往下跑，去捡他的宝贝手机。

我走近窗口，见他拿到手机并没上楼，而是可怜兮兮地站在楼下向远处张望，一直等到柳打车过来，才战战兢兢地跟她上楼来。柳进屋目睹了一片狼藉的景象，嘴角现出一丝冷笑，说："行啊，长脾气了，需不需要我来帮你摔呀？"她说着走过来，将床头的台灯顺着窗户扔了出去，我清晰地听到一声清脆的声响，并没有任何反应，因为我注意到小沈正对着手中那部摔得变了形的手机愣神呢。

我仗义地将自己的手机卡卸下来，然后递到他跟前，说："拿着！"

小沈怯怯地摇了摇头说："我，我不要。"

我大声说："让你拿着，你就拿着，啰唆个什么！"

柳上前将手机抓起塞到小沈的手上，大声说："干吗不要？不要白不要！"说完，她还狠狠瞪我一眼，拉起小沈胳膊说，"走，我们不看他的臭脸色。"

小沈迟疑地跟她走了几步，又回过头小声说："这不关我什么事啊。"

"滚！都给我滚得远远的！"我大声喊道，连我也不知道自己究竟是咋了，像疯狗一样地四处狂吠。

屋子空荡荡的，又恢复了先前的宁静。

我呆呆地躺在床上，几滴热泪从我的脸颊上滚落下来。想想来巴黎这一年多，我究竟得到了什么？失去了爱情，收获了孤独。我就像草原一头流浪的狼，漫无边际地奔波在异国大地上。巴黎，只是留在我梦中的天堂。我想草原了，我想回家了！

科尔沁草原再荒凉也能放声牧歌，就算躺在草地上，也能闻到芳草的清香，可这一切如今都变得那么遥远。那天晚上，我整整想到后半夜，居然萌生了回家的念头。我当下拨通了越洋电话，接电话的是我哥哥的女儿乌兰。她一下分辨出我的声音，兴奋地说："叔叔，你怎么还不回来呀，我都想死你了。"

我眼泪哗地流了下来，冲着话筒问："乌兰，太奶奶她好吗？"

乌兰吞吞吐吐地说："太奶奶不让我说，她住院好长时间了。"

我的心一下子揪了起来，大声说："把电话给你阿爸，我要和他说话！"

电话里传出一阵纷乱的声音，好像是嫂子在责怪女儿，乌兰不服气地争辩着。我急了，大声对着话筒说："把电话给你阿爸！"

接电话的是嫂子。她歉意地说："孟和，你哥他去照顾奶奶了。有话对我说吧。"

我怨气十足地说："奶奶有病，为什么不告诉我？为什么！她老人家究竟得的什么病？"

嫂子说："孟和，你别急，奶奶年岁大了，得的是老年病，不过，没什么大事的，我们会照顾好老人的。"

这话越发加重了我的疑心。我追问道："哪种老年病？是不是心脑血管出了问题？"

嫂子开始紧张了，显然不愿意谈论实质性问题，只是说："没那么严重，真的，我不会骗你的。"

我有一种不祥之感，说："别解释了，我这就订飞机票，明天飞回去！"

嫂子是真急了，慌忙说："巴黎这么老远，回来一趟可不是闹着玩的，再说，奶奶也不想让我们告诉你。先别急着回来，遇有大事，我会及时告诉你的。"

"不，我一定要回去！"我大声喊道，啪的一声挂断了电话。我放声痛哭起来。奶奶那孱弱的身躯，在一袭黑色蒙古袍的包裹下，在我眼前瑟瑟晃动着。奶奶打小就是我最崇拜的人，我印象中，再没有比奶奶更有才华的女人了。尤其到了巴黎，我坐到塞纳河左岸的咖啡馆里，我奶奶风华正茂的风姿便在我眼前清晰起来。也许是心灵感应，今天，我才鬼使神差地打了越洋电话，才发了这一通无名火。从嫂子吞吞吐吐的语气里，我认定奶奶一定病入膏肓了。不行，我必须马上回去！我担心再

215

晚一步，就可能再见不到我亲爱的奶奶了。

　　嫂子那边又打过来电话，我没心思去接了。我拿定主意，马上网上订一张飞沈阳的机票，这是离家乡最近的航空港了。我在想，要不要把走的消息告诉柳？沉思了片刻，我决定还是给她留张纸条好了，反正过不了多久，我还会回来的。我顾不上那么多了，就让她怨恨我去吧。好在购票顺利，我悬的那颗心也落了下来。次日一早，我在赶往机场的路上接到柳的电话。柳故作惊异状说："哎，我还以为你没手机了呢。我不过试一试，没想到还真有你的，哪儿偷的？"

　　我不以为然地说："瞧不起人，是不是？我抽屉还有一部呢，只不过老掉牙了。"

　　柳又问我："你在哪儿啊？"

　　我只得如实说："我要回国一趟。"

　　柳以为我在开玩笑，说："好啊，用不用我为你饯行啊？"

　　我一丝苦笑，说："不劳柳小姐大驾，你少摔一盏台灯，我就庆幸了。"

　　柳在电话那边笑了，说："哟，还记仇呀，得，过后我让小沈替我买个新的赔你好了。哎，到我这儿来吧，我有话对你说。"

　　见她那般认真，我只好说："柳，我在去机场的路上。"

　　柳在电话那头愣了好一会儿才说："你真要回去？没骗我？"

　　我说："干吗骗你呀，我在宿舍给你留了张纸条，在小沈那儿，过后拿给你吧，反正我还回来的。"

　　柳火了，声嘶力竭地喊道："巴音孟和，你不够个男人！"

　　我已不关心在柳心目中我够还是不够男人了。我最急于去见我重病中的奶奶，我现在一闭上眼睛，眼前就会浮现奶奶的脸庞。

　　在机舱里，我掏出《华人日报》副刊的复印件，那篇我读过 N 次的抒情散文《初恋在塞纳河左岸》让我又陷入了久久的沉思。多亏霍日查发现了那尘封了半个多世纪的秘密，当那份《华人日报》拿到我眼前时，我犹如大梦初醒。

二十世纪三十年代中期的欧洲大陆笼罩着法西斯的阴云。尽管巴黎还是一派歌舞升平的景象，可蓝萌萌已经预感到了希特勒第三帝国咄咄逼人的狰狞。当初她走出科尔沁，就是为了远离战争，寻找一片抒发诗情的净土。黄金家族的身世，聪明好学的天分，让她在巴黎度过了那段美好光景。她在塞纳河左岸咖啡馆的写作，并沉迷于她第一个恋人，也是她在巴黎的最后一个恋人。我从那篇散文中感悟到奶奶的青春浪漫。我至今也不知晓奶奶当年的恋人如何风流倜傥，只是隐约知道他在法兰西也是颇具才气的诗人。奶奶的初恋那般神秘，那般美好。这是我从那篇文中读出的感觉。

我曾多次和柳坐在普罗科佩咖啡馆里，悉心感悟奶奶当年的心灵颤音。我不得不失望地承认，那种感觉距我太遥远了。我无论如何也找不到那种久久对视、从对方的眼神里能读出浪漫的爱情诗行，也许这都源于萨日娜，她一直在牵扯我心的缘故吧。临窗吟诗，两情相悦；品味咖啡，四目相对。那是何等的曼妙，何等的惬意啊！可我与柳却缺少了那份让我向往的浪漫。

恍然想起来巴黎前，我奶奶送我的一句话："孩子，巴黎是美丽的，巴黎也是浪漫的。但美丽与浪漫不过是人生旅途的小小驿站，千万不要沉迷其中啊。"我当时并不懂奶奶这番话的特殊含义，可今天在一万米高空再回味这话，我好像明白了许多。

实际上，我心里挺清楚的，奶奶并没有像阿爸所讲述的那样，披着白色婚纱，与那个苏格兰男人手挽手走进教堂，去体验他们曾向往已久的婚礼。我想阿爸当初那样说，也许是一种空穴来风的主观臆测，也许是基于对奶奶的一种尊重。如果说恋爱更多是一种浪漫，那么婚姻更多就是一种现实了。同居一年后，奶奶生下了那个有着棕黑色头发的混血儿库佩。他们的生活是清贫的，但也充满了欢乐。就在霍日查从巴黎图书馆发现奶奶那篇散文后，我也数度去那里寻找相关资料。在一本法国期刊上，我找到了蓝萌萌和她男友的一张照片。那个苏格兰小伙子亲昵地揽着她的肩，两人幸福地微笑着。我如获珍宝般地将其用数码相机翻拍下来，准备送给奶奶做个纪念。我还从另一本《生活与爱情》杂志上得知奶奶男友贝尔蒙多曾是巴黎诗人协会的秘书长。在谈及两个人的恋情时，杂志上写道：

也许是东西方文化碰撞的结果，撞出了蓝萌萌和贝尔蒙多两位诗人的爱情火花。那是何等瑰丽和耀眼。一时间，竟然在法兰西引起轰动。但是，毕竟是来自不同的国度，不同文化之间的鸿沟并非爱情的火花就能填满的。他们最终也未能结婚，战争的烟云从另外一个侧面扼杀了两人的爱情。蓝萌萌对家乡的爱是执着的，贝尔蒙多却不愿融入那个千疮百孔的东方古国。他们最终还是和平分手了。诗人的浪漫终究也未能化为永恒。谁之过？只能让后人来评说了……

我想到这里，禁不住从手包里掏出那张陈旧的历史照片，望着他们发呆。我恍然发现，奶奶年轻时长得是那么漂亮，飘飘的黑发衬托着那张圆圆的脸庞，一袭长裙掩映着那含而不露的万种风情。那个苏格兰的小伙子贝尔蒙多也是风度翩翩，略呈波浪的棕黑色头发下长着一双细长而有神的眼睛，挺拔的身材洋溢着特有的浪漫情怀。我不知道那个我未谋过面的异国叔叔长得什么样子，可凭我的想象，长大后他一定会是个很帅气的男人。

我在想，一切真就像那本杂志分析的那样吗？蓝萌萌泪洒塞纳河畔一定会有更深层次原因的。至于这个原因是什么，那就只有奶奶才最清楚了，就像我与萨日娜的分手，也只有她才最清楚一样。我恍然想起，霍日查给我打过电话，说他正在创作一部以奶奶留学生涯为生活原型，写了横跨欧亚大陆、贯穿半个世纪的爱情童话，这是一部以当代年轻人爱情视角来展示草原与巴黎文化碰撞的长篇小说，眼看三个月过去了，也不知书稿进展如何了。

航班在飘动的云层中穿行，我俯在舷窗旁出神地看着那轻盈的云朵和云朵缝隙间的蓝天。我想，当年奶奶是乘坐远洋邮轮返回重庆的。茫茫大海，航行了许多日子，才回到祖国呀。今天不同了，现代科技拉近了人与人之间的距离，除非有飘荡大海的爱好，人们再也不需要在狂暴海浪中颠簸了。

我睨了一眼坐我身旁的女孩儿，好像是法国人，只见她戴着耳麦，半闭双眼，正在欣赏音乐，那舒缓的小夜曲隐隐约约传到了我的耳畔。孤身的她去中国干什么？旅游？留学？抑或寻觅爱情？我脑海恍然闪出一个念头：我们这个星球上，每时每刻都在上演着悲欢离合的人间喜剧。从那个女孩儿清秀的脸庞上，我看到了她喜形于色的神情。这种神情，我很久没从一个女孩子的脸上看到了。无论是萨日娜、柳玲玲，还是那个尹骅。为什么我熟识的美女，她们的脸上都时常挂满忧伤？我想来想去，只能是因为我并不快乐。在外人眼里，我有足够骄傲的资本，北大文凭、留学法国、创作有成……可有谁想到我内心难言的痛楚和忧伤呢？

我很想将心里话向身边的法国女孩儿倾诉，又觉得有点可笑。她也许是让我专注的目光看愣了，快乐的脸上也罩了一层冷漠。我这才省过神了，歉意地朝她笑了笑，用法文说了句，"对不起。"女孩戴着耳麦显然没有听到，只是机械地朝我笑了笑，又将头转了过去。"唉，我都胡思乱想个什么！"我责骂自己一句，也把头转到了舷窗。成团的云朵在我眼前飘移，就像我那颗飘忽不定的心。我竟突发奇想了一句诗的语言："科尔沁飘过巴黎的那片云。"我，还有不久前从巴黎回国的霍日查，不就是那片飘动的云吗？不过飘来飘去，最终都要投入蓝天草原的怀抱。

4

久违了，草原的芳香；久违了，可爱的故乡。

当那片呼之欲出的绿色闪现在我眼前时，我的眼角湿润了。巴黎的日子是苦涩的，但我却从没流过泪，而今，我有理由流泪了，为了草原，为了奶奶，也为了萨日娜。

霍日查开着那辆白色捷达，驱车二百八十公里赶到沈阳桃仙国际机场接我，让我在感动之余，又有些兴奋。我不禁想起，霍日查初到巴黎时，我去机场却扑了个空的尴尬。他的真诚让我这个远方游子飘忽不定的心踏实起来。霍日查一路都在给我讲述萨日娜的事情，说到动情处，潸然泪下，凄楚中还有些慷慨激昂。从他口中，我意识到，看来他也没戏了！

霍日查在车里突然问我："哎，你和萨日娜究竟谁先提分手的？"

我说："不要听宝泉信口雌黄，这家伙放屁就没安好心！我这次一定要找他算账。"

我还能说什么呢？两个男人同爱一个女孩儿，到了最后，谁也未能如愿。这样的情感经历，这样的人生是不是很失败？我不禁想起儿时，我晚上常独自跑到萨日娜家的蒙古包旁，远远眺望包里流泻出来的跳跃灯火，若能隐约见到萨日娜轻盈的身影就激动得彻夜不眠。这么多年了，我对萨日娜的感情一直没改变过。我想，霍日查对她的情感也是如此，从他脸上挂满失望，我能体味到这一点。我在默默告诫自己：人的一生，在恋爱上应当有许多次选择。无论对错，都是情感征途的一次历练。不要以为，一次失恋就失去了一生的幸福；不要以为，一次失恋就失去了一生的最爱。

我对霍日查说："你就没问过她为什么这么坚决拒绝你吗？"

他大声说："当然问过了，你猜她说什么？她说她从来都把我当作兄长和老师来尊敬的。哎，你说说看，萨日娜怎能说出这样的话？她明明对我有感情嘛！"

我相信他说的是实情，因为，我也遭遇过类似的痛苦。萨日娜也深爱过我，也用这样的话搪塞过我。我甚至开始怀疑萨日娜水性杨花了。生活中，我遇过不少多情的女孩子，也受过诸多诱惑，我都能独善其身。因为我一直相信萨日娜是很清纯的女孩儿，莫非这是我的错觉？

霍日查耿耿于怀地说："最让我难以忍受的是，她居然还劝我早点解决个人问题，不要再来纠缠她，打扰她平静的生活。哎，你评个理，我千里迢迢去寻她，她不领情也就罢了，有她这样说话的吗？我是伤透心了，比草原刮的白毛风还要刺骨！从广州回来这两个月，我一直恍恍惚惚的，像害了场大病。"

霍日查的手机响了。我第一反应就是朋朋打来的。果然，我没猜错，朋朋又和她的老师套近乎了。他不耐烦地说："我在开车，坐着我最好的哥们，拜托你别分散我的精力好不好！"

我觉得好笑，说："哎，在巴黎，尹骅问我一个问题，我问问你，看看是不是英雄所见略同？"

霍日查说："又是情感问题吧？说说看。"

我说："一个男人在他爱的人和爱他的人面前，应当做何选择？"

他笑了，说："老掉牙的问题，还来蒙我呢，当然选择我爱的人了。你我不都是这样做吗？"

我说："如果你爱的人不接受你的爱呢？"

他说："那就锲而不舍，信奉'精诚所至，金石为开'的信条。"

我进一步说："如果一切努力都不奏效呢？"

他沉默许久，叹口气说："那就只好退而求其次，找一个爱我的人了。"

我说："这就对了，那个女孩子是不是就在你的选择之列呢？"

他摇了摇头："不行，不行，我放不下她。该死的萨日娜，早把我的心偷走了！"

我也沉默了，将目光投向窗外。草原离我越来越近了，绿色扑面，芳草萋萋，我却一点也兴奋不起来了。我不禁想到一位女作家的话："爱是不能忘记的。"可我却想对痴情的他说，一只梦鸟既然从自己的天空飞走了，那么，忘却也不失为一种美丽。

若轮到我，真能把她忘却吗？一个再也无法寻找到的那种美丽。一想，算了，我眼前头等大事莫过于早点见到我亲爱的奶奶了。临近市区了，我给哥哥打了电话。他听说我从巴黎飞过来很惊讶，并告诉我奶奶正在市医院的 ICU 抢救。我心提到了嗓子眼儿，眼泪也止不住地落下来。

霍日查善解人意地将车速提高至极限，一连超了好多车。我在一旁不住地提醒他别急，安全为上。他却丝毫没减速，将车开得飞了一样。也是忙中出差，就在车子进入城区不久，在一个十字路口与迎面驶来的一辆集装箱车相遇，在我惊叫中，他猛打一下方向盘，那车子倒躲过了，可他的捷达车却侧翻在马路上。

我俩全部扣在车里。我头顶有种湿漉漉的感觉，随之鲜血便从额头流淌下来。我大脑一片空白，心想这下完了，恐怕我要死了。过了好一会儿，在一片嘈杂声中，我和霍日查先后被人从车里救出来，抬上担架，并送上救护车。我在担架上试着活动一下，发现身上的零件还都好使，稍许定下心来。我侧目看眼霍日查，他好像也没多大事儿，方松了口气。旁边的医护人员轻声说，幸亏你俩都系了安全带，算捡了条命。

救护车去的偏巧就是市医院。我在外科观察室没躺两分钟，便急不可耐地溜出来，直奔 ICU 病房。当哥哥见到头裹绷带走进来的我，竟没能认出我，扫了一眼，又忙着去照顾奶奶。我急切走近奶奶，一时间百感交集。奶奶比我走那会儿更清瘦了，脸色苍白得像一张白纸，鼻子上插着氧气管。看见我，奶奶的眼睛突然放出了光彩，嘴角动了一下，似乎要说什么。看来，奶奶一眼就认出我了。我一阵激动，情不自禁地将手伸到床前。奶奶机械地让我攥住那冰冷的手，她不能说话，只会眨眼和抖动嘴唇。

"哎，你干什么？"哥哥一把将我推到一边，冷冷地说，"从哪儿来的，回你病房去！"

奶奶吃力地张了张嘴，喃喃地像是要说什么。我一阵难过，说："奶奶，我来晚了！"

哥哥愣住了，扳过我的肩膀仔细看了看，一把将我揽到怀里，摸着我的额头，哭着说："孟和，你怎么成这个样子了！我可怜的弟弟呀！"

我苦笑着说："来市区的路上出了点事儿，不过也算万幸了，只是头磕破点皮。"

奶奶虽说重病缠身，头脑还是清醒的。她让我紧紧攥着手，像有许多话要说。我深情注视着奶奶消瘦的面庞，脑海浮现的却是留法女诗人蓝萌萌在巴黎的背影。人生如梦。我想，当年那个贝尔蒙多若健在的话也该老态龙钟了。

在巴黎，我也曾寻觅过他的踪影，不为别的，只想知道奶奶当年为何和他分手。后来认识了柳，又认识了大卫，这个念头就愈发强烈了。因为，我无意从柳那里听到大卫爷爷的名字叫贝尔蒙多，又从那份《华人日报》得知奶奶的恋人也叫贝尔蒙多。只是我不愿相信这一切是真的，大卫在我脑海留下太多恶劣的印象，我不愿与这种人为伍。我更希望这不过巧合而已。当年那位从巴黎回到苏格兰的大牧场主贝尔蒙多，让我隐隐感觉似乎与奶奶有些瓜葛。正当我想进一步了解时，柳和大卫的关系彻底破裂了。我也就无从知晓这里边的奥秘了。这次回草原，原本也想从奶奶这儿寻找最后答案的，可看来，我来得并不是时候。

奶奶是在我赶到的当晚仙逝的。临终前，她脸上始终挂着慈祥的微笑。我掏出那张翻拍的照片，看她和贝尔蒙多站在塞纳河畔幸福地微笑着，禁不住泪如雨下。奶奶那会儿已不省人事了。我无从知晓她内心是否还装着那段美好记忆，是否还在无言牵挂失散半个多世纪的儿子。我失声地痛哭起来。哥哥久久摸着那张照片，泣不成声地向我讲述了一件鲜为人知的往事。

奶奶其实从没有忘记那个贝尔蒙多。哥哥说，听说我要回国的那一刻，奶奶像变了一个人似的。她喃喃地说，巴黎，巴黎，还有那个该死的贝尔蒙多，你们合伙断送了我的青春啊。哥哥不知道贝尔蒙多这个名字，但他猜到是谁了。他们分手的直接原因是年轻人的迷茫和对和平的绝望。诗人是浪漫的，但浪漫的幻想有时也会诱使他们走向极端。

我听懂了哥哥的弦外之音。奶奶当初逃离家乡来到浪漫之都巴黎，缘于那年从北平回到科尔沁探亲受到亡国奴般的刺激。不久，日本人又入侵北平，让她心灵受到进一步创伤。黄金家族的身世让她有条件飞到巴黎，去躲避战乱，享受和平阳光。一身诗人气质的她在巴黎寻觅到初恋的温馨，结识了同样浪漫的旅居法兰西的苏格兰诗人贝尔蒙多。

他们同居了，生了漂亮的混血男孩儿库佩。如果不是那年六月德国人占领了巴黎，他们也许还会继续生活下去。巴黎的沦陷，彻底打乱了他们的生活节奏。贝尔蒙多也正是出于同样原因才萌生了移居苏格兰的念头，而蓝萌萌却固执地要带男友去重庆。两个浪漫诗人在一个现实问题面前产生了严重分歧，并导致了情感破裂。唉，有时候，很多事情真是难以琢磨的谜团。自作聪明的贝尔蒙多以为先将儿子送到苏格兰姥姥家就会迫使女友就范，岂不知这种愚蠢做法加速了他们的分手。

在一个风雨交加的夜晚，孤独无助的蓝萌萌想到了死。她在几十年后曾发生过戴安娜车祸的阿尔马隧道旁的阿尔马桥纵身一跃，跳进了日夜流淌着浪漫的塞纳河。贝尔蒙多也许至今也无从知晓这段浸满泪水的往事，多亏河畔停泊的一艘游艇的主人搭救了她。蓝萌萌在临终前几天向哥哥讲述了那段埋藏心底半个多世纪的往事。她说不想把这些话带进棺材里。她还说，就在跳入塞纳河的那一瞬间就已经开始后悔了。人啊，其实一生，往往会做出许多匪夷所思的傻事。

奶奶是在万念俱灰的心情下乘船回到陪都重庆的。回国后，她才知道父母已经去世了，死在了一次日本人对重庆的大轰炸中。她寄居在远房的叔叔家中，每天把自己关在书房里，沉默寡言，不苟言笑，俨然变成另外一个星球上的人。一个神采飞扬的女诗人，一个天性浪漫的女才子渐渐消逝在世人眼前，并凝固在人们的记忆中。在重庆，很少有人知道当年那个蜚声海外的女诗人蓝萌萌就生活在这座城市里。只是报上时不时有人提起蓝萌萌在巴黎写过的诗句。偶尔她也会以笔名在报上发表带有欧式风格的新诗，大多带有几分思乡的忧郁。但是，在战争年代，人们关心的是生死存亡，哪里还有人关心一个旅法女诗人的情感波折呢？

当有一天，国民党兵败大陆，她的远房叔叔提出带她去台湾，她才意识到该回归家乡草原了。叔叔给奶奶一笔路费，并将她送上去北方的火车，辗转一个多月才回到故乡。在看到科尔沁草原的那一刻，她长跪不起，泪水打湿了她的衣襟。在 T 市军管会，奶奶意外遇见了老同学扎木苏，他日后成了我爷爷。扎木苏当时在军管会担任文化科长，这位伪满时期国高毕业的进步学生在一九四七年的时候加入了内蒙古骑兵五师，当了文化干事。新中国成立后，奶奶到盟群众文化艺术馆工作。爷爷则当了盟文化局局长。几年后，便有了我的阿爸和我的叔叔。

我叔叔出生那年，我爷爷丢了官，被下放到文化局下属的戏剧创编室从事戏剧创作。"文革"一开始，我奶奶又莫名卷入一桩法国间谍案，说奶奶的顶头上司就是她先前的恋人贝尔蒙多。虽几年后组织上的审查做了"查无实据、子虚乌有"的结论，但为时已晚，她被安排到一个旗的图书馆工作，两年后申请离休，自愿落户到乌兰哈达苏木。

小时候，我时常见到奶奶坐在蒙古包前发呆，见谁家女人抱着婴儿走出蒙古包，她就会默默流泪。我始终不明白，今天才知道这其中的缘由了。奶奶后来不再写诗了，转而热衷于蒙古族服饰的研究。在旗图书馆工作期间，她还将多方搜集到衣物集中起来，举办了一次科尔沁蒙古民族服饰展。奶奶和我爷爷的情感生活很平淡，我甚至怀疑他们是否真的存在爱情。那个浪漫女诗人蓝萌萌不见了，取而代之的是一个平凡的女馆员莎仁托雅。

柳玲玲突然打来的越洋电话证实了我的预感，大卫的爷爷就是奶奶当年的恋人贝尔蒙多。他也多次到过北京，想查询蓝萌萌的下落，都大失所望地离开了。人海茫茫，去寻找一个改了名字的女人谈何容易！人到暮年的贝尔蒙多做梦也没料到，最终竟从孙儿大卫那里得悉了蓝萌萌的踪影。这个消息是柳在巴音孟和离开巴黎的第二天才告诉大卫的。大卫没想到，爷爷在得到蓝萌萌音信之时，就是蓝萌萌病危之日。年迈的贝尔蒙多不禁老泪纵横，悲痛欲绝。他喃喃地说，这一生中，他最对不住的人就是蓝萌萌了，为此，他背了一生的十字架。

大卫的父亲库佩也就是奶奶的儿子惊闻噩耗后，执意陪爷爷前来科尔沁参加葬礼。他爷俩通过柳发来短信，说此时他们正在飞越地中海上空的航班上。我想奶奶在天之灵也该安息了，您的孙子终于让您了却一桩未了之愿。我不清楚柳在中间究竟做了多少工作，使得贝尔蒙多在耄耋之年不远万里来到中国。我真的很感动。柳和大卫既然彻底了断了情缘，将真相转告给老人是需要勇气的。柳电话里说，她已答应嫁给小沈了，说她是那种退而求其次的女人。当我祝福他们幸福时，她幽怨地挂断了电话。

这几天，霍日查一直在默默地陪伴着我，在他身后总是默默地站着一个娇美可人的女孩儿。不用问，我也知道她叫朋朋。我有几次想问有关萨日娜的事，可我恍然发现我这会儿说什么都不大合适，只会在他的伤口再撒上一把盐。

5

有时我就在想，假若我生命当中没有萨日娜出现的话，我会是今天这个样子吗？也许我不会北大毕业留京不久就回到科尔沁草原，也不会先是放弃 T 市政府的铁饭碗，再远走巴黎，我会随遇而安地在京，或在一座繁华城市娶妻生子，过我那种衣食无忧的平淡小康生活。但是为了一个心仪的女孩儿，我几年来在不停地奔波，不停地改变自己，以至连我都不知道我是谁了。爱情啊，你这个摧残心灵的魔鬼，让我的心灵至今还是一片荒漠。

这种感觉一直到贝尔蒙多踏上科尔沁草原才有所转移。贝尔蒙多的到来，让许多局外人深感意外，包括我叔叔在内的家里人只是出于礼节的客套，在许多事情上依旧保持沉默。贝尔蒙多已老态龙钟了，早就和照片中那个浪漫诗人和帅小伙判若两人。他头发稀疏，神情恍惚，在库佩搀扶下步履蹒跚地走到了奶奶灵柩前，深深地鞠了三躬，再将奶奶生前一本法文版的诗集摆放在了灵前，随即号啕大哭起来。在场者纷纷投来迷惑的目光，也让我的叔叔颇为尴尬。我只好上前，用法语安慰这位风烛残年的老人。唉，早知如此，何必当初啊！我不禁又想到大卫和柳玲玲，他们似乎也在重蹈前辈的覆辙，只不过其剧情的细节有所出入而已。我想，蓝萌萌和贝尔蒙多的爱情悲剧至此也该谢幕了，而我们这一辈的爱情悲剧也许刚刚开始。

人群中，只有霍日查才知这里的隐情。他走到我跟前低声说："你惹下大祸了，真不该让他知道丧事的。"

我小声说："我也蒙在鼓里的，一切都是柳说给大卫的，该死的大卫，成心出我的丑！"

霍日查不以为然："不，大卫，平生也许只做了这样一件够爷们儿的事！"

送别奶奶的那天晚上，我和霍日查在奶奶城里的故居聊了好久。当然，谈得最多的还是萨日娜。我坦然告诉他，其实，我早就猜到你爱的女孩儿是萨日娜了。

他愤愤地说："你骗我骗得好苦，怪不得你一直也不透露她的名字，太不够朋友了！"

我说："还用我告诉吗？你不也在刻意隐瞒她的名字吗？还不是怕我夺人之美！"

我便向他讲起了我和萨日娜那段久远而凄美的恋情。

霍日查说："我太傻了，当初怎么就没想到她先前的男友就是你呢？都怪宝泉的谎言，让我没往那上面想。唉，若早识相点，我就不会当你的面说那么多痴情的傻话了。"

我说："同是天涯沦落人，相逢何必曾相识。"

说话间，霍日查接到了一个电话，情绪立时变得冲动起来。他恼火地喝道："别说了，我饶不了那个王八蛋！"

我有些惊诧，我印象中，霍日查谈吐自如，一板一眼，从没这个样子的。他怎么了？完全丧失了理智，全然没了大学教授温文尔雅的风度。

我忙追问究竟出了什么事？

他气恼地说："不要问了！我快疯掉了，我要杀人！"

我惊愕地说："说什么混账话！你别犯傻，要冷静，冷静，你懂吗？"

霍日查将手机狠狠摔在了地上，两眼喷出愤怒的目光，说："我终于知道萨日娜逃避爱情的隐情了。没想到她会遇到那样一个无赖！先前，我还把他当成了朋友和学生，这个混账王八蛋！"

"你把我说糊涂了，无赖是谁？究竟出了什么事情？"我不解地问。

"宝泉这个龟孙子，在一年前居然仗着权势糟蹋了萨日娜，毁了她。"霍日查暴跳如雷地吼道，"我绝轻饶不了这家伙！"

我心里发冷，一种不祥之兆笼罩心头。"一年前？"我终于明白萨日娜为何当初执意分手的缘由了。宝泉这个衣冠禽兽，在我出国前夕竟做出那般龌龊恶行，不仅如此，过后他又嫁祸于人，反过来说是我为出国抛弃了她。

"这消息可靠吗？"我不放心地追问了一句，"宝泉可一向人模狗样的。"

"这消息绝对可靠。"霍日查说，"打电话的人是萨日娜舅舅，狗日的宝泉，我真想和他决斗，像普希金当年那样！"

"你可别感情冲动，做出格的事呀！"我想起了我在巴黎的前车之鉴，急于劝阻说，"我们一定让他受到应有惩罚，将他绳之以法！"

"巴音孟和，到这会儿了。"他大吼道，"你还说这种话，你还是不是个男人？"

"霍日查，你放屁！"我火了，大声说。

霍日查眼里噙着泪花大声说："反正我咽不下这口气的，我找那家伙算账去！"

我这会儿也气得不行。我和宝泉是初中同学，也曾是好朋友，和萨日娜恋爱后，我还专门请他这个副苏木达吃过饭，请他多关照她。宝泉也信誓旦旦地说，看在老同学面上，亏不了你的萨日娜。真没想到，他竟是这般"关照"她的！我不禁想起临去巴黎前，在星光罗曼酒店的那天晚上，萨日娜情绪突然陡变，对我最后说的那句绝情话："孟和，我不配享受你对我的爱，还是忘了我吧。"

我到巴黎不久，哥哥曾打过电话，说听到一个小道消息，乌兰哈达苏木主管教育的副苏木达宝泉曾打过萨日娜主意，让萨日娜拒绝了。我当时打越洋电话向宝泉求证过这事儿，宝泉不光一口否定，还说了一大套朋友妻不可欺的大道理。我当时也没把情况想得那般糟，真没想到宝泉会做出如此混账的事情来！

送走霍日查，我心乱极了，脑海尽是挥之不去的萨日娜身影。如果不是奶奶的事儿，我也许早就拔腿去广州了。尤其今晚听到这样的事，我的心如刀割一般地痛。我打定主意，把奶奶的丧事料理完就去广州看萨日娜，劝她把宝泉这个恶魔告上法庭。在此之前，我还要去看望道尔吉大叔，核实一下这事的真伪。我还心存幻想，宝泉也许还没把事情做绝到那个份上。

第二天，我驱车去乌兰哈达。一年多没见，道尔吉大叔老了许多，见我胳膊还罩着黑纱，老人情绪很激动，拉着我的手说："孩子，我对不住你奶奶，对不住你奶奶啊！当年，我带头批斗她，还动手打她一巴掌，现在想起来真后悔呀！我那会儿就像吃了迷魂药，咋就干出这等缺德事呢！"

我劝慰大叔："您老别那么想，都过去的事了，奶奶当我的面从来也没抱怨过您。她老是说，处在那样一种历史环境，什么事情都有可能发生的。"

老人流着泪说："你奶奶过世我都没脸面去看看她，我上辈子造什么孽了！"

我万没想到老人内心深处还有如此深的疤痕，原本以为我和萨日娜的恋情会填平这道鸿沟的，没想到我们的关系最终会是这个样子。其实，萨日娜也有一颗受伤的心，在外表光鲜的背后，她也只能像只猫一样，在草原月光下偷偷舔舐着自己的伤口。

我心情沉重起来，不知该如何向道尔吉大叔提及我此行的目的。大叔似乎看出了我的心思，说："有什么话就说吧，是不是和萨日娜的事，我看你就别找她了，她不会嫁给你的。"

　　"为什么？"我惊愕地问。

　　"萨日娜说配不上你。"大叔寻思好一会儿，才吞吞吐吐地说，"我知道你和霍日查都是真心对她好，可她不愿意欺骗你们。"

　　"您老指的是她和宝泉的事儿？"我试探地问了句，"那都是真的吗？"

　　"怎么，你也知道了？"大叔有些惊讶。

　　我激动地说："可我不在乎，都二十一世纪了，那些封建礼教的东西早该扔掉了。再说，这不能怪萨日娜，都是宝泉造的孽，应当去告他！"

　　大叔摇了摇头说："我也不是没想过，可空口无凭，不会有好结果的。我女儿命好苦啊，她又是个碍面子的人，打掉了牙，只能往肚子里咽的。"

　　"这么说，她当初拒绝我，后又拒绝霍日查，都出于同一个原因？"我抱怨说，"她怎不早说呢！"

　　"我也是在萨日娜辞职去南方以后才知道的。"道尔吉大叔流着泪水说，"宝泉在你去巴黎的前一个晚上，借找她谈话的名义，在办公室强暴了她，还威胁她不要讲出去。你走后，他又一直缠着她不放。萨日娜稍有不从，他就扬言将她的裸照挂到网络上。萨日娜在一年当中受尽的欺凌，她却羞于启齿，直到后来怀了孕，才不得不辞职离开了这里，到广州打了胎。"

　　我听到这，头发根子都竖了起来，霍地站起来说："大叔，没想到您会这样软弱，您怎么就忍气吞声了呢？不行，我去找那个无赖算账，我咽不下这口气！"

　　大叔一把拽住我的胳膊，哀求说："孟和，使不得啊，这事一旦传了出去，我老脸倒好说，萨日娜就真没脸做人了。我不是怕那个狗日的，我只是怕女儿受委屈呀！"

　　我此时根本无法控制情绪，脑子里只有一个念头："去会会那个混蛋，至少要打断他一条腿，让他再也做不成伤天害理的坏事！"

我甩开大叔胳膊，不顾一切地冲出蒙古包，发动车子向苏木所在地狂奔。车轮碾压着没膝的绿草，车子像在浪尖行进的快艇，几度颠起，又几度倾落。我眼前的绿色仿佛都变成了血色，迎面朝我扑来。我在车里大声吼叫着，发泄着。失去理智的我，只有一个念头，那就是砸碎狗日的脑壳。

猛然，我从倒车镜里发现道尔吉大叔的铃木摩托也飞一样地追上来。我不得不承认，道路的颠簸局限了我的车速，想甩掉摩托车几乎是不可能的。我将头伸出车窗，任凭草原的风吹起我飘散开来的长发，我眼前仿佛出现一个飘逸的女孩儿，驾着浮云在朝我飘来，就像当年那个扎着两根小辫的小女孩儿骑着一匹小白马，手里擎着一瓶"塞外狼"矿泉水，追上那辆满载考生，去旗里参加高考的马车，并在众目睽睽之下将水递我的情景。而今的草原很难再闻到当年混合着羊膻气、草香、汗味的气体了，但我心中圣洁的草原，还有我心中清纯的女孩儿却是抹不掉的。

车子终于驶上了公路，我加大了油门，车速表直线上升到了一百五十迈，转瞬间，便将铃木摩托甩到了视野之外。我把着方向盘，注视着越来越近的乌兰哈达苏木办公楼，推断着见到宝泉后的 N 个结局，大有种"风萧萧兮易水寒"的悲壮。

当我将车驶进苏木政府大院，不禁给眼前一幕惊呆了。一辆 120 急救车和一辆 110 巡逻车都闪烁着顶灯停在了院子当中。里三层、外三层的人群挡住了我的视线，我不知发生了什么大事情。我跳下车，拨开人群，脑子嗡的一下涨了好大。我分明瞧见霍日查给两个膀大腰圆的警察架进了警车。

那一瞬间，霍日查的目光和我的目光碰撞到一起。从那熟悉的目光里，我没有寻找到绝望，反倒寻找到了欣慰。我心在颤抖，不敢再对视这种难以忘怀的目光。那副亮闪闪的手铐原本应当是为我预备的。我一下子全明白了，霍日查说的那番话绝非一时冲动，而是付诸行动了。我将目光投向救护车，见到一个鲜血淋漓的男人刚给抬进去。救护车和警车一前一后地驶出了政府大院。我紧闭双眼，一下子瘫在了地上，直到道尔吉大叔使劲摇晃我的身子，我都没有睁开眼睛。

道尔吉大叔也给眼前惊心动魄的一幕惊呆了，张大了嘴巴，好久都没能说出一句话，只是紧紧攥住了我冰冷的手。听现场的人讲，霍日查醉酒之后，将他的白色捷达径直开到苏木政府。他在院门口与宝泉碰了个正着。宝泉夹着一个公文包，事先连点预感都没有，甚至还笑嘻嘻地和他开了句荤玩笑："霍老师，您这次是奔哪个女孩儿来的呀？"

霍日查面无表情地走到他跟前，掏出一把亮闪闪的蒙古刀，当胸就是一刺。毫无防备的宝泉惨叫一声扑倒在地，霍日查朝他身上又狠狠踢上两脚，便潇洒地坐在车里给110拨打自首电话。我做梦也想不到文质彬彬的霍日查会拿刀杀人，还那般从容，如果我早一步赶到这里，结局就不会这个样子了。

从乌兰哈达苏木回来，我在床上足足躺了三天三夜，滴水未沾，像一具僵尸沉默在这个世界里。哥嫂和家里人都慌了手脚，请来好多医生来确诊。我不说一句话，只是默默流泪，我知道我得的是什么病。

贝尔蒙多似乎看出了我的心思，坐到床头安慰说："生不如死的感觉我也曾有过，挺一挺，就会过去的。"

我一向对这个贝尔蒙多没什么好印象，只因我奶奶的悲剧命运与他有着直接的关系，所以，我也懒得搭理他。我所不解的是，他这次为何不远万里来悼念奶奶，早知如此，何必当初？莫非是良心发现使然？其实，很多东西往往都在失去之后才知它的珍贵。萨日娜，难以割舍的那份情缘始终都在困扰着我，就像是人在巴黎，虽说绿草如茵，花团锦簇，但我日夜眷恋的还是广袤的大草原。

到了第四天，我从床上爬起来。三天里，我一直在思索自己的人生之路，下一步该如何走下去。我先是去车站送走了去北京的贝尔蒙多和库佩。在路上，我又指桑骂槐地把无情的大卫痛痛快快地骂了一顿。贝尔蒙多没有反驳，只是脸色阴沉地抽着烟，库佩则不安地在用目光扫视着我。从辈分上讲，一个是我的爷爷，一个是我的叔叔，但我却无论如何也叫不出口，我想他们也无颜做名不符实的长辈吧。

过了一会儿，贝尔蒙多说了句："唉，回苏格兰的第二天，我就后悔了，连夜又跑回来，可你奶奶却不见了踪影。这么多年，我一直在寻找她，在赎罪，可为时太晚了。你奶奶哪儿都好，就是性格太倔强了。"

我没说话，这人生的悲剧，究竟谁的过错？我找不到一个令我满意的答案！

临上火车时，贝尔蒙多问我一句："还回巴黎吗？"

我说："当然，我还要完成学业。"

他说："那就好，我也要去巴黎待上一段日子，我们巴黎见，我很想见见柳，大卫太让我失望了。"

库佩小声对父亲说："父亲，都怪我没教育好大卫。"

我没再刺激他们，心里说："柳和小沈可能快结婚了吧。"

回来路上，我接到朋朋的电话，她哭泣着说要见见我。我把她约到了迪欧咖啡厅，我们面对面地坐着。朋朋的眼睛红肿着，还没说上两句话，眼泪又扑簌簌地流下来。她告诉我，那个宝泉抢救过来了，可霍日查持刀杀人是要判重刑的。

朋朋流着泪向我讲述了一个我并不知晓的故事，原来就在霍日查醉酒乌兰哈达苏木的第二天晚上，宝泉又一次威胁了萨日娜。他恶狠狠地说："别以为你拒绝了霍日查，他就死心了。我昨晚才知道，他被你迷住了，你究竟使了什么手段,把个书呆子搞得神魂颠倒的？你这个狐狸精！"

萨日娜想争辩，宝泉就揪着她的头发往床头撞，可怜的萨日娜，一个晚上都在受着一个恶魔的虐待。这会儿的萨日娜已经怀了孕。宝泉心知肚明，这个外表高傲、视名誉为生命的女人，内心该有何等脆弱。他用手端着她的下颏，阴笑着说："你是我的人，只要你待在乌兰哈达一天，就不要有非分之想，赶快把孩子打掉，我给你安排好了手术大夫，但你不许提到我。如果你把今天的事情告诉霍日查，我明天就让满世界的人都看到，你光着身子是什么样子！"

我听到这儿已是毛骨悚然了。我怎么也不会想到，外表道貌岸然的宝泉，内心是这般阴暗。我的心在为萨日娜哭泣，弱者啊，你的名字叫女人。你受了那么多的屈辱，为什么不早点告诉我，不早点告诉霍日查？我开始理解了，霍日查在听到这一切后，所做出的激烈反应了。

"怎么办呢？"朋朋泪光闪闪，无助地望着我说，"霍老师是好人，如果不逼到那份上，他是不会找宝泉拼命的。头天晚上，他一连喝了两瓶蒙古王，他是借着酒劲做了糊涂事，可他与那个人渣换命，太不值了！我真想替他坐牢去。"

我为朋朋的痴情所感动，霍日查能有这样一个女孩儿爱着也挺幸福的。我问道："去探视过吗？"

她摇了摇头，说："看守所对这样的重犯是不准探视的。"

我说："霍日查是我的好朋友，这几天我也一直想着他的事儿。你说得没错，与宝泉这样的人渣换命，太不值了。其实，当时我也挺冲动的，如果你的老师不那么急着去找宝泉算账，进监狱的很可能就是我巴音孟和了。不过，没出人命，霍日查的命总算保住了，这也是万幸。朋朋，还需要我做点什么吗？"

朋朋从挎包掏出一叠书稿，说："这是霍老师最近完成的一部小说，我想帮他出版，只想求得您的帮助。霍老师很信任您，我想除了您，不会有人帮他了。"

我拿过书稿，书的名字很吸引我的眼球：《巴黎，结伴草原的浪漫》。我翻了几页，便给吸引住了。这是一部以我奶奶为生活原型的长篇小说，漫漫半个多世纪，也延伸到了我们这一代。小说里的人物都是我熟悉的，当然少不了我，还有柳玲玲，有尹骅，更少不了我的至爱萨日娜。故事有时像一条流淌的西拉木伦河，有时像一条流淌的塞纳河，字里行间，跌宕起伏，洋溢着浓浓的深情。我没有想到霍日查在回国后的短短三个月便写出这样一部洋洋洒洒、令我心动的作品。读着读着，我的眼睛湿润了，眼前又浮现出我奶奶慈祥的目光。我动情地说："朋朋，放心吧，我有个北大同学就在北京一家出版社当副总编辑，我会尽快推荐给他，让它早日问世的。"

"那就太谢谢了。"朋朋流着泪说，"我要等他从狱中出来的那天，不管他还要在那里待多久，不管他日后浪迹海角天涯，我都守候着他，跟着他，直到永远！"

我为朋朋的多情而感动，人生得一知己足矣。我虽说和朋朋刚认识，可我在情感上已经把她和霍日查联系到一起了。朋朋对爱情的执着，让我想到塞纳河不舍昼夜的流水，不管转过多少道弯，都要扑向大海的怀抱，我从心底在默默祝福他们，可最终他们能走到一起吗？我无法肯定。不过，我还是希望有那样一个结局。否则，我不敢想下去……

云打来电话说要来看我，我对她说："抱歉了，最近我要出一趟远门，等我回来吧，在我回巴黎前，我们一定见上一面。"

我决定去寻找萨日娜，不管她是否接受我，我都要这样去做。人的一生，我失去的已经很多了，可我并不想失去我对她的那份真情。我企盼奇迹的出现，即使碰个头破血流，我也会含笑一直走下去的。有爱情就会有春天。这是选择爱情所享受的红利。相信爱情就是相信永远，这个爱情的春天说有多长就有多长。

我隐约觉得我心中圣洁的草原应当离不开萨日娜的倩影，她的姣美容颜就像草原上空飘浮的白云在我头顶萦绕。我将我从巴黎带回来的香奈尔喷洒在那片祥云上，让它充满着醉人的芬芳。

那天晚上，我做了一个梦，梦到我把身披婚纱的萨日娜抱进了巴黎的教堂……

二〇一九年九月二十五日，修改于北京昌平
二〇二〇年八月八日，修订于八达岭脚下文聿斋